○闲雅小品丛书○

主编 曹亚瑟

有味是清欢
—— 美食小品赏读

曹亚瑟 注评

中州古籍出版社
·郑州·

前 言

吃惯中国饭菜的人,再去吃英国的暗黑料理,多半会觉得难以下咽。那些海外游子浓浓的乡愁,我想更多的是"中国胃"没有得到满足的失落感,因而他们被一缕缕乡愁牵引至故乡的美食,幻化为一碗烩面,一碟鱼香肉丝,一钵老锅靓汤,一屉小笼汤包……

现在流行当"吃货","吃货"已从"饭桶"转变为一种能吃、会吃的崇高赞誉。能够做一个无所顾忌的吃货,吃遍各地美食,吃得口舌生津,吃出意境门道,吃得心满意足,是一件多么惬意的事!

然而,当"吃货"并非易事,前提是要能吃、会吃、懂得吃,知道什么时候当吃哪些,能说出吃的道道儿来。

历代帝王是"饭桶"的不少,但真正能成为

"吃货"却不多。帝王能调动的资源多，天下美食都能为其享用，但他们并不一定懂得吃、爱好吃、欣赏吃。比如周天子，在饮食方面摆的谱可谓大矣，据《周礼》记载，仅负责王室饮食的膳夫就有一百五十二人，再加上庖人、内饔、外饔、烹人、兽人、渔人、鳖人、猎人、食医、酒正、酒人、凌人、笾人、醢人、醯人、盐人，每种职位都有十数人至三百人不等，总计有一两千人，那真是一个庞大的厨师班底。但周天子并没有美食家的清名，因为他要边吃边盯着江山是否旁落，并不能吃得忘我、恣意。

夏末商初，伊尹对商汤述说把控天下的必要性时，就以"猩猩之唇，獾獾之炙，洞庭之鲋，东海之鲕，昆仑之蘋，云梦之芹，阳朴之姜，越骆之菌，江浦之桔，云梦之柚"等各地的物产相诱引，告诉他，只要对天下施以仁义之道，"道者，止彼在己，己成而天子成，天子成则至味具"，那么这全天下的美食都非你莫属。伊尹，是被现在的餐饮行业拜为厨神的，他是厨子出身，以厨艺之道治国，自有其高妙之处。但如果比较商汤和伊尹的话，我以为商汤是"吃货"，而伊尹不是，因为吃才是商汤夺取天下的动力。

林语堂先生在《生活的艺术》中论述过厨子的重要性："我们的生命并不在上帝的掌握中，而是在厨子的掌握中。因此，中国绅士都优待他们的厨子，因为厨子是在掌着予夺他们的生活享受之大权。"但厨子只是我们通往饮馔自由王国的工具，厨子烹饪的菜肴是要经过食客检验的。

鸿门宴、杯酒释兵权，是历史上两个著名的政治饭局，一个发生在秦末、一个发生在宋初，都是借饭局之名除掉异己威胁的权谋。卧榻之旁容不得他人鼾睡，饭桌之上又岂容他人分食？朕者，特点就是吃"独食"。朕赏你吃一口，是你的福分；想觊觎朕的江山，那是绝对没有好果子吃的。

所以，争天下的事还是让"肉食者"谋之吧，对百姓来说，过好柴米油盐的寻常日子才是最实在的。在《诗经》的《国风·豳风·七月》中，每个月该吃哪些新鲜果蔬，百姓们早就合计好了："六月食郁及薁，七月亨葵及菽。八月剥枣，十月获稻。为此春酒，以介眉寿。七月食瓜，八月断壶，九月叔苴，采荼薪樗。"然后，再弄个兔头，来个"一兔三吃"："幡幡瓠叶，采之亨之。君子有酒，酌言尝之。有兔斯首，炮之燔之。君子有酒，酌言献之。有兔斯首，燔之炙之。君子有酒，酌言酢之。有兔斯首，燔之炮之。君子有酒，酌言酬之。"（《小雅·瓠叶》）看看，这日子过得也十分惬意吧？

孔老夫子已经被命名为"丧家犬"，我再给他加上个"吃货"的头衔当也不会挨扁吧。他奠定了儒家饮食思想及规制礼仪的基础，"食不厌精，脍不厌细"，"色恶，不食。臭恶，不食"，"失饪，不食。不时，不食"，"割不正，不食。沽酒市脯，不食。不撤姜食，不多食"，他对饮食的讲究已经上升到哲学的高度,他也是最早的生态主义者和食品安全的保卫者。

屈原,那绝对是个懂行的"吃货",不然不会连招魂都把各色美食亮出来,以吸引鬼魂回到人间:"我的五谷结穗长又长,菰米做的饭正香。鼎镬中都是煮好的肉啊,五味调和扑鼻香。肥嫩的黄莺、鹁鸠、天鹅肉,伴着鲜美的豺肉汤。魂啊,归来吧!美馔佳肴任你品尝。新鲜甘美的大龟、肥鸡,再加上楚国的鲜酪浆。快把猪肉剁剁碎,再拿炖狗肉蘸上酱,香草切细味喷香。吴国的香蒿做酸菜,吃起来浓淡正恰当。魂啊,归来吧!任你选择哪一样。烤乌鸦,蒸野鸭,还有鹌鹑炖成汤。油煎鲫鱼麻雀羹,多么爽口齿间香。魂啊,归来吧!各种美味任你品尝。"这种诱惑,任他什么鬼魂都抵挡不住啊!

南朝时的周颙虽只茹素,但他绝对是个饮食美学家,极讲究蔬食的品种和色彩搭配。他在山中常吃的是"赤米白盐,绿葵紫蓼",最为推崇的蔬菜是"春初早韭,秋末晚菘"。这里不仅有意境美、色彩美,摆在桌上直接就是一幅画,难得的是读起来还有音节之美。

到了唐朝,全民写诗,诗人"吃货"比比皆是,但我最为推崇的是白居易,他的那首"绿蚁新醅酒,红泥小火炉。晚来天欲雪,能饮一杯无",足以完胜其他诗人而成为唐代的头牌。平时,他也是"晓日提竹篮,家童买春蔬。青青芹蕨下,叠卧双白鱼",极有"吃货"的情趣;更重要的是,他懂得与吃配套享受,"食罢一觉睡,起来两瓯茶。举头看日影,已复西南斜",美好的一天就在吃酒、喝茶、自然醒中度过了,仙人的生活也不过如此嘛。

宋朝是一个精神和物质都极为丰饶的时代,从《东京梦华录》到《梦粱录》《武林旧事》里都记录了绵延不尽的酒楼脚店,各式各样的食味馋馔,"吃货"更是层出不穷。有两个人给我留下了极深的印象,一个是苏轼,一个是陆游。

且不说苏东坡写下的《老饕赋》《菜羹赋》《东坡羹颂》《猪肉颂》《酒子赋》《蜜酒歌》,单是以他名字命名的菜肴就有"东坡肉""东坡肘子""东坡鱼""东坡豆腐""东坡玉糁羹""东坡芽脍""东坡饼""东坡酥",等等,不一而足,虽然很多是牵强附会,但也说明了苏东坡在美食界的影响之巨。苏东坡在任何险恶的政治境遇下,都能保持宽厚、达观的心态,同时因地制宜,满足一点微薄的口腹之欲,发之为让人馋涎欲滴的诗文,他的"竹外桃花三两枝,春江水暖鸭先知。蒌蒿满地芦芽短,正是河豚欲上时""黄菘养土羔,老楮生树鸡。未忍便烹煮,绕观日百回""鲜鲫经年秘醽醁,团脐紫蟹脂填腹。后春莼苗活如酥,先社姜芽肥胜肉""雪沫乳花浮午盏,蓼茸蒿笋试春盘。人间有味是清欢"等诗句早已脍炙人口,咏之足可下酒。清欢,只是淡淡的欢愉,是参透人间喜怒哀乐之后的淡定,是对稍纵即逝的悠闲心境的捕捉,是对温煦友情的不舍和眷恋，吃什么倒在其次了。

陆放翁虽是一员文官，却总想着收复北方的大好河山，无奈只有在辗转全国的播迁中，留下上万首诗作，其中就有两三百首与饮食相关。"霜余汉水浅，野迥朔风寒。炊黍香浮甑，烹蔬绿映盘""芼羹笋似稽山美，斫脍鱼如笠泽肥。客报城西有园卖，老夫白首欲忘归""唐安薏米白如玉，汉嘉栮脯美胜肉。大巢初生蚕正浴，小巢渐老麦米熟"，充满了对新摘园蔬的热爱和鱼米芳泽的眷恋；"洗君鹦鹉杯，酌我蒲萄醅。冒雨莺不去，过春花续开""团脐霜蟹四腮鲈，樽俎芳鲜十载无。寒月征尘身万里，梦魂也复醉西湖"，又有把盏一醉的痴迷和壮志未酬的遗憾。这里吃的就不仅是美食，而且是情怀了。

南宋的林洪也是一个不能不提的"吃货"，他不仅懂吃，而且对吃的主人公有一种"理解的同情"，他的《山家清供》不只是保存了宋代的山野食谱，更有许多关于吃的故实、妙典，读之本身就是一种享受。

有明一代，张岱是个大大的"吃货"，应该是无可质疑了。他年轻时"好精舍，好美婢，好娈童，好鲜衣，好美食，好骏马，好华灯，好烟火，好梨园，好鼓吹，好古董，好花鸟，兼以茶淫橘虐，书蠹诗魔"的簪缨身世，足以使他的刁钻口味傲视同侪。从《老饕集序》中我们可以看到，张岱确实在饮食一道上理论功底不浅，他对各地名产方物的了解，对煮蟹持螯的痴狂，对乳酪制作过程的熟稔，都非一般段位的美食爱好者所能比拟。

《金瓶梅》的作者兰陵笑笑生和《红楼梦》的作者曹雪芹，那可是明清时期的两个资深"吃货"，无怪乎读这两本书，有一半精力是在读菜单。《金瓶梅》里面的市井食单，没有三二十年的浸淫是写不出来，"一根柴禾炖猪头""糟螃蟹"等放到现在也都有很强的实践意义；同时，看着那"一碟头鱼、一碟糟鸭、一碟乌皮鸡、一碟舞鲈公"，以及"红邓邓的泰州鸭蛋，曲弯弯王瓜拌辽东金虾，香喷喷油炸的烧骨，秃肥肥干蒸的劈晒鸡"，能不勾起你浓郁的食欲吗？而《红楼梦》描摹的是钟鸣鼎食之家的生活，看了难免让人感觉高高在上，那"茄鲞""烤鹿肉""燕窝粥"都不是平常人的吃食，大观园的少爷小姐们把蟹对诗、猜拳行令也都透着一个"雅"字，我辈俗人恐怕是消受不起的。

真正雅中带俗的是李渔和袁枚，肴馔横陈，盘碗参差，往来酬酢，见多识广，这两位算得上是清代最有名的"吃货"了。李渔最讲究食物的清淡，他对蔬食的要求是"清，洁，芳馥，松脆"，最为推崇的是笋和蕈。他认为笋"能居肉食之上者，只在一字之鲜"，而蕈能吸收"山川草木之气"，所以食之无渣滓。袁枚不仅是知味之人，且是个高超的烹饪理论家，他的《作料须知》《搭配须知》《火候须知》《器具须知》《上菜须知》等，现在拿到五星级大酒店，都是可以直接当作培训教材的；他所欣赏的菜肴，越是寻常的食材，就越是要用几十种海鲜、香蕈和鸡汤来"众星拱月"，以吊出奇味。比如，他极为得意的"蒋侍郎豆腐""杨中丞豆腐""王太守八宝豆腐"，要么是用大虾米一百二十个或小虾米三百个加秋油一并煨出来，要么是把鸡汤和鲅鱼的味道浸入到豆腐中，要么是用香蕈屑、蘑菇屑、松仁屑、瓜子仁屑、鸡屑、火腿屑，与豆腐一起在浓鸡汁中煨制。而这些鸡、鱼、虾屑的精华和鲜味被豆腐吸收后，则要统统丢掉，以免夺了豆腐的风头。对此，我只能说："子才，侬真能吃，也真能造！"

现在"吃货"是个褒义词，是人人奋而争当的。所以，了解一下历史上的"吃货"很有必要，这里列举的，只是史海里的一朵浪花而已。那就让我们从这里开始阅读吧。

目录

卷一　食之俗

段成式	食必方丈	3
周去非	老鲊	6
苏　轼	猪肉颂	9
	僧文莹食名	12
孟元老	州桥夜市	14
吴自牧	面食店	17
洪　迈	蕨萁养人	21
朱　弁	食豚早晚	25
罗大经	堂食	28
叶绍翁	田鸡	31
周　辉	说食经	34
陆　容	江西俗俭	37
	黄鼠肥美	39
张　岱	蟹会	41
	乳酪	44

屈大均	诸饭	47
陈其元	制造食物之秘	50
刘廷玑	油炸鬼	53
梁绍壬	醋溜鱼	56
	麻蛋烧猪	59
李斗	酒船厨子	61
	家庖特色	64
袁枚	时节须知	67
	火候须知	70
	戒暴殄	72
	戒火锅	74
李渔	笋	76
	蕈	80
	汤	82
	饭粥	84
李光庭	食物十事	87

卷二 食之趣

刘义庆	落啖饭粒	97
	人乳饮豚	99
张鷟	无脂肥羊	101
孙光宪	赵大饼	103
陶穀	寒消粉	105
欧阳修	饮食过人	107
苏轼	菜羹赋（并叙）	110
	书蜀僧诗	114

林　洪	冰壶珍	116
	傍林鲜	119
惠　洪	禅师知羊肉	122
周　密	健啖	125
陆　游	东坡食汤饼	128
庄　绰	戒食鱼	131
罗大经	缕葱丝	134
田艺衡	悬鸡	136
梁章钜	燕窝	138
	面筋	141
	黄河鲤	143
赵　翼	蒙古食酪	145
褚人获	驼峰熊掌	147
	烹鸡诵	150
方濬师	烹鱼雅趣	153

卷三　食之单

李匡文	毕罗	159
庄　绰	馓子	161
贾思勰	脯腊	163
	饼法	165
	素食	167
林　洪	土芝丹	170
	拔霞供	172
	沆瀣浆	174
	蟹酿橙	176

	椿根馄饨	178
	山家三脆	180
陆　游	御宴菜单	182
忽思慧	羊腰羊肺	186
	角儿三种	188
陆　容	菘菜	190
	黄瓜	193
高　濂	粥糜三种	195
	汤品三款	198
袁　枚	腌蛋	201
	红煨肉三法	203
	蜜火腿	205
	程立万豆腐	207
	豆芽	209
	陶方伯十景点心	211
朱彝尊	饮品三款	213

卷四　食之典

《论语》	食不厌精	219
屈　原	大招（节选）	222
吕不韦	本味篇	225
司马迁	鸿门宴（节选）	233
	鱼中藏匕	236
司马光	杯酒释兵权	240
欧阳修	食物名号之别	244
	赐食之制	246

苏 轼	老饕赋	249
庄 绰	食物习性	253
洪 迈	糖霜谱	255
吴 曾	一顿食	260
	点心	262
张 岱	老饕集序	265

卷一

食之俗

食必方丈[①] 段成式[②]

何胤[③]侈于味,食必方丈,后稍欲去其甚者,犹食白鱼、鲏[④]腊、糖蟹,使门人议之。学士锺岏[⑤]议曰:"鲏之就腊,骤于屈伸,而蟹之将糖,躁扰弥甚。仁人用意,深怀如怛[⑥]。至于车螯母蛎[⑦],眉目内阙,惭浑沌之奇,唇吻外缄,非金人之慎。不荣不悴[⑧],曾草木之不若;无馨无臭,与瓦砾而何异?故宜长充庖厨,永为口实。"

《酉阳杂俎》

【注释】

①食必方丈:相近词有"食前方丈""食案方丈""食味方丈"。方丈,一丈见方。此句是指吃饭时案前一丈见方的地方必摆满食物,形容吃得奢侈。《孟子·尽心下》:"食前方丈,侍妾数百人,我得志,弗为也。"

②段成式(约803~863):字柯古,临淄(今山东淄博市临淄区北)人,晚唐小说家。历任秘书省校书郎,吉州、处州、江州刺史,官至太常少卿。与诗人温庭筠、李商隐、李群玉、周繇交往颇多,《全唐诗》收录其诗30多首,其志怪小说《酉阳杂俎》二十卷、续集十卷声名颇著。

③何胤(446~531):字子季,庐江灊(今安徽庐江)人。生

于南朝宋文帝元嘉二十三年（446），卒于南朝梁武帝中大通三年（531），年86岁。起家齐秘书郎，出为建安太守，后入为太子中庶子。明帝时，入山隐居以终。

④鲡：一种似蛇的鱼，类似鳝鱼。

⑤锺岏：字长岳，晋侍中雅七世孙，官至府参军，著《良吏传》十卷。

⑥怛（dá）：忧伤，悲苦。

⑦车螯母蛎：车螯，海产品蛤的一种；母蛎，同"牡蛎"，海产品。

⑧悴（cuì）：忧伤，疲萎。

【赏读】

食必方丈，极言饮食奢华，每食必在桌前摆满大碗小碟，不是浪费公帑，便是浪费社会资源。文中的何胤原来极讲究吃喝，后虽有所收敛，但仍经常食用白鱼、鲡腊、糖蟹，尤其糖蟹是将蟹放入糖液中，让其吸入糖汁，使之躁动不安、拼命挣扎，很不人道。锺岏认为，怀有仁人之心者，对万物存有敬畏，是不会这么干的。

我国的传统观念认为男儿要建功立业、当官食禄才是有进取心的表现，所谓"丈夫生不五鼎食，死则五鼎烹"。南朝宋时，有个尚书右仆射（宰相）刘穆之，《宋书·刘穆之传》这样形容他："性奢豪，食必方丈，旦辄为十人馔。穆之既好宾客，未尝独餐，每至食时，客止十人以还者，帐下依常下食，以此为常。"洪昇《长生殿·献饭》也写道："寻常，进御大官，馔玉炊金，食前方丈，珍羞百味，犹兀自嫌他调和无当。"看来，他们都是以身居高位、仆从环侍、"食必方丈"为荣的。

但孟子不这样认为，他在《孟子·尽心下》中说："说大人，则藐之，勿视其巍巍然。堂高数仞，榱题数尺，我得志，弗为也。

食前方丈，侍妾数百人，我得志，弗为也。般乐饮酒，驱骋田猎，后车千乘，我得志，弗为也。在彼者，皆我所不为也；在我者，皆古之制也，吾何畏彼哉？"孟子是反其意而行之的。同样，袁枚在《戒目食》中也对这种排场十分不屑，他说："今人慕'食前方丈'之名，多盘叠碗，是以目食，非口食也。……余尝过一商家，上菜三撤席，点心十六道，总算食品将至四十余种。主人自觉欣欣得意，而我散席还家，仍煮粥充饥。可想见其席之丰而不洁矣。"

讲究铺张、排场，均为陈规陋习；陷于耳食、目食，无疑图夸体面。如此，自洁之士，不能不戒之。

老 鲊① 周去非②

南人以鱼为鲊，有十年不坏者。其法：以篧③及盐面杂渍，盛之以瓮，瓮口周围水池，覆之以碗，封之以水，水耗则续，如是故不透风。鲊数年生白花，似损坏者。凡亲戚赠遗，悉用酒、鲊，唯以老鲊为至爱。

《岭外代答》

【注释】

①鲊（zhǎ）：《说文·鱼部》："鲊，藏鱼也。"以鱼加盐等调料腌渍之，使久藏不坏。

②周去非（1135~1189）：字直夫，南宋永嘉（今浙江温州）人，地理学家。南宋隆兴元年（1163）进士。历任钦州教授、静江府县尉、绍兴府通判。任静江府县尉时曾"随事笔记，得四百余条"，撰成《岭外代答》十卷，记录当时岭南（即今两广）的山川、古迹、物产以及少数民族的社会经济、生活习俗等，兼及南海诸国和大秦、木兰皮国等，为研究当地史地的重要文献。

③篧：古今字书无此字。或为竹制鱼篓，后疑脱"鱼"字。

【赏读】

最早的腌菜记录，是《周礼》中的"三羹五斋七菹八珍"，《诗经·小雅·信南山》中有"中田有庐，疆场有瓜，是剥是菹，献之皇祖"的诗句，这里的"齑"是切细的腌菜，"菹"是整菜或切片腌制的菜。而腌鱼，就是"鲊"，北魏贾思勰《齐民要术》中就收有裹鲊、蒲鲊、长沙蒲鲊、夏月鱼鲊、干鱼鲊、猪肉鲊等做法。古时没有冰箱，为长久保存食物，人们就把食物以盐渍之，腌制起来，发明了"鲊"。

岭南（即今广东、广西）地区天气潮热，食物更不易长久保存，当地人民就用腌制的方法，目的是用盐析出食物中的水分，使食物内部组织密致、味道改变；同时，盐还能杀菌防腐，延长食物的保存时间。这样，很多生鲜蔬菜、肉鱼就能存放至蔬菜的淡季来食用。

本文就详细记录了鲊的腌制过程：用盐及面尽涂于鱼，使之渍入鱼肉内，放到一口瓮中，瓮口盖上一只碗，用水封之。水挥发完了就续上，以使其密不透风。这样做成的鲊几年后会生一层白花，看似损坏，实际上最长能保存十年不坏。用它和酒来馈赠亲属，再没有那么好了，而时间久的老鲊更为人们所喜爱。

屈大均在《广东新语》中记述的广东习俗，与此相仿："粤西善为鱼鲊，粤东善为鱼脍。有宴会，必以切鱼生为敬，食必以天晓时空心为度。每飞霜锷，泡蜜醪，下姜荽，无不人人色喜，且餐且笑。其脍也皆以男子，鲊则以妇人。凡女始嫁，其家必以数十黄罂与之，能善为鲊，使甘酸而香可饫口，是为好妇。粤东罗定，所居在山谷中，少鱼，俗亦尚鲊。廉州则以珠柱肉为鲊，连州以笋虫脍之，色白如雪，甚甘脆。"

除了腌鱼，岭南常用于腌制的蔬菜有白菜、萝卜、豆角、芥菜、辣椒、姜、笋、薤等。民国刘锡蕃《岭表纪蛮》载："腌菜一物，为各种蛮族最普通之食品。所腌兼有园菜及野菜两种，阴历五六七月间，蛮人外出耕作，三餐所食，惟有此品，故除炊饭外，几无举火者。"

不独广西等地，在宋时的首善之区，各式鲊类也很风行，南宋《武林旧事》《梦粱录》中记录当时杭州城的"鲞铺"内就卖有桃花鲊、鹅鲊、骨鲊、海蜇鲊、大鱼鲊、鲟鳇鲊、蟹鲊、黄雀鲊、银鱼鲊等。《吴氏中馈录》就记载了颇受欢迎的"黄雀鲊"的具体做法："每只治净，用酒洗拭干，不犯水，用麦黄、红曲、盐、椒、葱丝，尝味和为止，即将雀入扁坛内，铺一层，上料一层，装实，以箬盖篾片扦定，候卤出，倾出，加酒浸，密封久用。"

猪肉颂 苏 轼①

　　净洗铛②,少著水,柴头罨③烟焰不起。待他自熟莫催他,火候足时他自美。黄州④好猪肉,价贱如泥土。贵者不肯吃,贫者不解煮,早晨起来打两碗,饱得自家君莫管。

《苏轼文集》

【注释】
　　①苏轼(1037~1101):字子瞻,号东坡居士,眉州眉山(今四川眉山)人,北宋杰出的文学家,在诗、词、文、绘画、书法方面都有极高造诣。他22岁中进士,26岁入制科第三等,但仕途多舛,初因反对王安石新政而屡遭贬谪;旧党秉政后,他又因主张保留新法中的有益之处而遭排挤;新党再起,复被贬至岭南惠州和海南岛儋州;后遇赦,归途病卒于常州。苏轼有绝代文才,名列"唐宋八大家"之中,著有《东坡七集》《东坡易传》《东坡乐府》《东坡志林》等。
　　②铛(chēng):铁锅。
　　③罨(yǎn):掩盖,掩覆。
　　④黄州:今湖北黄冈,苏轼当年被贬在此地。

【赏读】
　　这篇《猪肉颂》是苏东坡被贬至黄州时写下的,名闻后世的

"东坡肉"盖源于此。

中国人食用猪肉的历史很悠久,《周礼·天官冢宰》就规定:"凡王之馈,食用六谷,膳用六牲。"这六牲即马、牛、羊、豕、犬、鸡,豕就是猪。许慎《说文》云:豕字象毛足而后有尾形。南宋王应麟编写的《三字经》中有:"马牛羊,鸡犬豕。此六畜,人所饲。"明代李时珍在《本草纲目》中论述了各地猪品种的不同:"凡猪,骨细筋多,高大有重百余斤。食物至寡,甚易畜,养之甚易生息。时珍曰:猪,天下畜之,而各有不同。生青兖徐淮者耳大,生燕冀者皮厚,生梁雍者足短,生辽东者头白,生豫州者嘴短,生江南者耳小(谓之江猪),生岭南者白而极肥。"可见在那时养猪已遍布山南海北,食用猪肉极为普遍。

对于"东坡肉"之名,清人李渔在《闲情偶寄》中曾为之叫屈:"食以人传者,'东坡肉'是也。卒急听之,似非豕之肉,而为东坡之肉矣。噫,东坡何罪,而割其肉,以实千古馋人之腹哉?甚矣,名士不可为,而名士游戏之小术,尤不可不慎也。至数百载而下,糕、布等物,又以眉公得名,取'眉公糕''眉公布'之名,以较'东坡肉'三字,似觉彼善于此矣。而其最不幸者,则有溷厕中之一物,俗人呼为'眉公马桶'。噫,马桶何物,而可冠以雅人高士之名乎?"

清人梁章钜在《浪迹续谈》中说:"今食品中有东坡肉之名,盖谓烂煮肉也,随所在厨子能为之。"清代著名食谱《调鼎集》中记录"东坡肉"的做法:"切大方块,皮上微擦洋糖、甜酱,加盐水、酱油烧。临起,加热芝麻糁面。"其实在当时,东坡肉只是一个简单的猪肉做法,秘诀就在于少加水、加盖密封、文火慢炖。《调鼎集》中的"锅焖肉"与之相近:"锅内入水一碗、酒一碗,上用竹棒纵横作架,置肉于上(先仰面),盖锅,湿纸护缝(干则以水润之),烧大草一个(勿挑动)。"

我们都觉得苏东坡在黄州吃着"东坡肉",日子过得蛮逍遥自在,实际上他带领全家开荒种稻,所得也仅够果腹而已。元符三年(1100)八月,苏东坡这样自况:"东坡居士自今日以往,早晚进食,不过一爵一肉。有尊客,盛馔则三之,可损不可增。有召我者,预以此告之。主人不从而过是,乃止。一曰安分以养福,二曰宽胃以养气,三曰省费以养财。"写下如此《猪肉颂》,乃因苏东坡达观而已。

僧文荤食名 苏 轼

僧谓酒为"般若①汤",谓鱼为"水梭花",鸡为"钻篱菜",竟无所益,但自欺而已,世常笑之。人有为不义而文②之以美名者,与此何异哉!

《东坡志林》

【注释】
① 般若:梵语的译音,意为"智慧"。
② 文:掩饰。

【赏读】
佛教对出家修行的僧人有明确的戒律,在小乘戒律《摩诃僧祇律》《四分律》《十诵律》《五分律》等经书中,专门制定规矩和禁条,规范、引导弟子和信徒们修行,有五戒、八戒、十善等不同的戒条。《西游记》中跟随唐三藏到西天取经的猪八戒即由此得名,"八戒"即为"一戒杀生,二戒偷盗,三戒淫,四戒妄语,五戒饮酒,六戒着香华,七戒坐卧高广大床,八戒非时食"。

到南北朝时,梁武帝提倡吃素,僧人遂有戒荤腥之说。诗人白居易《斋戒》诗云:"每因斋戒断荤腥,渐觉尘劳染爱轻。"荤,包括五荤,也称五辛,兴渠(类似洋葱)、葱、韭、薤(音xiè,小蒜、野蒜)、蒜(大蒜),五种皆气味辛辣熏人。腥,指肉类,包括各种兽畜禽鱼类及其幼崽、禽卵。佛教认为吃了荤，耗散人气，有损精诚，难通神明；另外说法念经，满嘴口气，也是对佛的不尊。

当了僧人，就应该遵从戒律，并以此为本分。所以，苏东坡认为和尚称酒为"般若汤"、鱼为"水梭花"、鸡为"钻篱菜"，以为换一个名称就可以违背戒律而大快朵颐，是一种标准的"自欺欺人"行为，他对此颇为不屑。相反，他在《书蜀僧诗》中对直接大嚼蒸猪头的僧人倒不无欣赏，认为那是一种磊落和放达。最要不得的就是伪饰，"人有为不义而文之以美名"。

州桥夜市　孟元老①

出朱雀门，直至龙津桥。自州桥南去，当街水饭、爊②肉、干脯。王楼前獾儿、野狐、肉脯、鸡。梅家鹿家鹅鸭鸡兔、肚肺鳝鱼、包子鸡皮、腰肾鸡碎，每个不过十五文。曹家从食③。至朱雀门，旋煎④羊白肠、鲊脯、𬳿冻鱼头、姜豉、䜺子、抹脏、红丝、批切羊头、辣脚子、姜辣萝卜、夏月麻腐鸡皮、麻饮细粉、素签、沙糖冰雪冷元子、水晶皂儿、生淹水木瓜、药木瓜、鸡头穰⑤、沙糖绿豆、甘草冰雪凉水、荔枝膏、广芥瓜儿、咸菜、杏片、梅子姜、莴苣笋、芥辣瓜旋儿、细料馉饳⑥儿、香糖果子、间道糖荔枝、越梅、掘刀紫苏膏、金丝党梅、香枨元⑦，皆用梅红匣儿盛贮。冬月盘兔、旋炙猪皮肉、野鸭肉、滴酥、水晶烩、煎夹子、猪脏之类，直至龙津桥须脑子肉止，谓之杂嚼，直至三更。

《东京梦华录》

【注释】

①孟元老（生卒年不详）：号幽兰居士，开封府（今河南开封）人。他于北宋末叶在东京居住二十余年。金灭北宋，孟元老随之南渡，后常忆东京之繁华，于南宋绍兴十七年（1147）撰成《东京梦华录》。该书是研究北宋都市社会生活、经济文化的重要文献。

②爊（āo）：同"熬"。生煮谓之爊。

③从食:小食、点心等。

④旋煎:现煎现卖。旋,即刻。

⑤瓤(ráng):果实之肉,通"瓤"。

⑥馉饳(gǔ duò):一种圆形、有馅、用油煎或水煮的面食,类似馄饨、饺子。

⑦香枨元:即香橙丸。枨,"橙"的俗字。

【赏读】

自孟元老《东京梦华录》之后,这种追忆昔日繁华、缅想当年盛景的"梦华体"遂绵延不绝,成为后人追摹的文体。与此体例相仿的同代有灌圃耐得翁《都城纪胜》,西湖老人《繁胜录》,吴自牧《梦粱录》,周密《武林旧事》;元代有费著《岁华纪丽谱》,刘一清《钱塘遗事》等;明代有刘侗、于奕正《帝京景物略》,史玄《旧京遗事》,无名氏《如梦录》等,蔚为大观,延续了都市历史民俗文学之脉。

在孟元老笔下,北宋都城东京"举目则青楼画阁,绣户珠帘;雕车竞驻于天街,宝马争驰于御路;金翠耀目,罗绮飘香。新声巧笑于柳陌花衢,按管调弦于茶坊酒肆。八荒争凑,万国咸通。集四海之珍奇,皆归市易;会寰区之异味,悉在庖厨。花光满路,何限春游;箫鼓喧空,几家夜宴?伎巧则惊人耳目,侈奢则长人精神",那是何等的富庶繁华!靖康之后,国都南迁,兵火连天,遥想当年,但成怅恨。无限追忆,汇成了这本《东京梦华录》。

据张驭寰先生《北宋东京城建筑复原研究》,北宋东京人口达150万,而当时被欧洲人视为"世界上最大的城市"的大马士革人口才不过50万,伦敦、巴黎、威尼斯人口不过10万,由此可见东京的繁华程度。随着商品经济的发展,汉唐以来都市建设里坊分离(即居住区和市场区分离)的封闭式格局被打破,东京城内各种游艺场所如春笋勃发，遍布城市各个角落，勾栏瓦舍、酒楼饭店、商号店铺鳞次栉比，给东京城带来豪奢的富饶景象。这从张择端的巨幅画卷《清明上河图》中能够一睹端倪。

坊市合一，人头攒动，客商往来，绵延不绝，不仅白天车马阗拥、不可驻足，晚上还有夜市，营业直到三更。东十字大街又有鬼市，至晓即散。"市井经纪之家，往往只于市店旋买饮食，不置家蔬"，饭店遍地，一般稍有进项的家庭都不用自己做饭。到了冬月，虽有风雪阴雨，夜市照常营业。在新封丘门大街，两边的商户铺面绵延十多里，"纵横万数，莫知纪极"，"夜市直至三更尽，才五更又复开张。如要闹去处，通晓不绝"。

从消费层次而言，各种收入者皆可各得其所。讲排场的可去高档酒楼，东京的酒楼可称得上是"彩楼相对，绣旆相招，掩翳天日"，丰乐楼、宜城楼、班楼、刘楼、八仙楼、戴楼、长庆楼，不一而足，"在京正店七十二户，此外不能遍数"，其余都叫"脚店"，就是供一般细民百姓消费的去处。而且"凡百所卖饮食之人，装鲜净盘合器皿，车檐动使，奇巧可爱，食味和羹，不敢草略。其卖药卖卦，皆具冠带。其士农工商、诸行百户，衣装各有本色，不敢越外"。卫生质量是有保证的，穿着打扮都有专业要求。

本篇《州桥夜市》，就详录了这一繁华夜市充满烟火气的各色小食、菜点，虽然年代久远，这些小吃名称现在看起来已有些陌生，但从中我们可以感觉到孟元老写作时的饱含深情和情不自禁的吞咽动作。你我看到这里也会哈喇子直流的，对吧？

面食店 吴自牧[①]

向者汴京开南食面店,川饭分茶,以备江南往来士夫,谓其不便北食故耳。南渡以来,几二百余年,则水土既惯,饮食混淆,无南北之分矣。大凡面食店,亦谓之"分茶店"。若曰分茶,则有四软羹、石髓羹、杂彩羹、软羊腰子、盐酒腰子、双脆、石肚羹、猪羊大骨、杂辣羹、诸色鱼羹、大小鸡羹、撺肉粉羹、三鲜大骨头羹、饭食。更有面食名件:猪羊盦生面、丝鸡面、三鲜面、鱼桐皮面、盐煎面、笋泼肉面、炒鸡面、大面、子料浇虾臊面、熬汁米子、诸色造羹、糊羹、三鲜棋子、虾臊棋子、虾鱼棋子、丝鸡棋子、七宝棋子、抹肉、银丝冷淘、笋燥齑淘、丝鸡淘、耍鱼面。又有下饭[②],则有烤鸡、生熟烧、对烧、烧肉、煎小鸡、煎鹅事件[③]、煎衬肝肠、肉煎鱼、炸梅鱼、杂鸡、豉汁鸡、烤鸡、大熬燠鱼等下饭。更有专卖诸色羹汤、川饭,并诸煎肉鱼下饭。且言食店门首及仪式:其门首,以枋木[④]及花样沓结缚如山棚,上挂半边猪羊,一带近里门面窗牖,皆朱绿五彩装饰,谓之"欢门"。每店各有厅院,东西廊庑,称呼坐次。客至坐定,则一过卖执箸遍问坐客。杭人侈甚,百端呼索取覆,或热,或冷,或温,或绝冷,精浇烧,呼客随意索唤。各卓[⑤]或三样皆不同名,行菜得之。走迎厨局前,从头唱念,报与当局者,谓之"铛头",又曰"着案"。讫行菜,行菜诣灶头托盘前去,从头散下,尽合诸客呼索,指挥不致错误。或有差错,坐客白之店主，必致叱骂罚工，甚至逐之。

有店舍专卖圪垯面，如大熬圪垯、大燠子、料浇虾、丝鸡、三鲜等圪垯，并卖馄饨。亦有专卖菜面、熟齑笋肉淘面，此不堪尊重，非君子待客之处也。又有专卖素食分茶，不误斋戒，如头羹、双峰、三峰、四峰、到底签、蒸果子鳖、蒸羊、大段果子鱼、油炸鱼茧儿、三鲜夺真鸡、元鱼、元羊蹄、梅鱼、两熟鱼、炸油河鲀、大片腰子、鼎煮羊、麸乳水龙麸、笋辣羹、杂辣羹、白鱼辣羹。又下饭如五味麸、糟酱、烧麸、假炙鸭、干签杂鸠、假羊事件、假驴事件、假煎白肠、葱烤油炸、骨头米脯、大片羊、红熬大件肉、煎假乌鱼等下饭。下饭素面如大片铺羊面、三鲜面、炒鳝面、卷鱼面、笋拨、刀笋辣面、乳齑淘、笋齑淘、笋菜淘面、七宝棋子、百花棋子等面，皆精细。乳麸、笋粉素食，又有专卖。家常饭食，如撺肉羹、骨头羹、蹄子清羹、鱼辣羹、鸡羹、耍鱼辣羹、猪大骨清羹、杂合羹、南北羹、兼卖蝴蝶面、煎肉、大麸虾等蝴蝶面，及有煎肉、煎肝、冻鱼、冻鲞⑥、冻肉、煎鸭子、煎鲚鱼、醋鲞等下饭。更有专卖血脏面、齑肉菜面、笋淘面、素骨头面、麸笋素羹饭。又有卖菜羹饭店，兼卖煎豆腐、煎鱼、煎鲞、烧菜、煎茄子，此等店肆乃下等人求食粗饱，往而市之矣。

《梦粱录》

【注释】

①吴自牧（生卒年不详）：钱塘（今浙江杭州）人。约宋度宗咸淳中前后（1270年前后）在世，生平亦无考。南宋亡后追记钱塘盛况，详细描绘都城临安城市风貌，著有《梦粱录》二十卷。

②下饭：在方言中指菜肴。

③事件：指动物的内脏。

④枋木：由原木纵向锯成的板材和方材的统称。

⑤卓：通"桌"。

⑥鲞（xiǎng）：泛指成片的腌腊食品，如茄鲞、笋鲞等。

【赏读】

靖康后，宋都南迁临安，东京的繁华热闹景象已成往昔。大批士人、商户、百姓随之南渡，不数年，"杭城大街，买卖昼夜不绝，夜交三四鼓，游人始稀，五更钟鸣，卖早市者又开店矣"，处处各有茶坊、酒肆、面店及果子、彩帛、绒线、香烛、油酱、食米、下饭鱼肉鲞腊等店铺，南北口味混杂，商贸之繁盛丝毫不亚于汴京。

大家可以比较一下，吴自牧笔下的临安"面食店"较之孟元老笔下的东京"州桥夜市"，其餐点的种类、数量不仅不分伯仲，更兼南北融合、水乡特色，比汴京更胜一筹。苏门四学士之一的晁补之曾说："杭之为州，负海带山，盖东南美味之所聚焉。水羞陆品，不待贾而足。……菜则茼蒿、茵陈、紫蕨、青莼、韭畦、芋区、茭首、芹根、藤花、莙荙、菊叶、荠苢、姜辛、薤淡、荠甘……"

吴自牧《梦粱录》和周密《武林旧事》都记录了当时临安的物产之丰、珍馐之异、人烟之密、商贾之兴、管弦之盛、亭馆之丽。林升的《题临安邸》吟咏道："山外青山楼外楼，西湖歌舞几时休。暖风熏得游人醉，直把杭州作汴州。"人们乐不思蜀，一时忘了还有北方大片国土沦落金人之手。

有两则小故事，可见当年皇族耽于游乐、画楫轻舫、旁舞如织的景象：

《武林旧事》卷三《西湖游幸》：淳熙间，寿皇以天下养，每奉德寿三殿，游幸湖山，御大龙舟。一日，御舟经断桥，桥旁有小酒肆，颇雅洁，中饰素屏，书《风入松》一词于上，光尧（太上皇赵构）驻目称赏久之，宣问："何人所作？"乃太学生俞国宝醉笔也。其词云："一春长费买花钱，日日醉湖边。玉骢惯识西泠路，骄嘶过，沽酒楼前。红杏香中歌舞，绿杨影里秋千。　　东风十里丽人天，花压鬓云偏。画船载取春归去，余情在，湖水湖烟。明日再携残酒，来寻陌上花钿。"上笑曰："此词甚好，但末句未免儒酸。"因改定云"明日重扶残醉"，则迥不同矣，即日命解褐云。

《武林旧事》卷七《乾淳事亲》：淳熙六年三月十五日，车驾过宫，恭请太上、太后幸聚景园。至翠光登御舟，入里湖，出断桥，又至珍珠园，太上命尽买湖中龟鱼放生，并喧唤在湖卖买等人。内侍用小彩旗招引，各有支赐。时有卖鱼羹人宋五嫂对御自称："东京人氏，随驾到此。"太上特宣上船起居，念其年老，赐金钱十文、银钱一百文、绢十匹，仍令后苑供应泛索。……宋五嫂鱼羹，尝经御赏，人所共趋，遂成富媪。

蕨萁① 养人 洪 迈②

自古凶年饥岁，民无以食，往往随所值为命，如范蠡③谓吴人就蒲蠃④于东海之滨；苏子卿⑤掘野鼠所去草食，及啮雪与旃⑥毛并咽之；王莽⑦教民煮木为酪；南方人饥饿，群入野泽掘凫茈⑧；邓禹军士食藻菜；建安中，咸阳人拔取酸枣、藜藿⑨以给食；晋郗鉴在邹山，兖州百姓掘野鼠、蛰燕⑩；幽州人以桑椹⑪为粮，魏道武亦以供军；岷蜀食芋。如此而已。吾州外邑，峄崌山在乐平、德兴境，李罗万斛山在浮梁、乐平、鄱阳境，皆绵亘百余里，山出蕨萁。乾道辛卯、绍熙癸丑岁旱，村民无食，争往取其根。率以昧旦⑫荷锄往掘，深至四五尺，壮者日可得六十斤。持归捣取粉，水澄细者煮食之，如粗籹⑬状，每根二斤可充一夫一日之食。冬晴且暖，田野间无不出者，或不远数十里，多至数千人。自九月至二月终，蕨抽拳则根无力，于是始止。盖救饿羸者半年，天之生物，为人世之利至矣！古人不知用之，传记亦不载，岂他邦不产此乎？

《容斋随笔》

【注释】

①蕨萁（jué qí）：野菜，别名春不见、一朵云。根状茎短而直立，有一簇不分枝的粗健肉质的长根。春冬采挖，可鲜用或晒干。

②洪迈（1123～1202）：字景卢，号容斋，饶州鄱阳（今江西

鄱阳）人。南宋名臣，曾任翰林学士、龙图阁学士、端明殿学士。以笔记《容斋随笔》《夷坚志》闻名于世。

③范蠡（lǐ）：生卒年不详。字少伯，春秋时楚国宛（今河南南阳）人，春秋末政治家、谋士和实业家，自号陶朱公，后人尊称"商圣"。他出身微贱，博学多才，与楚宛令文种相识、相交甚深，因不满当时楚国政治黑暗、非贵族不得做官而一起投奔越国，辅佐越王勾践灭吴国，一雪会稽之耻，功成名就之后激流勇退，化名为鸱夷子皮，泛一叶扁舟于五湖之中。其间经商成巨富，三散家财，乃中国儒商之鼻祖。

④蒲蠃（luǒ）：蚌蛤之属。《国语·吴语》："今吴民既罢，而大荒荐饥，市无赤米，而囷鹿空虚，其民必移就蒲蠃于东海之滨。"

⑤苏子卿：即苏武（？~前60），字子卿，杜陵（今陕西西安东南）人，西汉大臣，武帝时拜中郎将。天汉元年（前100）奉命以中郎将持节出使匈奴，被扣留。匈奴多次威胁利诱，欲使其投降；后将他迁到北海（今贝加尔湖）边牧羊。苏武历尽艰辛，留居匈奴十九年持节不屈。至始元六年（前81），方获释回汉。

⑥旃：同"毡"，毛织品。

⑦王莽（前45~23）：字巨君，魏郡元城（今河北大名县东）人。王莽为西汉外戚王氏家族的成员。西汉末年，王莽任大司马，立汉平帝，得到朝野的拥戴。初始元年（8），王莽接受孺子婴禅让后称帝，改国号为"新"，宣布推行新政，史称"王莽改制"。王莽统治的末期，天下大乱，新莽地皇四年（23），更始军攻入长安，王莽死于乱军之中。

⑧凫茈（fú cí）：古书上指荸荠。

⑨藜藿（huò）：藜和藿是两种可食用的野菜。藜藿之羹常形容饭菜粗劣、生活简朴。《韩非子·五蠹》："粝粢之食，藜藿之羹。"

⑩蛰燕：冬季伏匿在岩穴中的燕子。

⑪桑葚（shèn）：桑树的果实，又叫桑果、桑枣。质油润，酸甜适口，色紫红。

⑫昧旦：指清晨天将亮时。出自《诗经·郑风·女曰鸡鸣》："女曰鸡鸣，士曰昧旦。"

⑬粔籹（jù nǚ）：古代食品名称。《楚辞·招魂》："粔籹蜜饵，有餦餭些。"以蜜和米面，搓成细条，组之成束，扭作环形，用油煎熟，犹今之馓子、麻花。

【赏读】

　　本篇描绘了中国历史上常见的凶年饥岁、民不聊生的状况。各种野生动植物都成为人们果腹的"美味"，蕨萁、蒲蠃、野鼠、荸荠、藻菜、酸枣、藜藿、蛰燕、桑葚、野芋等等，都成了人们竞相寻找、挖掘的救命之物。

　　洪迈描写了乡村一年大旱，村民无食，冬日的田野上，上千名壮汉荷锄挖掘蕨萁，掘地深至四五尺，情景很是壮观。挖得蕨萁后，回家将其根茎捣碎取粉，用水煮后做成麻花状，用以充饥。这种平素根本不会拿来食用的蕨萁，在荒年救了很多人的命。

　　这样的例子在历史上还有很多。如崇祯二年（1629），马懋才向朝廷上《备陈大饥疏》，对当时延安大旱，百姓以野菜、树皮果腹，导致饿殍遍野的惨状予以描述："臣乡延安府，自去岁一年无雨，草木枯焦。八九月间，民争采山间蓬草而食。其粒类糠皮，其味苦而涩。食之，仅可延以不死。至十月以后而蓬尽矣，则剥树皮而食。诸树惟榆树差善，杂他树皮以为食，亦可稍缓其死。迨年终而树皮又尽矣，则又掘山中石块而食。其石名青叶，味腥而腻，少食辄饱，不数日则腹胀下坠而死。民有不甘于食石而死者，始相聚为盗……间有获者亦恬不知畏，且曰：死于饥与死于盗等耳。与其坐而饥死，何若为盗而死，犹得为饱鬼也。"

中国农业基本上是靠天吃饭，因为荒年频仍，为使灾民能够辨别各种可食用植物以自救，出现了很多种著作专做指导，如朱橚《救荒本草》、王磐《野菜谱》、周履靖《茹草编》、鲍山《野菜博录》等，其中以明太祖第五子朱橚编纂的《救荒本草》最为著名。《救荒本草》共记载植物414种，其中草类245种、木类80种、米谷类20种、果类23种、菜类46种，每种皆配图谱，是一部专讲地方性植物并结合食用方面以救荒为主的植物志。卞同在为《救荒本草》作序时，对此做出了很高评价："植物之生于天地间，莫不各有所用。苟不见诸载籍，虽老农老圃亦不能尽识，而可烹可芼者，皆蹦籍于牛羊鹿豕而已。而本草书中所载，多伐病之物，而于可茹以充腹者，则未之及也。……苟能知悉而载诸方册，俾不得已而求食者，不惑甘苦于荼荠，取昌阳，弃乌喙，因得以裨五谷之缺，则岂不为救荒之一助哉！"

食豚早晚 朱 弁①

晁季一②检诗,尝为予言:"《归田录》③所记圣俞④赋河豚云:'春洲生荻芽,春岸飞杨花。河豚于此时,贵不数鱼虾。'则是食河豚时正在二月。而吾妻家毗陵⑤,人争新相问遗,会宾客,惟恐后时,价虽高无吝色,多在腊月。过上元⑥则不复贵重。所食时节,与欧公称赏圣俞绝不相同。岂圣俞赋诗之地与毗陵异邪?"风气所产,随地有早晚,亦未可一概论也,故为记之。

《风月堂诗话》

【注释】

①朱弁(biàn,1085~1144):字少章,号观如居士。歙州婺源(今属江西)人,朱熹族叔祖,太学生出身。靖康之变时避乱江南,高宗建炎元年(1127),以诸生补修武郎,充当河东大金军前通问副使,随正使王伦赴金探问二帝,持节不屈,留金十六年始得放归。曾劝宋高宗恢复中原,得罪秦桧,官终奉议郎。著有《聘游集》《輶轩唱和集》,已佚;今存有《曲洧旧闻》《风月堂诗话》等。

②晁季一:晁贯之,字季一,北宋人,精研和胶之法,善制墨,著有《墨经》。

③《归田录》:北宋欧阳修撰。凡一百十五条,乃欧阳修晚年辞官闲居颍州时作,故书名"归田",多记朝廷旧事和士大夫琐事,史料翔实可靠。

④圣俞：即梅尧臣，字圣俞，宣州宣城（今属安徽）人，世称宛陵先生，北宋诗人。

⑤毗陵：地名。西汉置县，在今江苏省常州市。

⑥上元：节日名。俗以农历正月十五日为上元节，也叫元宵节。

【赏读】

河豚肉质细嫩鲜美，但河豚内脏中含有神经毒素，若加工不到位，极易殃及食者性命，所以古往今来吃河豚的乐趣就在于这种冒险性、刺激性。现代社会为让人们既能吃到河豚又避免中毒，规定需考取专门的河豚烹饪厨师证才能上岗操作，就是要增加一层"保护伞"。

宋代以来，吟咏河豚的诗词很多，其中最有名的当数梅尧臣这首"春洲生荻芽，春岸飞杨花。河豚于此时，贵不数鱼虾"了，梅尧臣因而得"梅河豚"之名。欧阳修盛赞此诗"作于樽俎之间，笔力雄赡，顷刻而成，遂为绝唱"。

宋词中，吟咏河豚的还有：洪适的"一拥河豚千百尾，食指摇，城中虚却鱼虾市"；王之道的"试问荻芽生也未，便宜，出网河豚美更肥"；辛弃疾的"快趁两三杯，河豚欲上来"；黄机的"剩买蒌蒿荻芽，河豚已上渔舟"。当然，最爱吃河豚的苏东坡自然少不了，他的著名诗句"竹外桃花三两枝，春江水暖鸭先知。蒌蒿满地芦芽短，正是河豚欲上时"，已成为人们食用河豚的时令导引了。

宋人吴曾《能改斋漫录》载：东坡在资善堂中，盛称河豚之美。李原明问："其味如何？"答曰："值那一死。"李功择尚书，江左人，而不食河豚。曾云："河豚非忠臣孝子所宜食。"或以二者之言问予，予曰："由东坡之言，则可谓知味；由李功择之言，则可谓知义。"

关于梅尧臣诗中河豚时令的早晚，不仅朱弁有疑问，明代陆容在《菽园杂记》中也曾提出过质疑,他说:"荻芽长,河豚已过时矣,而圣俞云然,予尝疑之。后观范石湖《吴郡志》,始知此鱼至春,则溯江而上,苏、常、江阴居江下流,故春初已盛出,真、润则在二月。若金陵上下,则在二三月之交。池阳以上,暮春始有之。圣俞所云,殆池阳、当涂之俗,而欧公所谓'群游水上,食絮而肥',南人多以荻芽为羹,则又附会之说,非真知河豚者也。"

宋人袁耿《枫窗小牍》记述了自己吃河豚的惊险经历:有一次他去平江姻亲家,张谏院(官名,类似纪委张书记)跟他说南来无它快事,只学会烧得一手好河豚。一会儿烹煮完毕,正准备与他一起大快朵颐,忽有客人求见,就放下先见客人去了。此时一只猫闻到鱼味,就弄翻了盆,与狗一起吃了几口,俄顷,猫狗皆死。真让人捏把冷汗啊,夺两人性命于猫狗之口。后来汴京食店多以假河豚飨客,就是这个道理。此番经历,于今想起,亦足半死。

这就是"拼死吃河豚"的结果,有人当了先锋,有人成了"先烈",像这种躲过一劫的,算他幸运。

堂 食 罗大经①

渡江初,吕元直②为相,堂厨每厅日食四千;至秦会之③当国,每食折四十余千。执政有差,于是始不会食。胡明仲④侍郎曰:"虽欲伴食,不可得矣。"

《鹤林玉露》

【注释】

①罗大经(1196~1252):字景纶,号儒林,又号鹤林,南宋庐陵(今江西吉水)人。宝庆二年(1226)进士,历仕容州法曹、辰州判官、抚州推官。在抚州时,因为朝廷起矛盾纠纷而被株连,遭弹劾而罢官。此后再未重返仕途,闭门读书,博极群书,专事著作。著有《易解》十卷、《鹤林玉露》十八卷等。

②吕元直:吕颐浩(1071~1139),字元直,其先祖原居沧州乐陵(今山东德州),后迁齐州(今山东济南)。宋哲宗绍圣元年(1094)进士。宋室南渡后,吕颐浩曾两度拜相,兼领相权与军权,位高权重。

③秦会之:秦桧(1090~1155),字会之,南宋初江宁(今江苏南京)人。宋徽宗政和五年(1115)进士,补密州(今山东诸城)教授,曾任太学学正。北宋末年任御史中丞,与宋徽宗、钦宗一起被金人俘获。南归后,任礼部尚书,并两度拜相,前后执政十九年。因力主对金求和,以"莫须有"罪名构陷处死岳飞。

④胡明仲：胡寅（1098～1156），字明仲，建宁崇安（今福建武夷山）人。官至秘书省校书郎。金人立张邦昌为"楚帝"，胡寅弃官归家。高宗时，擢拔为起居郎。主张抗金，与秦桧不合。

【赏读】

"堂食"又名"堂馔"，是唐宋时朝会过后在政事堂提供给群臣的公费工作餐。这则笔记说，南渡之初，吕颐浩当宰相时，堂厨是每天花费四千个铜钱；而到了秦桧执政时，伙食标准则翻了十倍，折合四十余千铜钱，而且规定根据各人官阶不同，堂食标准也不同，所以也就不会餐了。

说起来，古代的工作餐制度最早起源于东周时代。《国语·楚语下》载："楚成王闻子文之朝，不及夕也，于是乎每朝设脯（即肉干）一束、糗（即干粮）一筐，以羞（进献意）子文。至于今令尹秩之。"子文是当时的令尹，相当于宰相，后来这工作餐就成了惯例，并不限于宰相。

《资治通鉴》卷二百二十五载：唐代宗时，元载、王缙为宰相，代宗每天皆赐以内厨御馔，可够十人食用，后遂为定制。后来，元载伏诛，王缙被贬，新任宰相常衮与朱泚上言："餐钱已多，乞停赐馔。"代宗许之。常衮又欲辞堂封（唐制：堂封，岁三千六百缣，相当于年终奖），引起同僚强烈反对。时人讽衮，以为"朝廷厚禄，所以养贤，不能，当辞位，不当辞禄"。常衮是个清高孤傲的宰相，他不妄交游，但为政苛细、崇尚节俭。他先是奏停赐馔，然后又欲辞堂封，自然引起了同僚的异议，他们认为常衮是自己无能，朝廷给官员厚禄，是用来养贤人的，你若没这个能力，该辞的不是厚禄，而是职位。

常衮"奏停赐馔"的例子在国家有难时成了群臣态度的一块试金石。《宋史》载：熙宁元年，宰相曾公亮以"河朔一带因灾受害，国家用度不足"为由,请求皇上对两府官员"不赐金帛"。神宗让翰林学士们商议。

王安石以"辞堂馔"的典故为例,认为"国用不足,并非急务,当务之急是找到并任用善于理财之人",司马光则认为救灾当紧,国家财政紧张,当然应该从身边做起,先停赐金帛。两种针锋相对的观点,弄得神宗一时也六神无主,最后神宗答曰:"朕的意见与司马光相同,今且以不允答之。"一顿堂食是免还是不免,就能引出一大通有关国计民生的争议,可见这堂食的兴废兹事体大。

据说堂馔的伙食还是挺好的,苏东坡在惠州时,曾给弟弟子由写信:"子由三年食堂庖,所食刍豢,没齿而不得骨,岂复知此味乎?戏书此纸遗之,虽戏语,实可施用也。然此说行,则众狗不悦矣。"

也有人嫌这工作餐不好吃,五代后汉时的宰相苏逢吉早已吃不惯这些堂食了,他开起了小灶。《新五代史·汉臣传·苏逢吉》载:"逢吉已贵,益为豪侈,谓中书堂食为不可食,乃命家厨进羞,日极珍善。"

有的官员对堂食极为满足,民初孙静庵的笔记《栖霞阁野乘》载:一日会食军机处,同列有征唐宋宰相堂餐故事者,时任大学士的刘墉忽朗吟曰:"但使下民无殿屎,何妨宰相有堂餐。"殿屎(xī),愁苦呻吟。这里是说只要民众没有呻吟声,何妨宰相们天天吃堂食呢。

田　鸡　叶绍翁[①]

　　杭人嗜田鸡如炙，即蛙也。旧以其能食害稼者，有禁。宪圣渡南，以其酷似人形，力赞高宗申严禁止之。今都人习此味不能止，售者至刳[②]冬瓜以实之，置诸食蛙者之门，谓之"送冬瓜"。黄公度[③]帅闽，以闽号多为进士，未必谙贯宿，戒庖兵市坐鱼三斤。庖兵不晓所名，遍问诸生，莫能喻。时林执善[④]为州学录，或语庖人以执善多记，庖人拜而问焉。执善语以可供田鸡三斤，庖人如教纳入。黄公度笑而问庖人曰："谁教汝？"庖以执善告。黄公遂馆林于宾阁云。执善记博而瑰奇，为南宫第一。试《圣人备道全美论》，至今举子诵之，有《林省元文衡事鉴》行于世。

《四朝闻见录》

【注释】

①叶绍翁（1194～?）：字嗣宗，号靖逸，祖籍建安（今福建建瓯），南宋中期诗人。原姓李，祖父李颖士于宋政和五年（1115）中进士，曾任处州刑曹，后知余姚。建炎三年（1129），颖士抗金有功，升为大理寺丞、刑部郎中，后因赵鼎党事，被贬。绍翁因祖父连累，家道中衰，少时即过继给龙泉（今属浙江丽水）叶姓为子。光宗至宁宗期间，曾在朝廷做小官。卒年不详。著有诗集《靖逸小集》、笔记《四朝闻见录》等。

②刳（kū）：从中间破开再挖空。

③黄公度（1109~1156）：字师宪，号知稼翁，莆田（今属福建）人。绍兴八年（1138）进士第一，曾任承事郎、签书平海军节度判官（治所在今福建泉州）。

④林执善：字成己，闽县人，开禧元年（1205）进士，礼部试第一，称"省元"。

【赏读】

这是一则典型的"上有政策，下有对策"的案例。

田鸡，就是青蛙，因为吃着肉味如鸡，所以很多人专门逮来销售，杭州人尤其爱吃。李时珍《本草纲目》载："蛙好鸣，其声自呼，南人食之，呼为田鸡，云肉味如鸡也。"但是不行，因为田鸡宰杀后酷似人形，皇帝老倌把它给禁了，这下子吃田鸡就变成地下活动了。

然而，老百姓的智慧是无穷的，自有应付的对策。

对策之一：障眼法。贩田鸡者先是把冬瓜瓤掏空，再在里面填充上田鸡，然后以"送冬瓜"的名义卖田鸡。你不让吃田鸡，总不能也不让吃冬瓜吧？

对策之二：改名法。黄公度在福建当官时，就命令厨子去买三斤坐鱼，他要下酒吃。干了这么多年厨师，老厨子遇到了新问题，只知道鲤鱼、鲑鱼、鲍鱼、鲥鱼、黄鱼，"坐鱼"是啥玩意儿啊？福建是个出进士的地方，厨子找了几个诸生询问，却都说不知道。他打听到林执善学问大，于是赶紧找他，林执善告诉他：你去买三斤田鸡就行了。厨子做好田鸡端到桌上，黄公度很好奇："是谁教你的啊？"厨子如实告知。黄公度听罢，就把林执善聘为私塾先生，果真，几年后，林执善考中进士，还成了"省元"。

一道政令能否推行，首先要看它是否符合绝大多数人的利益，其次是其执行的可操作性怎样，舍此恐怕就是一纸空文。禁吃田鸡，出发点是好的，田鸡是益虫，应予以保护；但在操作上难度很大，无法执法到位，禁令形同虚设。与其禁而不止，不如合理引导为好，如大力发展养鸡事业，使吃鸡的成本更加降低；建几个人工养蛙场，减少对野生蛙的依赖，等等。如此，当可消除"上有政策，下有对策"之弊。

说食经 周辉[1]

食无精粝[2],饥皆适口。故善处贫者,有"晚餐当肉"之语。辉家与宗室通婚姻,常赴其招。家家类留意庖馔,非特调芼[3]应律令,且三字"烂、熟、少"。烂则利于咀嚼,热则不失香味,少则俾不属餍而饫后品。辉顷出疆,自过淮,见市肆所售羊边[4]甚大,小者亦度五六十斤,盖河北羊之胡头,有及百斤者。驿顿早晚供羊甚腆[5],既苦生硬,且杂以芜荑酱[6],臭不可近。若用前二所制饷客,岂不快屠门之嚼哉!王荆公解"美"字从羊、从大,谓羊之大者方美;而东坡亦有"剪毛胡羊大如马,谁记鹿角腥盘筵"之句;山谷《简何斯举治具待客》亦谓"软烂则宜老人,丰洁则称佳客"。今日蔬食,起《权舆》[7]之叹,说食经而偶及此。

《清波杂志》

【注释】

①周辉(1126~1198):字昭礼,钱塘(今浙江杭州)人,周邦彦之子。南宋绍兴年间曾应试博学鸿词科,后来曾到金国,晚年隐居钱塘清波门。著有《清波杂志》,在宋人笔记中较为著名,记载了宋代的典章制度、风俗物产、名人逸事等,保留了不少宋人的佚文、佚诗和佚词。

②精粝:上好的白米和粗糙的劣米。

③芼（mào）：拔取。

④羊边：羊去头、蹄剖为两爿称为"边"，即半边。

⑤腜：丰厚。

⑥芜荑酱：《本草》云，芜荑，树名，一名无姑。形状如榆荚，有臭气，可作酱食之。

⑦《权舆》：《权舆》是《诗经》的子篇，以没落贵族的口吻，表现了他对往日生活充满留恋及对现状的不满。

【赏读】

古人重视饮食养生，周辉则亮明其观点：食无精粝，饥皆适口。他的饮食经验就是"烂、熟、少"三字。西谚云：饥饿是最好的厨师。饿了，很一般的晚餐也会像肉一样好吃。

"烂、熟、少"这三字对后人影响极大，清人陈其元《庸闲斋笔记》申发其观点说："忆昔庚、辛避乱山中时，偶得一鱼一肉，不啻八珍之享。年来宦游江南，每岁首赴苏贺正，僚友邀饮，一日之间或至三四五处，皆穷极水陆。然闻招则蹙额，举箸则攒眉，岂今昔口腹有不同哉？盖缘过饱之故耳。是以宋人治具宴客有三字诀：曰烂，曰热，曰少。烂则易于咀嚼，热则不失香味，少则俾不属餍而可饫。后品'少'之一字，真妙诀也。"

田艺衡《留青日札》则在"软饭，烂肉，少酒"后又加了一条"独宿"，因古人多姬妾，过度则无益于养生。所以他写了个座右铭"软饭以养胃，烂肉以养人，少酒以养血，独宿以养神"，称之为日用之妙法。

关于饮食养生，郑樵《食鉴》有更详细的论说：食味无务于浓酽，其要在于淳和；食料无务于丰赢，其要在于从俭；食物无务于奇异，其要在于守常；食制无务于脍炙生鲜，其要在于蒸烹如法；食用无务于餍饫口腹，其要在于饥饱处中。

现代人生活水平提高，凡事丰盛不可餍足，唯独体会不到"少"的精义。当代极简主义生活方式颇符于古人之说的精髓，老子说"少则多，多则惑"，就辩证地说明了"少"与"多"的关系。现代人不独饮食养生要体现个"少"字，亦可推广于方方面面，把人的需求降到较低限度，克制贪婪心，这样与大自然相处就会更加和谐，心灵也会更加宁静。

江西俗俭 陆 容①

江西民俗勤俭,每事各有节制②之法,然亦各有一名。如吃饭,先一碗不许吃菜,第二碗才以菜助之,名曰"斋打底"。馔品好买猪杂脏,名曰"狗静坐",以其无骨可遗也。劝酒果品,以木雕刻彩色饰之,中惟时果一品可食,名曰"子孙果盒"。献神牲品③,赁于食店,献毕还之,名曰"人没份"。节俭至此,可谓极矣。学生读书,人各独坐一木榻,不许设长凳,恐其睡也,名曰"没得睡",此法可取。

《菽园杂记》

【注释】

①陆容(1436~1497):字文量,号式斋,南直隶苏州府太仓(今属江苏)人。明成化二年(1466)进士,授南京主事,进兵部职方郎中。迁浙江右参政,所至有绩。后以忤权贵罢归,卒。著有《世摘录》《式斋集》《菽园杂记》等。

②节制:节约、控制。

③献神牲品:祭祀仪式上摆放的猪羊肉鸡鸭等供品。

【赏读】

江西多山地,资源匮乏,交通不便,故古来较贫困,当地民众养成了俭省的习俗。这里记述了当地一些与吃有关的俭俗民风:如吃第一碗饭不让吃菜,堪比吃斋,谓之"斋打底";狗爱啃骨头,但当地民众吃不起猪肉,只能买些内脏杂碎,也就没有骨头可扔,所以叫"狗静坐";喝酒时桌上的果品都是木头雕刻的,唯中间有当令水果一种可食,其余皆可以世世代代地摆下去,故谓之"子孙果盒";人们一般祭奠祖先神灵,所摆的贡品事后都可供食用,但这里的贡品皆是从食店租赁的,用毕归还,所以叫"人没份";要改变命运,只有刻苦读书,为防止学生在长凳上睡觉,只设方木榻,美其名曰让学生"没得睡"。凡此种种,很形象地把此地生计艰难因而形成的节俭习俗描绘了出来。

勤俭分两种,一种是富而不奢(而非悭吝),一种是贫而清俭。冯梦龙《古今谭概》的"贫俭部",有很多此类故事,如:曾官拜北宋宰相的范仲淹,其家族在其显贵之后,仍以清苦俭约称于世,子孙皆守其家法。范仲淹当宰相后,曾留好友晁公武吃饭。晁公武悄悄对人说:"丞相变家风矣。"别人问其详,晁答:"盐豉上竟然有两簇肉了,岂不是变家风了吗?"闻者大笑。

《卢氏杂说》也载:曾任唐朝宰相的郑余庆,人极清俭。一日,忽召亲朋好友数人聚餐。众人都很惊讶,所以早早就来了。在太阳升得老高时,郑余庆才慢慢踱出,与大家一起闲话,其时众人皆腹响如鼓了。这时郑余庆对左右说:"吩咐厨家烂蒸去毛,记着千万别把脖子折断啊!"众人相视一笑,想着今天必定有蒸鹅鸭之类可吃了。又等了好久,盘子端出来,每人面前一个酱醋小碟,但见主食是黄米饭一碗,蒸葫芦一枚。众人见状,只有摇头苦笑,勉强吃下去了。

针对清俭之风,冯梦龙总结说:贫者,士之常也;俭者,人之性也。贫不得不俭,而俭者不必贫,故曰"性也"。然则俭不可乎?曰:吝不可耳。夫俭非即吝,而吝必托之于俭。俭而吝,则虽堆金积玉,与贫乞儿何异?

黄鼠肥美 陆 容

宣府、大同之墟①产黄鼠,秋高时肥美,土人以为珍馔。守臣岁以贡献,及馈送朝贵,则下令军中捕之。价腾贵②,一鼠可值银一钱,颇为地方贻害。凡捕鼠者,必畜松尾鼠数只,名夜猴儿,能嗅黄鼠穴,知其有无,有则入啮其鼻而出。盖物各有所制,如蜀人养乌龟以捕鱼也。

《菽园杂记》

【注释】

①墟:曾经住人后又荒废的地方。

②腾贵:飞速上涨,昂贵。

【赏读】

明朝建都北京之后,为防止外夷来犯,在北部沿边一带大修长城,建都司卫所,共设"九边十一镇",派驻重兵把守。宣府镇、大同镇均为防御蒙古人南下的重要战略屏障,"敌犯山西,必自大同;入紫荆,必自宣府"。因为战乱频仍,留下很多废墟,不意竟成为黄鼠出没的藏身之所。

关于黄鼠,李时珍《本草纲目》载:"黄鼠出太原、大同,延、绥及沙漠诸地皆有之,辽人尤为珍贵。状类大鼠,黄色,而足短善走,极肥。穴居有土窖如床榻之状者,则牝牡所居之处。秋时畜豆、粟、草木之实以御冬,各为小窖,别而贮之。村民以水灌穴而捕之。味极肥美,如豚子而脆。皮可为裘领。辽、金、元时以羊乳饲之,用供上膳,以为珍馔,千里赠遗。"《百感录》亦载:"西北有兽类黄鼠,短喙无目,性狡善听,闻人足音辄逃匿,不可卒得。土人呼为'瞎撞',亦黄鼠类也。"

　　元朝居草原,多食黄鼠,元代忽思慧把黄鼠列入宫廷食谱《饮膳正要》中,称:黄鼠,味甘平,无毒,多食发疮。元代还有许多吟咏黄鼠的诗:"割鲜俎上荐黄鼠,献获鞍间悬白狼。""马乳新挏玉满瓶,沙羊黄鼠割来腥。"

　　黄鼠还被当作贡品,专供皇族享用。当然,那是专门"以羊乳饲之,用供上膳,以为珍馔"。在辽、金、元、明及清五朝,黄鼠都因"味极肥美",成为宫廷名菜。

蟹 会 张岱[①]

食品不加盐醋而五味全者，为蚶，为河蟹。河蟹至十月与稻粱俱肥，壳如盘大，坟起[②]，而紫螯巨如拳，小脚肉出，油油如螾蜒[③]。掀其壳，膏腻堆积，如玉脂珀屑，团结不散，甘腴虽八珍[④]不及。一到十月，余与友人兄弟辈立蟹会，期于午后至，煮蟹食之，人六只，恐冷腥，迭番煮之。从以肥腊鸭、牛乳酪。醉蚶如琥珀，以鸭汁煮白菜如玉版。果蓏[⑤]以谢橘，以风栗，以风菱。饮以玉壶冰[⑥]，蔬以兵坑笋，饭以新余杭白，漱以兰雪茶[⑦]。由今思之，真如天厨仙供，酒醉饭饱，惭愧惭愧。

《陶庵梦忆》

【注释】

①张岱（1597～1689）：一名维城，字宗子、石公，号陶庵、蝶庵，山阴（今浙江绍兴）人。明末清初文学家、史学家。祖籍四川绵竹，故自称"蜀人"或"古剑"。寓居杭州，出身仕宦世家，少为富贵公子，精于茶艺鉴赏，有纨绔子弟的豪纵习气，明亡后不仕，入山著书以终。著有《琅嬛文集》《陶庵梦忆》《西湖梦寻》《夜航船》《四书遇》《石匮书》等。

②坟起：凸起如坟状，故曰坟起。

③螾蜒：形似蜈蚣而小的青黑色之虫，用以形容螃蟹肉多的小脚。

④八珍：《周礼·天官》："珍用八物"，概为龙肝、凤髓、豹胎、鲤尾、鸮炙、猩唇、熊掌、酥酪蝉。后多指珍稀之物。

⑤果蓏（luǒ）：瓜果的总称。

⑥玉壶冰：酒名。宋人叶梦得《浣溪沙·送卢倅》词："荷叶荷花水底天，玉壶冰酒酿新泉，一欢聊复记他年。"

⑦兵坑笋、余杭白、兰雪茶：当地竹笋、大米和茶叶的名品。兰雪茶乃张岱创制，《陶庵梦忆》专门有《兰雪茶》一则，系采用"扚法、掐法、挪法、撒法、扇法、炒法、焙法、藏法"制成，"雪芽得其矣，未得其气，余戏呼之'兰雪'"。

【赏读】

中国文人对螃蟹的痴迷恐怕是世界上无出其右的。早在北宋时期傅肱就写出了《蟹谱》，随后南宋的高似孙又写了一本《蟹略》，两者相互补充，详细记述了蟹的名称、形貌、性躁、品类、繁育、生长过程、分布、捕捉、食用以及有关的风俗、掌故、诗文等。

大文豪苏轼喜吃螃蟹，在流放之地，螃蟹曾给了他很大慰藉。那时当地人很少吃螃蟹，所以"紫蟹鲈鱼贱如土，得钱相付何曾数"；他一手吃蟹，一手举杯，感叹："左手持蟹螯，举觞瞩云汉。天生此神物，为我洗忧患。"他还在《丁公默送螃蟹》诗中写道："半壳含黄宜点酒，两螯研雪劝加餐。堪笑吴兴馋太守，一诗换得两尖团。"尖者，公蟹也；团者，母蟹也。

所以，张岱与诸友人兄弟成立蟹会，待秋风起时煮蟹持螯，配上各式瓜果，再以当地的各种名品佐餐，"饮以玉壶冰，蔬以兵坑笋，饭以新余杭白，漱以兰雪茶"，这对年轻时期"好鲜衣，好美食，好骏马，好华灯"的张岱之辈来说，不过是平常饭食，而在我们看来真算是土豪般的生活了。

我以为史上最嗜吃螃蟹者无过于清代的李渔了。他这样记述自已对螃蟹的痴情："予嗜此一生。每岁于蟹之未出时，即储钱以待，因家人笑予以蟹为命，即自呼其钱为'买命钱'。"甚至他曾有一婢，因勤于事蟹，被其改名为"蟹奴"。他还如此吟咏："蟹乎！蟹乎！汝于吾之一生，殆相终始者乎！所不能为汝生色者，未尝于有螃蟹无监州处作郡，出俸钱以供大嚼，仅以悭囊易汝。即使日购百筐，除供客外，与五十口家人分食，然则入予腹者有几何哉？蟹乎！蟹乎！吾终有愧于汝矣。"总让人感觉嗜好得有些夸张，痴迷得有些过火了。

螃蟹的做法各种各样，但我以为《金瓶梅》第六十一回中常峙节老婆做的"酿螃蟹"最为独特。那是用"四十只大螃蟹，都是剔剥净了的，里边酿着肉，外用椒料、姜蒜米儿、团粉裹就，香油煠过、酱油醋造过，香喷喷，酥脆好食"。螃蟹剔净，省却了"钩""索""挑""剔"的麻烦，这种做法挺适合西门庆这种不会"精致的吃"的粗人。

古人吃螃蟹，雅致些的，都要持螯赋诗的。大家对《红楼梦》里贾宝玉与众小姐在大观园里吃螃蟹赏桂花、大搞赋诗比赛一定印象颇深，你很难想象一群少爷小姐只在那里闷头大嚼，那会多么无趣！

梁实秋先生向来讲究吃的章法，提到吃螃蟹，他的经验是："在正阳楼吃蟹，每客一尖一团足矣，然后补上一碟烤羊肉，夹烧饼而食之，酒足饭饱。别忘了要一碗氽大甲，这碗汤妙趣无穷，高汤一碗煮沸，投下剥好了的蟹螯七八块，立即起锅注在碗内，洒上芫荽末、胡椒粉和切碎了的回锅老油条。"以蒸蟹始，以大甲汤终，前后照应，老辈人的吃法，也处处像一篇起承转合的大文章了。

乳 酪 张 岱

乳酪自驵侩①为之，气味已失，再无佳理。余自豢一牛，夜取乳置盆盎，比晓，乳花簇起尺许，用铜铛煮之，瀹兰雪汁，乳斤和汁四瓯，百沸之。玉液珠胶，雪腴霜腻，吹气胜兰，沁入肺腑，自是天供。或用鹤觞、花露②入甑蒸之，以热妙；或用豆粉搀和，漉之成腐，以冷妙。或煎酥，或作皮，或缚饼③，或酒凝，或盐腌，或醋捉④，无不佳妙。而苏州过小拙和以蔗浆霜，熬之、滤之、钻之、掇之、印之为带骨鲍螺⑤，天下称至味。其制法秘甚，锁密房，以纸封固，虽父子不轻传之。

《陶庵梦忆》

【注释】

①驵侩：亦作"驵会""驵狯"。指马匹交易的经纪人，亦泛指交易。侩，壮马，骏马。

②鹤觞、花露：皆酒名。北魏杨衒之《洛阳伽蓝记·法云寺》："河东人刘白堕善能酿酒。季夏六月，时暑赫晞，以罂贮酒，暴于日中，经一旬，其酒味不动。饮之香美而醉，经月不醒。京师朝贵多出郡登藩，远相饷馈，逾于千里。以其远至，号曰'鹤觞'，亦名'骑驴酒'。"

③缚饼：以乳和面揉制成饼。

④醋捉：用醋使之凝固。捉，使凝固。

⑤带骨鲍螺：一种鲍螺状的乳酪制品，带酥皮，入口即化。《金瓶梅》中的李瓶儿就善制鲍螺，应伯爵描述其形状："上头纹溜，就像螺蛳儿一般，粉红、纯白两样儿。"

【赏读】

中国人向无食用乳酪的习惯，或因加工复杂，或因成本高昂，偶有一尝，都惊为妙品。张岱认为市面所售乳酪一经驵侩之手，便无佳味，故自己动手养牛挤乳，制作乳酪。加工程序十分复杂，"或煎酥，或作皮，或缚饼，或酒凝，或盐腌，或醋捉"，非一般人所能掌握。苏州的过小拙用乳酪加工成带骨鲍螺，要经过"熬之、滤之、钻之、掇之、印之"等一系列程序，才能成天下之"至味"。

鲍螺本是一种螺蛳类的海产品，带骨鲍螺则是模仿螺蛳形状的奶油制品。南宋周密《武林旧事·市食》里就有："鲍螺，裹蜜。"张岱《陶庵梦忆·方物》提到各地名产，把它列为苏州特产："苏州则带骨鲍螺、山查丁、山查糕、松子糖、白圆、橄榄脯。"

在明代小说《金瓶梅》里，西门庆的第四小妾李瓶儿擅长做"酥油泡螺"，当与"带骨鲍螺"相仿。后来，李瓶儿死去，西门庆再见到"酥油泡螺"就会睹物伤人。第六十七回里，温秀才和应伯爵在西门庆书房赏雪，这时妓女郑爱月的弟弟郑春送来了两盒茶食：

"揭开，一盒果馅顶皮酥、一盒酥油泡螺儿。伯爵道：'好呀！拿过来，我正要尝尝！死了我一个女儿会拣泡螺儿，如今又是一个女儿会拣了。'先捏了一个放在口内，又拈了一个递与温秀才，说道：'老先儿，你也尝尝。吃了牙老重生，抽胎换骨。眼见希奇物，胜活十年人。'温秀才呷在口内，入口而化，说道：'此物出于西域，非人间可有。沃肺融心，实上方之佳味。'"

"……伯爵才待拿起酒来吃，只见来安儿后边拿了几碟果食，内有一碟酥油泡螺，又一碟黑黑的团儿，用桔叶裹着。伯爵拈将起来,闻着喷鼻香,吃到口犹如饴蜜,细甜美味,不知甚物。……又拿起泡螺儿来问郑春:'这泡螺儿果然是你家月姐亲手拣的?'郑春跪下说:'二爹,莫不小的敢说谎?不知月姐费了多少心,只拣了这几个儿来孝顺爹。'伯爵道:'可也亏他,上头纹溜,就像螺蛳儿一般,粉红、纯白两样儿。'"

我想通过这两段逼真的描写,酥油泡螺(鲍螺)的色香味呼之欲出,可推知那是怎样一种酥软可口的休闲小食了。

诸 饭 屈大均[①]

西宁之俗,岁三月,以青枫、乌桕嫩叶,浸之信宿[②],以其胶液和糯蒸为饭,色黑而香。枫一名乌饭木,故用之以相饷。南雄以寒食前后,妇女相约上丘垄,以乌糯饭置牲口祭墓;又以蜡树叶捣和米粉为粔籹[③],色青而香。长乐人以香桂皮叶蒸饭,食之亦香。东莞以香粳杂鱼肉诸味,包荷叶蒸之,表里透香,名曰"荷包饭"。琼州以南椰[④]粉为饭曰"椰霜饭",南椰与椰子树不同,其精液形色气味,皆类藕蕨之粉,故曰"南椰粉"。性温热补中,《本草》以为莎木面也。予诗:"树有天然粉,温香最饱人。"出万州之南万岭。

《广东新语》

【注释】

①屈大均(1630~1696):初名绍隆,字翁山,又字介子,号菜圃,广东番禺(今广州)人,明诸生。清军破广州后,屈大均为僧,南北游走,结交遗民,后又弃僧归儒,结交顾炎武、郑成功等。清朝平定三番后,屈大均隐居著述,有著作多种。清代兴文字狱时,屈大均所有著述均被焚毁。

②信宿:即两三日。《后汉书·蔡邕传论》:"董卓一旦入朝,辟书先下,分明枉结,信宿三迁。"李贤注:"谓三日之间,位历三台也。"

③秕籹：古时一种环形的饼，类似馓子。

④南椰：又名莎木，与海南常见的椰子树并非同一种树木，而是常绿乔木。干高 10～20 米，叶为羽状，颇似椰子；果实大如李子。在开花前采伐树干，浸软后除去外皮，可用普通制淀粉法制成南椰粉，最纯者色白。

【赏读】

　　这里记述了一些广东、海南以树叶汁液或用树叶包裹蒸饭，使叶汁渗入米粒的饮食习惯。现在江浙、广东、广西、海南的很多地方，还保留有在农历四月初八浴佛节用乌饭树叶染色吃"乌米饭""乌精饭""青精饭"和"五色糯米饭"的饮食习俗，四川的"叶儿粑"也是川菜馆常年保留的小吃品种。

　　中国食用乌米饭最早可以追溯到春秋时期，到唐、宋则大兴。唐代诗人陆龟蒙有"乌饭新炊芼臛香，道家斋日以为常"的诗句，杜甫在《赠李白》中也写道："岂无青精饭，使我颜色好。"

　　南宋林洪在《山家清供》中有"青精饭"一则："南烛木，今名黑饭草，又名旱莲草，即青精也。采枝叶捣汁，浸上白好粳米，不拘多少，候一二时，蒸饭曝干，坚而碧色，收贮。如用时，先用滚水，量以米数，煮一滚即成饭矣……久服延年益颜。"

　　按，南烛木又名乌饭树，是一种常绿灌木，高约三至五尺，叶若楝而小，似茶叶而圆厚，浆果熟时呈紫黑色，味甜可食。采其枝叶捣出汁液，色黝黑，具香气；把淘净之粳米放入汁液中浸泡四小时，加热煮熟，拌糖食之，古人认为能延年益寿、美颜常驻。

　　宋末元初的陈元靓在《岁时广记》中也有"青精饭"的做法："杨桐叶、细冬青，临水生者尤茂。居人遇寒食采其叶染饭，色青而有光，食之资阳气。谓之杨桐饭，道家谓之青精饭、石饥饭。"

　　现在广西、云南人还在用青枫叶、乌桕叶、蜡树叶、荷叶、南烛叶、杨桐叶、冬青叶等作为可食用叶汁,壮家人做五色糯米饭用以染色的枫叶、黄栀子、红兰草、紫兰草等,都是人们在摸索中逐渐形成经验以固化的品种。现在看来,这种用树叶汁液或用树叶包裹米饭以蒸食的做法,是国人最早以纯天然色素为食物染色、吸收大自然精华的一种手段,不仅做出的食品颜色漂亮,还有很强的药用价值,值得后世好好继承。

制造食物之秽　陈其元①

　　饮食日用之物,非目睹不知其制造之秽。余在福建见制冰糖者,皆杂以猪脂。在兰溪观制南枣,用牛油拌之乃见光彩,故嗅之微有膻气也。富阳竹纸名天下,造时竹丝不用小便煮,则不能烂。淮甸虾米贮久变色,浸以小便,即红润如新。河南鱼鲊在河上矾②造,盛以荆笼,入汴,道中为风沙所侵,有败者乃以水濯,小便浸一过,控干入物料,肉益紧而味回。然僧家以冰糖、南枣供佛,道家用竹纸书符、上表,至虾米、鱼鲊,江南人家均珍为美味,习而不察,无乎不可也。

　　先大父③尝言:嘉庆初年,在四川一驿遇福文襄郡王行边,州县极供张之盛。以王喜食白片肉,肉须用全猪煮烂味始佳,乃设一大镬④,投全猪于中煮之。未及熟,而前驱至,传王谕,以宿站尚远,一到即饭,以便赶行。无如肉尚未透,庖人窘甚,忽焉登灶解裈,溺于镬中。先大父惊询其故,则曰:"忘带皮硝,以此代之。"比王至,上食,食未毕,忽传呼某县办差人,先大父惊曰:"必觉其臭矣。"既乃知王以一路猪肉无若此驿之美者,赏办差者宁绸袍褂料一副。

《庸闲斋笔记》

【注释】

　　①陈其元(1812~1882):字子庄,晚年号庸闲,清代浙江海

宁人。先任直隶州知州,后发往江苏补用,受江苏巡抚丁日昌的青睐,先后代理南汇、青浦、上海几个大县的县令。著《庸闲斋笔记》十二卷。

②斫(zhuó):用刀斧等击、砍。

③大父:祖父。

④镬(huò):古代煮牲肉烹饪的大型铜器,后统称大锅。

【赏读】

这则笔记为我们讲述了很多日常饮食之物不能细究,知道了制作过程,会让人丧尽胃口的。文中那个爱吃白片肉的王爷,遇到了一个马虎的厨师,忘带皮硝,就在锅中撒了泡尿。谁知王爷吃后竟连声夸奖,说一路上的煮白肉就没有像这次味道鲜美的,乃奖赏办差者绸缎褂料一副。

皮硝能使动物肉类毛皮柔软易烂,因而在炖制肉类时经常加少量使用,但用尿代替皮硝来炖肉的做法确属奇特,使人闻之掩鼻。

无独有偶。当代作家莫言在小说《红高粱》中,也描写了一群酿酒工在高粱酒中"撒了泡尿"而成就了远近闻名的"十八里红"的奇迹。那高粱酒"香气馥郁,饮后有蜂蜜一样的甘饴回味,醉后不伤大脑细胞",而且是"家传秘方",绝不轻易泄露,"传出去第一是有损我家的名声,第二万一有朝一日后代子孙重开烧酒公司,失去独家经营的优势",言之凿凿,让人真假莫辨。莫非小便中的皮硝也让红高粱在酿造中产生了某种奇妙的化学反应?这也算是"假语村言"吧。

据陈其元耳闻目见,小便的确有很多功用,他以亲身经历告诉我们:"淮甸虾米贮久变色,浸以小便,即红润如新。河南鱼鲊在河上斫造,盛以荆笼,入汴,道中为风沙所侵,有败者乃以水濯,小便浸一过,控干入物料,肉益紧而味回。"其间原理,似乎既有化学的也有物理的变化。所以，虾米、鱼鲜这些食物"江南人家均珍为美味，习而不察，无乎不可也"。

知道这些内幕，能让我们了解到历史上的饮馔食材曾是那么粗鄙。随着科学技术及卫生观念的进步，类似做法似很难存在于我们的生活中，但更多的化学添加剂却在食物中无处不在。从不时冒出的马肉冒充牛肉、鸭肉伪装羊肉、三聚氰胺、二噁英、地沟油等事件上看，要想真正禁绝，恐怕还须时日，仍须小心为妙。

油炸鬼 刘廷玑[1]

东坡云：谪居黄州五年，今日北行，岸上闻骡驮铎声[2]，意亦欣然。铎声何足欣？盖久不闻而今得闻也。昌黎[3]诗"照壁喜见蝎"，蝎无可喜，盖久不见而今得见也。予由浙东观察副使奉命引见，渡黄河至王家营，见草棚下挂油炸鬼数枚。制以盐水合面，扭作两股如绳粗，长五六寸，于热油中炸成黄色，味颇佳，俗名油炸鬼。予即于马上取一枚啖之。路人及同行者无不匿笑，意以如此鞍马仪从，而乃自取自啖此物耶。殊不知予离京城赴浙省，今十七年矣。一见河北风味，不觉狂喜，不能自持，似与韩、苏二公之意暗合也。

《在园杂志》

【注释】

①刘廷玑（约1654~?）：字玉衡，号在园，先世居河南开封，后迁辽阳，编入汉军旗。其祖父曾任福建巡抚，父亲曾在直隶、安徽任知府。靠先人的功绩，廷玑循例入官，很早就走上了仕途，曾任内阁中书、浙江括州（今丽水）知府、浙江观察副使。晚年调任河工，参与治理黄河、淮河。著有《葛庄分类诗钞》十四卷、《在园杂志》四卷。

②铎声：铎，古代铜制乐器，内有舌，其声洪亮悠远。铜舌者称金铎，多用于军事；木舌者称木铎，用于宣谕教令。

③昌黎：韩愈（768~824），字退之，河南河阳（今河南孟州）人。自谓郡望昌黎，世称韩昌黎。唐代著名文学家、思想家、政治家，"唐宋八大家"之一，著有《昌黎先生集》。

【赏读】

"油炸鬼"，即今之油条也。馓子与油条同为面粉加入明矾、食碱、盐等调制成面团，再经拉制、绞合，经油炸而成；区别是，馓子偏细、偏硬，油条略粗、略软。还有一种与之相似的是麻花，则又比馓子粗大、顶饥。

徐珂《清稗类钞》有"油灼桧"条：油灼桧，点心也，或以为肴之馔附属品。长可一尺，捶面使薄，以两条绞之为一，如绳，以油灼之。其初则肖人形，上二手，下二足，略如乂字。盖宋人恶秦桧之误国，故象形以诛之也。

周作人1935年写过一篇《谈油炸鬼》，对各种关于油炸鬼的说法做了考证，最后落脚在清人张林西的《琐事闲录》上，是书续编卷上有关于油炸鬼的一则云："油炸条面类如寒具，南北各省均食此点心，或呼果子，或呼为油胚，豫省又呼为麻糖，为油馍，即都中之油炸鬼也。鬼字不知当作何字。长晴岩观察臻云，应作桧字，当日秦桧既死，百姓怒不能释，因以面肖形炸而食之，日久其形渐脱，其音渐转，所以名为油炸鬼，语亦近似。"周作人论述说："案此种传说各地多有，小时候曾听老妪们说过，今却出于旗员口中觉得更有意思耳。个人的意思则愿作'鬼'字解，稍有奇趣，若有所怨恨乃以面肖形炸而食之，此种民族性殊不足嘉尚也。秦长脚即极恶，总比刘豫张邦昌以及张弘范较胜一筹罢，未闻有人炸吃诸人，何也？我想这骂秦桧的风气是从《说岳》及其戏文里出来的。士大夫论人物，骂秦桧也骂韩侂胄更是可笑的事，这可见中国读书人之无是非也。"

从油炸桧讹为油炸鬼,表明了百姓对秦桧误国的痛恨。油条作为一种早餐食品,不管是南方北方,都很受人们的喜爱。常见早餐摊上排队等着取油条的场面,配着白粥、豆腐脑或是胡辣汤,别是一番风味。

知堂老人曾写下一首诗:"禅床溜下无情思,正是沉阴欲雪天。买得一条油炸鬼,惜无白粥下微盐。"白粥、微盐、油炸鬼,很有些自甘淡泊的况味。

醋溜鱼 梁绍壬①

西湖醋溜鱼相传是宋五嫂遗制,近则工料简涩②,直不见其佳处,然名留刀匕③,四远皆知。番禺方橡坪孝廉(恒泰)《西湖词》云:"小泊湖边五柳居,当筵举网得鲜鱼。味酸最爱银刀鲙,河鲤河鲂总不如。"读此诗,觉此鱼顿然生色。甚矣文人之笔,足以移情也。

《两般秋雨庵随笔》

【注释】

①梁绍壬(1792~?):字应来,号晋竹,钱塘(今浙江杭州)人。清道光举人。幼承家学,工诗善文,学问渊博,官至内阁中书。著有《两般秋雨庵诗》《两般秋雨庵随笔》等。

②简涩:简陋,不够精美。

③刀匕:刀和匙,泛指食具。

【赏读】

西湖醋鱼源于南宋。《武林旧事》载:"淳熙六年三月十五日,车驾过宫,恭请太上、太后幸聚景园。次日,皇后先到宫起居,入幕次换头面,候车驾至,供泛索讫,从太上、太后至聚景园。……又至珍珠园,太上命尽买湖中龟鱼放生,并喧唤在湖卖买等人。内侍用小彩旗招引,各有支赐。时有卖鱼羹宋五嫂对御自称'东京人氏，随驾到此'，太上特宣上船起居，念其年老，赐金钱十文、银钱一百文、绢十匹，仍令后苑供应泛索。"这是说太上皇赵构丢了东京之后，跑到杭州，东京人氏宋五嫂也追随前来，开了家鱼羹店，太上皇惜老怜贫，赏赐金银绢帛，宋嫂鱼羹也因而名声大噪。

耐得翁《都城纪胜》也记载："都下市肆，名家驰誉者，如中瓦前皂儿水、杂卖场前甘豆汤、如戈家蜜枣儿、官巷口光家羹、大瓦子水果子、寿慈宫前熟肉、钱塘门外宋五嫂鱼羹、涌金门灌肺、中瓦前职家羊饭、彭家油靴、南瓦宣家台衣、张家圆子、候潮门顾四笛、大瓦子丘家筚篥之类。"

不管是西湖醋溜鱼还是宋嫂鱼羹，相传都是宋五嫂所制，但到了清代，对其口味已大有争议。梁绍壬在这则《醋溜鱼》里，感叹"西湖醋溜鱼"已徒有虚名，不复当年的风光了。无独有偶，袁枚在《随园食单》的《醋搂鱼》一则里，亦喟言"宋嫂鱼羹，徒存虚名，《梦粱录》不足信也"。

而在晚清，俞曲园则对西湖醋鱼情有独钟，吴大澂来访，他专门买来醋鱼招待，日记中记下："吴清卿河帅、彭岱霖观察同来，留之小饮，买楼外楼醋溜鱼佐酒。"可见当时其名声和口味都是不差的。

梁实秋先生是我最歆羡的现代美食家，他在《雅舍谈吃》里对西湖醋鱼还饱含深情："宋五嫂的手艺，吾固不得而知，但是七十年前侍先君游杭，在楼外楼尝到醋溜鱼，仍惊叹其鲜美，嗣后每过西湖辄登楼一膏馋吻。楼在湖边，凭窗可见巨篓系小舟，篓中畜鱼待烹，固不必举网得鱼。普通选用青鱼，即草鱼，鱼长不过尺，重不逾半斤，宰割收拾过后沃以沸汤，熟即起锅，勾芡调汁，浇在鱼上，即可上桌。醋溜鱼当然是汁里加醋，但不宜加多，可以加少些酱油，亦不能多加。汁不要多，也不要浓，更不要油，要清清淡淡，微微透明。上面可以略撒姜末，不可加葱丝，更绝对不可加糖。如此方能保持现杀活鱼之原味。"

梁实秋先生不仅知味,对烹饪过程也颇有心得,他的话当为知言。后来者如邵燕祥,对西湖醋鱼的印象也颇好,他在《诗酒今昔楼外楼》中说:"成年以后,每次来杭州,几乎食必有鱼,而第一次,我记得清楚,是上楼外楼吃的西湖醋鱼。那是1954年,我在杭州住了一周左右。……我是奔着西湖醋鱼来的,西湖有名,楼外楼的醋鱼也有名。"西湖醋鱼几乎成了西湖的象征了。

麻蛋烧猪 梁绍壬

煎堆一名麻蛋,以面作团,油炸鏴①中,空其内,大者如瓜。粤中年节及婚嫁,以为馈遗。德清佘半眉(钦),曾以八律咏之,警句云:"安得规模如此大,不堪心腹竟全空。""四面圆光皆客气,一番投赠半虚花。"又粤俗最重烧猪,娶妇得完璧,则婿家以此馈女氏,大族有用至百十头者,盖夸富也。如不致送,则媒氏②随押妆奁③,背负其女而归矣。其他赛愿致神等事,率皆用之。最足奇者,观音诞辰以荐此品,岂佛门清净之戒,不到南天欤?

《两般秋雨庵随笔》

【注释】

①鏴(lǔ):古代釜一类的器皿。
②媒氏:西周掌管婚姻事务的机关,后专指媒婆。
③妆奁(lián):旧指古代妇女梳妆用的镜匣,后借指嫁妆。

【赏读】

煎堆和烧猪均为粤人习俗。煎堆又叫麻团、麻球、麻蛋,是用糯米粉加糖、油炸花生碎、芝麻等,揉成空心球形,放到锅里用油煎成。清初屈大均《广东新语》载:"广州之俗,岁终,以烈火爆开糯谷,名曰爆谷,为煎堆心馅。煎堆者,以糯粉为大小圆,入油煎之,以祀先祖及馈亲友者也。"在广东,吃煎堆就像北方人过年吃饺子,是必备的项目,又能讨得"煎堆碌碌,金银满屋"的好口彩,故此习俗一直流传至今。

烧猪,就是烤乳猪,是粤人清明节祭祖和婚丧嫁娶的必备礼品。西晋张华《博物志》说"生燕冀者皮厚,生雍梁者足短,生岭南者白而极肥",对广东所产的猪评价甚高。后代声名鹊起的麻皮乳猪,就是把乳猪宰杀洗净,在猪皮上涂酒与油,酌加饴糖、浙醋,使皮发色脆化,内腔涂五香粉、南乳、酱料等,按《随园食单》所记的烤法"先炙里面肉,使油膏走入皮内,则皮松脆而味不走",使之味厚香浓,脆嫩可口。

这里记载的"娶妇得完璧,则婿家以此馈女氏,大族有用至百十头者"是粤人旧俗,新娘三日"回门",夫家赶猪随行,表示"娶妇得完璧",多者达百十头,供新娘家做烧猪之用;若未送猪,则表明"妇不为贞矣",于是媒婆就会连带嫁妆,把新娘押回娘家,这往往就会出现悲剧了。

让梁绍壬奇怪的是,娶妻、敬神用烧猪,祭祀观音诞辰也供烧猪,岂不扰了佛门清净?这也可以看出,一般民众只讲虔诚,佛道耶稣皆不分的泛宗教化心理。

酒船厨子 李 斗[①]

郡城画舫[②]无灶，惟沙飞有之，故多以沙飞[③]代酒船。朱竹垞《虹桥》诗云"行到虹桥转深曲，绿杨如荠酒船来"是也。城中奴仆善烹饪者，为家庖；有以烹饪为佣赁者，为外庖，其自称厨子，称诸同辈曰"厨行"。游人赁以野食，乃上沙飞船。举凡水盘笁帚[④]、西娃箸筯[⑤]、酱瓺醋瓠[⑥]、镊勺盂铛[⑦]、茱萸芍药之属，置于竹筐；加之僵禽毙兽、镇压枕藉，覆幂[⑧]其上，令拙工肩之，谓之厨担。厨子随其后，各带所用之物，裹之以布，谓之刀包。拙工司炉，窥伺厨子颜色，以为炎火温蒸之候。于是画舫在前，酒船在后，橹篙相应，放乎中流，传餐有声，炊烟渐上，幂历[⑨]柳下，飘摇花间，左之右之，且前且却，谓之行庖。

《扬州画舫录》

【注释】

①李斗（？~1817）：字北有，号艾塘（一作艾堂），江苏仪征人，清代戏曲作家。博通文史，兼通戏曲、诗歌、音律、数学，著有传奇《岁星记》和《奇酸记》，以及《艾塘曲录》《艾塘乐府》《永抱堂诗集》《扬州画舫录》等。《扬州画舫录》中保存了很多戏曲、曲艺史料，对研究我国清代的戏曲、曲艺颇有价值。

②画舫：装饰华丽供游人乘坐的船。

③沙飞：一种游船，船顶可架戏楼演剧，或谓之"楼船"。

④水盂（yòu）：水钵、水盆。筅（xiǎn）帚：炊帚，用竹子等做成的刷锅碗的用具。

⑤西㷭（wēi）：风炉，形状像笔筒，多用于舟车上。箸㩙（sǒng）：竹制的筷子笼。

⑥酱瓿（bù）：一种陶制小瓮，圆口，深腹，用以盛酱。醋䤅（dū）：盛醋用的容器。

⑦盉（hé）铛：盉，承载调料的器皿；铛，炒菜锅。

⑧覆幂：以布巾覆盖其上。

⑨幂历：弥漫笼罩之貌。

【赏读】

本篇记述了扬州、苏州一带盛行的"画舫在前，酒船在后，橹篙相应，放乎中流，传餐有声"的船宴场面。

江南多水泽，因而产生了以游船为载体的船宴。因画舫洁净无灶，所以多在画舫后面跟一个沙飞船，专做烹饪之用。顾禄《桐桥倚棹录》云："沙飞船，多停泊野芳浜及普济桥上下岸，郡人宴会与估客之在吴贸易者，辄赁沙飞船会饮于是。船制甚宽，重檐走炉，行动搌舵撑篙，即昔之荡湖船，以扬郡沙氏变造，故又名沙飞船。"这种沙飞船也很讲究，适于设置宴席："舱中以蠡壳嵌玻璃为窗寮，桌椅都雅，香鼎瓶花，位置务精。船之大者可容三席，小者亦可容两筵。"船菜也名声大噪，很多陆上菜馆也以船相号召。

叶圣陶先生在《三种船》里记述了这种"船菜"："船家做的菜是菜馆比不上的，特称'船菜'。正式的船菜花样繁多，菜以外还有种种点心，一顿吃不完。非正式地做几样也还是精，船家训练有素，出手总不脱船菜的风格。拆穿了说，船菜所以好就在于只准备一席，小镬小锅，做一样是一样，汤水不混和，材料不马虎，自然每样有它的真味，叫人吃完了还觉得馋涎欲滴。倘若船家进了菜馆里的大厨房,大镬炒虾,大锅煮鸡,那也一定会有坍台的时候的。话得说回来,船菜既然好,坐在船里又安舒,可以眺望,可以谈笑,玩它个夜以继日,于是快船常有求过于供的情形。那时候,游手好闲的苏州人还没有识得'不景气'的字眼,脑子里也没有类似'不景气'的想头,快船就充当了适应时地的幸运儿。"

夏曾传《随园食单补正》中说:"苏州灯船菜有名,每游必两餐。一皆点心,粉者、面者、甜者、咸汤者、干者,约二十余;酒席则燕窝为首,鱼翅次之。闻乱前颇有佳者,今则船菜之名成耳食矣。"

至于具体菜肴,除了午餐多为八冷盆、四热炒、六小碗,晚餐为四冷盆、六热炒、四大碗外,还有各式精美小点。《吴中食谱》就专门介绍这些点心:"苏州船菜,驰名遐迩,妙在各有真味,而尤以点心为最佳,粉食皆制成桃子、佛手状,以玫瑰、夹沙、薄荷、水晶为最多,肉馅则佳者绝少。饮食业之擅场者,往往以'船式'两字相诩,盖船式在轻灵精致,与堂皇富丽之官菜有别。"

靠山吃山,靠水吃水,这水上的船菜当真打出了一块响当当的招牌,直到抗日战争后才开始式微。

家庖①特色 李 斗

烹饪之技,家庖最盛。如吴一山炒豆腐,田雁门走炸鸡,江郑堂十样猪头,汪南溪拌鲟鳇②,施胖子梨丝炒肉,张四回子全羊,汪银山没骨鱼,汪文密蝉螯③饼,管大骨董汤、鲻鱼糊涂,孔切庵螃蟹面,文思和尚豆腐,小山和尚马鞍乔④,风味皆臻绝胜。

《扬州画舫录》

【注释】

①家庖:即家厨,是富家配备的、能体现其饮食特色的专职厨师。

②鲟鳇:是鲟鱼和达氏鳇两种鱼类的总称,人们常将两者相提并论,称鲟鳇鱼,是白垩纪时期保存下来的古生物群之一,素有水中"活化石"之称。

③蝉螯:一种蛤类,壳紫色,如玉有斑点,肉可食。

④马鞍乔:又名"马鞍桥",淮扬菜"红烧鳝段"的别称。因鳝段经滚油炸过,两边翻翘,中间隆起,形似马鞍,故名。

【赏读】

家庖,在讲究饮馔的名门官宦、富商巨族里比较普遍。本篇记录的吴一山豆腐、田雁门走炸鸡、江郑堂十样猪头等皆以主人名字命名，可见已成为响当当的招牌菜。在袁枚《随园食单》里，我们已见到过"尹端文公家风肉""蒋侍郎豆腐""王太守八宝豆腐""萧美人点心""刘方伯月饼"等菜肴，吃者也成为身份尊贵的象征。

这些家庖在主人"食不厌精，脍不厌细"的提点之下，往往培养出若干绝活，创制出高于一般人口味的菜品。如"满汉全席"，就是乾隆皇帝南巡时，扬州盐商为接待这一满族皇帝创制而成，让家庖把满人筵席和汉人筵席合而为一，共计108道菜点，极尽奢华之能事。《扬州画舫录》是最早刊载"满汉全席"食单的一部著作。

后来的文人骚客雅集聚会，也多置美味佳肴，这些手艺或出于家庖，或出于主家的妻妾之手。闻名京师的谭家菜就出自谭篆青的一位如夫人之手。伦哲如先生《辛亥以来藏书纪事诗》有一首诗写到"谭家菜"，云："玉生俪体荔村诗，最后谭三擅小词。家有籯金懒收拾，但付食谱在京师。"这里的谭三就是谭篆青。注解说："篆青有老姬，善作馔，友好宴客，多倩代庖。一筵之费，以四十金为度，名大著于古都。"谭家菜最著名的是鸡、海参和鱼翅，水平高于致美斋、恩成居、庆林春、五芳斋、鹿鸣春等大酒楼。最初谭家菜也是聚餐性质的，后来名声逐渐传出去，一些社会名流慕名而来，聚资相请，委托谭夫人办菜当炉，也总要给谭篆青先生一张请柬，一份杯盏。这里谭夫人就佯充家庖之职了。

苏州文人周瘦鹃的夫人范凤君也是烹饪高手。周瘦鹃在《紫兰小筑九日记》就写过："午餐肴核绝美，悉出凤君手，一为咸肉炖鲜肉，一为竹笋片炒鸡蛋，一为肉馅鲫鱼，一为笋丁炒蚕豆，一为酱麻油拌竹笋，蚕豆为张锦所种，竹笋则断之竹圃中者，厥味鲜美，此行凤君偕，则食事济矣。"亦为此家庖传统。

陆文夫的小说《美食家》里有个嗜吃如命的破落户朱自冶，后来娶了个前政客的姨太太孔碧霞。这个孔碧霞半生在"素手做羹汤"中度过,做得一手好菜肴,她一出手,就让一帮老饕惊呆了:"洁白的抽纱台布上,放着一整套玲珑瓷的餐具,那玲珑瓷玲珑剔透,蓝边淡青中暗藏着半透明的花纹,好像是镂空的,又像会漏水,放射着晶莹的光辉。桌子上没有花,十二只冷盆就是十二朵鲜花,红黄蓝白,五彩缤纷。凤尾虾、南腿片、毛豆青椒、白斩鸡,这些菜的本身都是有颜色的。熏青鱼、五香牛肉、虾子鲞鱼等等颜色不太鲜艳,便用各色蔬果镶在周围,有鲜红的山楂,有碧绿的青梅。那虾子鲞鱼照理是不上酒席的,可是这种名贵的苏州特产已经多年不见,摆出来是很稀罕的。那孔碧霞也独具匠心,在虾子鲞鱼的周围配上了雪白的嫩藕片,一方面为了好看,一方面也因为虾子鲞鱼太咸,吃了藕片可以冲淡些。"因为这样一个小说中人物,苏州半园推出了"孔碧霞宴",以小说家言炮制成一席私家菜,也算是私家菜的一个变种吧。

时节须知 袁 枚[1]

夏日长而热,宰杀太早,则肉败矣。冬日短而寒,烹饪稍迟,则物生矣。冬宜食牛羊,移之于夏,非其时也。夏宜食干腊[2],移之于冬,非其时也。辅佐之物,夏宜用芥末,冬宜用胡椒。当三伏天而得冬腌菜,贱物也,而竟成至宾矣。当秋凉时而得行鞭笋[3],亦贱物也,而视若珍馐矣。有先时而见好者,三月食鲥鱼[4]是也。有后时而见好者,四月食芋芳是也。其他亦可类推。有过时而不可吃者,萝卜过时则心空,山笋过时则味苦,刀鲚过时则骨硬。所谓四时之序,成功者退,精华已竭,褰裳[5]去之也。

《随园食单》

【注释】

①袁枚(1716~1798):字子才,号简斋,晚年自号仓山居士、随园主人、随园老人。钱塘(今浙江杭州)人。乾隆四年(1739)进士,选庶吉士;曾外放江南任县令,先后于江苏溧水、江浦、沭阳、江宁任县令七年,颇有政绩。奈仕途不顺,无意吏禄,于乾隆十三年(1748)辞官隐居于南京小仓山随园。袁枚是乾嘉时期代表诗人之一,与赵翼、蒋士铨合称"乾隆三大家"。著有《小仓山房集》《随园诗话》《子不语》等。

②干腊:风干、腌制的肉类,能使其增强防腐能力,延长保存

时间，并增添特殊风味。

③行鞭笋：又称鞭梢、笋鞭、边笋，是竹子的地下茎，能食用。

④鲥鱼：为溯河产卵的洄游性鱼类，因每年定时初夏时候入江，其他时间不出现，因而得名。产于中国长江下游，味道极佳。

⑤褰裳（qiān cháng）：褰，揭起；裳，古时衣服，上曰衣，下曰裳。《诗经》有《郑风·褰裳》，是出自郑国的诗歌。郑国习俗，每年仲春，少男少女们齐聚溱洧河畔，唱《褰裳》以表达爱意。

【赏读】

袁枚对饮食文化情有独钟，他"每食于某氏而饱，必使家厨往彼灶觚，执弟子之礼。四十年来，颇集众美"，形成了《随园食单》。这本食单在历史上名气很大，不仅记录了名馔佳肴，并且有系统的饮食观念和思想。这则《时节须知》就论述了食物因时节而不同的烹饪道理，非其时可成为废物，巧利用又能成为珍品。它不仅是一篇庖厨须知，更是一章饮馔哲学。

孔子在《论语》中讲究"不时，不食"，是指不合时令的食物不能吃。同样，不同的季节也有不同的烹饪方法，比如夏季天长而热，动物宰杀得太早，待烹饪时肉已腐败变味；冬季天短且冷，如果不抓紧烹饪，就会使肉类做不熟。牛羊肉适宜冬补，夏天吃就会燥热；干腊肉品适宜夏天吃，而冬天正是做新的干腊肉品的时候，还是留作下一季再吃吧。而调料，夏天用芥末就会很清爽，冬天用胡椒则会很暖和。冬天的腌菜不值钱，放到夏天就很珍贵了；竹笋多产在春天，如果在秋天能得到几个，那一定会是罕有之物。萝卜过时节就变成空心，山笋过季候会变得味苦，这是大自然的规律，人们也无可如何。所以要顺应四季的变迁，享受大自然奉献的美味，不要待精华已去时再去空蹉跎。

中国人最讲究根据季节安排不同的岁时饮馔，因之形成了特色

鲜明的饮食文化。宋人张鉴在《赏心乐事》中就为我们描绘了这样一幅四季图景:

正月,岁节家宴,立春日春盘,人日煎饼;

二月,社日社饭,南湖泛舟;

三月,生朝家宴,寒食郊游,经寮斗茶;

四月,初八早斋,南湖放生,食糕糜;

五月,观鱼摘瓜,端午解粽,夏至鹅胹;

六月,赏荷食桃,品尝荔枝;

七月,南湖观鱼,珍林剥枣;

八月,社日糕会,浙江观潮;

九月,重九登城,尝时果金橘,畅饮新酒;

十月,现乐堂暖炉,品尝蜜橘;

十一月,冬至馄饨,插腊梅;

十二月,南湖赏雪,除夜守岁。

随着季节的变换而进行丰富多样的饮食活动,品尝四季果蔬,感受自然之美,这才是健康、丰盛的人生。

火候须知 袁 枚

　　熟物之法，最重火候。有须武火者，煎炒是也，火弱则物疲①矣。有须文火者，煨煮是也，火猛则物枯矣。有先用武火而后用文火者，收汤之物是也；性急则皮焦而里不熟矣。有愈煮愈嫩者，腰子、鸡蛋之类是也。有略煮即不嫩者，鲜鱼、蚶蛤之类是也。肉起迟则红色变黑，鱼起迟则活肉变死。屡开锅盖，则多沫而少香。火熄再烧，则无油而味失。道人以丹成九转为仙②，儒家以无过、不及为中。司厨者能知火候而谨伺之，则几于道矣。鱼临食时，色白如玉，凝而不散者，活肉也；色白如粉，不相胶粘者，死肉也。明明鲜鱼，而使之不鲜，可恨已极。

《随园食单》

【注释】

　　①疲：不起劲，软塌。
　　②丹成九转为仙：道家炼丹，以九转而丹成，也就是九次提炼而成仙丹。

【赏读】

　　火候之学，是中国烹饪术的精粹之一。袁枚说："司厨者能知火候而谨伺之，则几于道矣。"火候掌握好了，则食物熟嫩恰当、软硬得宜、香气浓郁、咀嚼合口，食之是一种极大的享受。这里，什么时候用武火、什么时候用文火，烹饪时间的长短，都起着至关重要的作用。因为食物的特点不同，有愈煮愈嫩者，如腰子、鸡蛋之类，有略煮即不嫩者，如鲜鱼、蚶蛤之类，不同的食物就要用不同的火候应对之。

《酉阳杂俎》中引唐贞元时一位将军的话："无物不堪吃，惟在火候。"袁枚仿佛为了印证自己的火候理论，专门写了一篇《厨者王小余传》，他笔下的王小余，是随园里一个身份微贱的煮肉差役，天生擅长烹饪，人们闻到他烧菜的香味，都忍不住腮帮嚼动、歆羡向往。你看他立在灶边，一条腿支撑，另一条腿抬起，目不转睛，观察着火候，连别人打招呼他都听不见。只见他盯着锅中，一会儿说"要猛火"，于是灶下火烧得像赤红的太阳；一会儿说"要撤火"，那烧火人就迅速减少柴火；一会儿说"且烧着"，烧火人就丢下柴火不再添了；一会儿说"羹好了"，旁边侍者就赶忙递来餐具。你看他指挥若定，面对灶台就仿佛是一位面临战场的将军。向他请教秘诀，小余则说："作厨如作医。吾以一心诊百物之宜，而谨审其水火之齐，则万口之甘如一口。"这篇厨者的传记，不就是一篇生动的"火候论"吗？

戒暴殄[1] 袁 枚

暴者不恤人功,殄者不惜物力。鸡、鱼、鹅、鸭自首至尾,俱有味存,不必少取多弃也。尝见烹甲鱼者,专取其裙[2]而不知味在肉中;蒸鲥鱼者,专取其肚而不知鲜在背上。至贱莫如腌蛋,其佳处虽在黄不在白,然全去其白而专取其黄,则食者亦觉索然矣。且予为此言,并非俗人惜福之谓,假使暴殄而有益于饮食,犹之可也;暴殄而反累于饮食,又何苦为之?至于烈炭以炙活鹅之掌,刏[3]刀以取生鸡之肝,皆君子所不为也。何也?物为人用,使之死可也,使之求死不得不可也。

《随园食单》

【注释】

①暴殄(tiǎn):指灭绝、残害。语出《尚书·武成》:"今商王受无道,暴殄天物,害虐烝民。"

②裙:甲鱼壳周边的肉质软边,称裙边。

③刏(tuán):割。

【赏读】

在餐饮制作或消费过程中,暴殄天物是一个很常见的现象,袁枚就对此做出抨击。他举了几个例子:有的厨师在烹制甲鱼时,专取它的裙边加工,而不知真味在甲鱼肉中;有人在蒸制鲥鱼时,只取鱼腹之肉,而不知其鲜在鱼背;腌蛋虽然不贵,但有人只食蛋黄而把蛋白全部丢弃,吃起来只会索然寡味。更有甚者,梁绍壬《两般秋雨庵随笔》里有这样一则故事:名士冒辟疆请一个厨娘治宴,其取三百只羊,每只割下唇肉一片备用,其余皆弃之不用,美其名曰"精华在此"。这样的做法,真是对大自然赐予我们的食物的极大浪费。

唐代笔记《朝野佥载》记述,在武后朝,张易之、张昌宗两兄弟得势,骄奢淫逸。他们以大笼子圈鹅鸭于其内,置铁板上,下面生火,笼外置以酱油、香醋、盐等调制成五味汁;鹅鸭遇热则不停奔跑,火炙痛即回,最后表里皆熟、羽毛脱尽,鹅鸭掌涨大数倍,是为鸭(鹅)掌炙。张易之过昌仪时,想吃马肠,"取从骑破胁取肠,良久乃死"。《清朝野史大观》载,清中叶河督们穷奢极欲,"尝食豚脯(猪里脊),其法闭数豚于室,手执竹竿追而敚(鞭打)之,豚号叫奔走以至于死,亟割取其背肉一片。萃数豚之背肉,仅供一席之宴。盖豚被挟将死,其全体精华萃于背脊,割而烹之,甘脆无比。有猴脑者,预选俊猴,被之绣衣,凿圆孔于方桌,以猴首入桌中,而挂之以木,使不得出。然后以刀剃其毛,复剖其皮,猴叫甚哀,垂以热汤灌其顶,以铁椎破其头骨,诸客各以银勺入猴首探脑食之,每客所吸不过一两勺而已"。这些做法,无不突破了饮馔的底线,都是"君子所不为"的。因为物为人用,宰杀家禽家畜是不可避免的,但为满足一己之欲,要"使之求死不得",就太不人道了。

孟子云:"闻其声,不忍食其肉。是以君子远庖厨也。"有恻隐之心,对大自然、对世间万物存有一份敬畏,会让我们的世界更和谐吧。

戒火锅 袁 枚

冬日宴客,惯用火锅,对客喧腾,已属可厌;且各菜之味,有一定火候,宜文宜武,宜撤宜添,瞬息难差。今一例以火逼之,其味尚可问哉?近人用烧酒代炭,以为得计,而不知物经多滚总能变味。或问:菜冷奈何?曰:以起锅滚热之菜,不使客登时食尽,而尚能留之以至于冷,则其味之恶劣可知矣。

《随园食单》

【赏读】

朱伟在《考吃》中考证,火锅从东汉时已有雏形,最晚也起源于南北朝时期。白居易的名诗"绿蚁新醅酒,红泥小火炉。晚来天欲雪,能饮一杯无",据说就是为火锅所写。火锅热气腾腾、烟雾氤氲,一家人团团围坐、其乐融融,有热闹团圆之意,所以受到很多人的欢迎。

南宋林洪在《山家清供》中所写的"拨霞供",就是一种涮兔肉的做法:"山间只用薄批,酒酱椒料沃之,以风炉安座上,用水少半铫,候汤响一杯后,各分以箸,令自夹入汤,摆熟啖之,乃随宜各以汁供。……越五六年,来京师,乃复于杨泳斋伯席上见此,恍然去武夷如隔一世。"

满族人爱吃火锅,以御冬日之寒。徐凌霄《旧都百话》中载:"锅子之类甚多,有菊花锅子,为肉类与菜蔬及花瓣之大杂烩,整桌酒席，在秋冬间视为要素。及羊肉锅子，为岁寒时最普通之美味，须于羊肉馆食之。此等吃法，乃北方游牧遗风，加以研究进化，而成为特别风味也。"所以，徐珂《清稗类钞》中这样描述清末吃火锅的情景："京师冬日，酒家沽饮，案辄有一小釜，沃汤其中，炽火于下，盘置鸡鱼羊豕之肉片，俾客自投之，俟熟而食。"

唐鲁孙先生是正宗的老北京，他在《岁寒围炉话火锅》一文中感叹道："北平最著名卖涮锅子的东来顺、西来顺、同和轩、两益轩几家教门馆子，扇好锅子端上来，往锅子里撒上葱姜末、冬菇口磨丝，名为起鲜，其实还不是白水一泓。所以吃锅子点酒菜时，一定要点个卤鸡冻，堂倌一瞧就知道您是行家，喝完酒把鸡冻往锅子里一倒，清水就变成鸡汤了。"这是老食家吃火锅的秘诀，一般的食客往往就是吃清水煮白肉罢了。不仅中国人爱吃火锅，很多洋鬼子也迷上了这家什。在唐鲁孙笔下，美国人艾德敷就最爱吃北平那种带多格的共和火锅，调回美国时，他干脆定做了两只共和火锅带到故乡肯塔基州。

说起来火锅还是蛮有人缘、也蛮有人气的，但是袁枚唱起了反调：一种烹饪手段，能使所有食料都百菜一味，而且食物在滚水中多次煮沸，总会变味。本来各菜各味，物性不一，火候不同，配料各异，才能千变万化、丰富多彩，怎么能寻求一律呢？

我觉得袁枚的说法很有道理，直指人心。中国的烹饪技术世界一流，妙就妙在根据不同地域的物产、不同食材的特点来制作，按袁枚的说法是"清者配清，浓者配浓，柔者配柔，刚者配刚，方有和合之妙"，才能做出糖醋、酸辣、甜辣、麻辣、五味、怪味、清淡等不同风味的菜肴，因而形成了川菜、粤菜、湘菜、鲁菜、淮扬菜、本帮菜等不同的菜系。而用一口大锅把这些东西都融为一体，涮出同样味道，那还有什么意义？

笋 李 渔[①]

论蔬食之美者，曰清，曰洁，曰芳馥，曰松脆而已矣。不知其至美所在，能居肉食之上者，只在一字之鲜。《记》曰："甘受和，白受采[②]。"鲜即甘之所从出也。此种供奉，惟山僧野老躬治园圃者，得以有之，城市之人，向卖菜佣求活者，不得与焉。然他种蔬食，不论城市山林，凡宅旁有圃者，旋摘旋烹，亦能时有其乐。至于笋之一物，则断断宜在山林，城市所产者，任尔芳鲜，终是笋之剩义。此蔬食中第一品也，肥羊嫩豕，何足比肩？但将笋肉齐烹，合盛一簋[③]，人止食笋而遗肉，则肉为鱼而笋为熊掌可知矣。购于市者且然，况山中之旋掘者乎？

食笋之法多端，不能悉纪，请以两言概之，曰："素宜白水，荤用肥猪。"茹斋者食笋，若以他物伴之，香油和之，则陈味夺鲜，而笋之真趣没矣。白煮俟熟，略加酱油。从来至美之物，皆利于孤行，此类是也。以之伴荤，则牛羊鸡鸭等物，皆非所宜，独宜于豕，又独宜于肥。肥非欲其腻也，肉之肥者能甘，甘味入笋，则不见其甘，但觉其鲜之至也。烹之既熟，肥肉尽当去之，即汁亦不宜多存，存其半而益以清汤。调和之物，惟醋与酒。此制荤笋之大凡也。笋之为物，不止孤行并用，各见其美，凡食物中无论荤素，皆当用作调和。

菜中之笋与药中之甘草，同是必需之物，有此则诸味皆鲜，但不当用其渣滓，而用其精液。庖人之善治具者，凡有焯笋之汤，悉留不去，每作一馔，必以和之，食者但知他物之鲜，而不知有所以鲜之者在也。《本草》中所载诸食物，益人者不尽可口，可口者未必益人，求能两擅其长者，莫过于此。东坡云："宁可食无肉，不可居无竹。无肉令人瘦，无竹令人俗。"不知能医俗者，亦能医瘦，但有已成竹未成竹之分耳。

《闲情偶寄》

【注释】

①李渔（1611～1680）：初名仙侣，后改名渔，字笠鸿，一字谪凡，号笠翁。浙江兰溪人。明末清初文学家、戏曲家。18岁补博士弟子员，在明代中过秀才，入清后无意仕进，从事著述和指导戏剧演出。后在金陵（南京）置别业"芥子园"，并开设书铺，编刻图籍，广交达官贵人、文坛名流。著有《凰求凤》《玉搔头》等戏剧和《连城璧》《无声戏》等小说。《闲情偶寄》是一部集戏剧表演、妆饰打扮、园林建筑、家具古玩、饮食烹调、养花种树、医疗养生为一体的生活美学巨著。

②"甘受和，白受采"句：出自《礼记》，意为甘美的东西容易调味，洁白的东西容易着色。

③簋（guǐ）：古代盛食物的器具，圆口，双耳。

【赏读】

李渔是知味之人，他对蔬食之美的要求是"清，洁，芳馥，松脆"，这四点，笋都符合。

《说文》："笋，竹胎也。"竹笋是竹子从土里长出的嫩芽，肉色乳白，分为春笋、冬笋、鞭笋和干笋（玉兰片），是一种营养丰富的食品，可红烧、清炖、制汤，鲜嫩、味美。

唐代皇家专门有官员掌管植竹，并采摘竹笋供皇家食用。《广群芳谱》记载：《唐书·百官志》："'司竹监掌植竹苇……岁以笋供尚食。'"宋代和尚赞宁写过一部《笋谱》，开列了苞竹笋、䉈竹笋、煎笋、燕笋、天目笋、桃竹笋、孤竹笋、鸡头竹笋等94个品种，从名称、药理、做法、故事到杂说等等，堪称是一部竹笋大全。

笋"清，洁，芳馥，松脆"的风格与士人的品格相近，故士大夫多喜爱竹子、竹笋。苏东坡与竹笋的渊源很深，"宁可食无肉，不可居无竹。无肉令人瘦，无竹令人俗"是他的名句。他因"乌台诗案"被贬黄州时，就写下过"长江绕郭知鱼美，好竹连山觉笋香"的诗句。宋林洪在《山家清供》中有一则"傍林鲜"，也记载了东坡与竹笋的故事："夏初林笋盛时，扫叶就竹边煨熟，其味甚鲜，名曰傍林鲜。文与可守临川，正与家人煨笋午饭，忽得东坡书，诗云：'想见清贫馋太守，渭川千亩在胸中。'不觉喷饭满案，想作此供也。大凡笋贵甘鲜，不当与肉为友。今俗庖多杂以肉，不才有小人，便坏君子？'若对此君成大嚼，世间哪有扬州鹤'，东坡之意微矣。"

"笋不与肉为友"是高雅的吃法，是怕沾了肉就变俗。其实，李渔论及笋的做法，一种是"素宜白水"，再一种就是"荤用肥猪"。素则把笋用白水煮过，淋以酱油，清淡可口；荤则要用肥猪肉，与笋同炖，让竹笋充分吸收肥肉的甘腴，熟后把肥肉剔出，再佐以清汤食之，味大美。

江浙地区有道名菜叫"腌笃鲜"，待每年二月春笋上市，用鲜肉、咸肉与之一起炖汤，腌笃加鲜笃，加上春笋的馨香，相互吸收，一点盐都不用放，炖到汤汁浓白、香味醇厚，一锅上好的腌笃鲜就能让你大快朵颐了，能从二月中旬一直吃到三月底呢。

各地的吃笋法略有不同，清末民初的龚乃保在《冶城蔬谱》中说："吾乡牙竹笋最为珍品，气清味腴，香生匕箸。春初入市，二三月乃盛。以配鲥鳜，如骖之靳。若白伴素食，更饶真味。"而民国时张通之在李渔的芥子园近旁写下《白门食谱》，里面谈到"三牌楼竹园春笋"，说："城北筑马路时，三牌楼一带皆竹园。某年正月，予在该处学生家春宴，以春笋白伴肉一菜最佳，亦食无渣滓也。此时笋尚未上市，问如何得来。主人曰：'以铲刀循视竹园内，见地上略露笋尖，即以铲刀取出，故肥短而嫩，食无渣滓焉。'今该地稀少，得此笋不易矣。"

蕈[①] 李渔

求至鲜至美之物，于笋之外，其惟蕈乎？蕈之为物也，无根无蒂，忽然而生，盖山川草木之气，结而成形者也，然有形而无体。凡物有体者必有渣滓，既无渣滓，是无体也。无体之物，犹未离乎气也。食此物者，犹吸山川草木之气，未有无益于人者也。其有毒而能杀人者，《本草》云以蛇虫行之故。

予曰：不然。蕈大几何，蛇虫能行其上？况又极弱极脆而不能载乎？盖地之下有蛇虫，蕈生其上，适为毒气所钟，故能害人。毒气所钟者能害人，则为清虚之气所钟者，其能益人可知矣。世人辨之原有法，苟非有毒，食之最宜。此物素食固佳，伴以少许荤食尤佳，盖蕈之清香有限，而汁之鲜味无穷。

《闲情偶寄》

【注释】

①蕈（xùn）：真菌的一类，无毒的可供食用，如香菇、蘑菇等。

【赏读】

《玉篇》："蕈，地菌也。"就是统称为菌类的各种蘑菇。宋陈仁玉《菌谱》："芝菌皆气茁也，灵华三秀，称瑞尚矣。朝菌晦朔，庄生讪之，至若侪其食品，古则未闻。"他记载了十一种菌类，明代潘之恒在《广菌谱》里又补充了二十种各类菌蕈。

从李渔对笋和蕈的喜爱上，可看出其审美习性和饮食特点。蕈这种菌类无根无蒂，他认为是吸收了山川草木之气而形成的，食用它，也就能吸纳山川草木之气。《本草》说有毒之蕈是蛇虫行之之故，这种说法流传甚广，元代贾铭在《饮食须知》中提到天花蕈，也说"五台山多蛇，蕈感其气而生，故味虽美而无益"。李渔认为这是无稽之谈。

但辨别有毒蕈类确实是需要技巧的，《清稗类钞》中有辨别之法："乡人出售之鲜蕈，恒混有野蕈、木蕈、湿地蕈、羊齿蕈等，均含毒质，食之有害。其辨别之法，凡蕈之呈鲜美色泽者，为柔软之黏质而多水分者，蕈中放出恶臭之气味者，有苦味咸味涩味辛味者，断之有乳汁状液体流出者，截断一部晒于日光中而变青绿色或褐色者，蕈面于夜间放绿色之磷光者，皆有毒，不可食。反是，凡生于松林之蕈，无以上特征，则食之无害。"

宋人林洪在《山家清供》里有一款"山家三脆"，用嫩笋、小蕈、枸杞菜，油炒作羹，撒上胡椒，浇在面条上，名"三脆面"；并有"笋蕈初萌杞叶纤，燃松自煮供亲严。人间肉食何曾鄙，自是山林滋味甜"的诗句。这三样清新、爽脆的山货作为面条的浇头，一看就让人产生食欲。

跟笋一样，如果配以少许肉类相炖，蘑菇吸收了肉汁的精华，肉类又减少了油腻，吃起来会更加鲜美，是为绝配。

汤 李渔

汤即羹之别名也。羹之为名，雅而近古；不曰羹而曰汤者，虑人古雅其名，而即郑重其实，似专为宴客而设者。然不知羹之为物，与饭相俱者也。有饭即应有羹，无羹则饭不能下，设羹以下饭①，乃图省俭之法，非尚奢靡之法也。

古人饮酒，即有下酒之物；食饭，即有下饭之物。世俗改下饭为"厦饭"，谬矣。前人以读史为下酒物，岂下酒之"下"，亦从"厦"乎？"下饭"二字，人谓指肴馔而言，予曰不然。肴馔乃滞饭之具，非下饭之具也。食饭之人见美馔在前，匕箸迟疑而不下，非滞饭之具而何？饭犹舟出，羹犹水也；舟之在滩，非水不下，与饭之在喉，非汤不下，其势一也。且养生之法，食贵能消；饭得羹而即消，其理易见。故善养生者，吃饭不可无羹；善作家者，吃饭亦不可无羹。宴客而为省馔计者，不可无羹；即宴客而欲其果腹始去，一馔不留者，亦不可无羹。何也？羹能下饭，亦能下馔故也。

近来吴越②张筵，每馔必注以汤，大得此法。吾谓家常自膳，亦莫妙于此。宁可食无馔，不可饭无汤。有汤下饭，即小菜不设，亦可使哺啜如流；无汤下饭，即美味盈前，亦有时食不下咽。予以一赤贫之士，而养半百口之家，有饥时而无馑日者，遵是道也。

《闲情偶寄》

【注释】
①下饭：吴方言地区，菜肴均称为"下饭"。
②吴越：原是五代时期的十国之一，现指江浙一带。

【赏读】
　　汤就是羹，羹就是汤，只是羹的叫法更古雅而已。李渔对汤的认识有别于众人，他觉得一顿饭没有菜可以，但不能没有汤。菜肴并非"下饭"，只会阻滞吃饭；相反羹汤如顺流直下，更有利于下饭。从养生的角度讲，喝汤更有利于消化饭食；从节约计，请客时上汤还可以少上菜肴。

　　最得李渔这一理论精髓的是广东人。广东人最善于煲汤，一般前一天晚上就开始准备第二天要煲的汤了，短则要煲一个多小时，多则要煲三四个小时。煲汤的食材也是丰富多样，有乌鸡、鸭肉、牛肉、羊肉、甲鱼、排骨、猪脚、蹄髈、鲤鱼、水蛇、海马、山药、豆腐、香菇、茶树菇、杏鲍菇、鸡骨草、冬瓜、苦瓜、萝卜、黑豆、黄豆、薏米、红枣、海带、黄芪、玉竹、百合、无花果、枸杞、熟地、人参、当归等等，根据不同的节令和功用，确定相应的配置，讲究的是文火慢炖、老火靓汤，要诀就是使食物中的营养成分有效地溶解在汤汁中，使人体更易于消化和吸收。喝上一碗汁液浓郁、醇香诱人、营养丰富、润泽身心的靓汤，真的能提升幸福度呢。

　　李渔着意为汤正名、提高汤的地位，在同代人当中还是不多的。不过，李渔自称"赤贫之士"，是有点过于矫情了。他开有书铺，常写小说和剧本，家有戏班，住着芥子园别墅，吃喝颇为精细讲究，还经常带着戏班到处"打抽丰"，这样的"赤贫之士"，还真是少见呢。

饭 粥 李渔

  粥饭二物，为家常日用之需，其中机彀，无人不晓，焉用越俎者强为致词？然有吃紧二语，巧妇知之而不能言者，不妨代为喝破，使姑传之媳，母传之女，以两言代千百言，亦简便利人之事也。

  先就粗者言之。饭之大病，在内生外熟，非烂即焦；粥之大病，在上清下淀，如糊如膏。此火候不均之故，惟最拙最笨者有之，稍能炊爨①者，必无是事。然亦有刚柔合道，燥湿得宜，而令人咀之嚼之，有粥饭之美形，无饮食之至味者。

  其病何在？曰：挹水②无度、增减不常之为害也。其吃紧二语，则曰："粥水忌增，饭水忌减。"米用几何，则水用几何，宜有一定之度数。如医人用药，水一盅或盅半，煎至七分或八分，皆有定数。若以意为增减，则非药味不出，即药性不存，而服之无效矣。不善执爨者，用水不均，煮粥常患其少，煮饭常苦其多。多则逼而去之，少则增而入之，不知米之精液全在于水，逼去饭汤者，非去饭汤，去饭之精液也。精液去则饭为渣滓，食之尚有味乎？粥之既熟，水米成交，犹米之酿而为酒矣。虑其太厚而入之以水，非入水于粥，犹入水于酒也。水入而酒成糟粕，其味尚可咀乎？故善主中馈③者，挹水时必限以数，使其勺不能增，滴无可减，再加以火候调匀，则其为粥为饭，不求异而异乎人矣。

宴客者有时用饭，必较家常所食者稍精。精用何法？曰：使之有香而已矣。予尝授意小妇，预设花露一盏，俟饭之初熟而浇之，浇过稍闭，拌匀而后入碗。食者归功于谷米，诧为异种而讯之，不知其为寻常五谷也。此法秘之已久，今始告人。行此法者，不必满釜浇遍，遍则费露甚多，而此法不行于世矣。止以一盏浇一隅，足供佳客所需而止。露以蔷薇、香橼④、桂花三种为上，勿用玫瑰，以玫瑰之香，食者易辨，知非谷性所有。蔷薇、香橼、桂花三种，与谷性之香者相若，使人难辨，故用之。

《闲情偶寄》

【注释】

①炊爨（cuàn）：烧火煮饭，或指烧火做饭的人。

②挹水：舀水，盛水。

③中馈：指家中供膳诸事。《易·家人》："无攸遂，在中馈。"

④香橼（yuán）：常绿乔木，果实可入药，味辛酸，性温，有下气消痰之用。

【赏读】

"一粥一饭，当思来之不易。"明人朱柏庐在《朱子家训》中的名句，从另一方面也说明了粥饭在中国人饮食中的重要性。

自华夏始祖在一万多年前开始把野稻驯化后，稻作文明就深深地影响了中国人的饮食。陶器的发明、稻米的脱壳，让煮粥成为可能。《诗经》中已将黍稻并提，《楚辞》中有稻、稷、麦、豆、麻。由于地域的不同，中国历史上渐渐形成了北方喜爱面食、南方喜食稻粟的饮食习惯。

饭和粥，实为两种不同的做法，饭就是米饭，或称干饭，做法是可煮可蒸，其标准是见米不见水；而粥的标准是见米又见水，最好是文火慢煮，使水米融洽，柔腻如一。巧妇难为无米之炊，有米了，也要讲究烹饪技巧，才能做得恰到好处。

好饭有标准，是要颗粒分明，入口软糯；好粥有标准，那就是要汁稠味厚，水米合一。诀窍就在于"粥水忌增，饭水忌减"，做饭前对二者的比例要有恰当的把握。为了使米饭增加香味，李渔还教做饭的小妾用蔷薇、香橼、桂花制成花露，待饭初熟时浇一点在上面，则满锅增香矣。

中国人对粥尤有深厚的感情，唐李商隐吟咏道："粥香饧白杏花天，省对流莺坐绮筵。今日寄来春已老，凤楼迢递忆秋千。"宋苏轼有诗："逆旅唱晨粥，行庖得时珍。青班照匕箸，脆响鸣牙龈。"

粥的花色品种很多，除了传统的粳米粥、糯米粥外，清末黄云鹄的《粥谱》记载粥方二百四十多种，按照粥的原料不同，分为谷类、蔬类、蔬事类、木果类、植物类、卉药类、动物类等。在当代粤人手中，粥品也是被发扬光大，衍生出皮蛋瘦肉粥、北菇滑鸡粥、腊味团圆粥、荔湾艇仔粥、陈皮肉圆粥、西洋菜鱼丸粥、窝蛋雪菜牛松粥、嫩滑牛肉粥、骨汤菜干粥、神果海鲜粥、生滚腰润粥、甲鱼人参粥、时蔬三珍粥、瓜丁燕麦粥、咸蛋青豆粥、雪耳养颜粥、五香什锦燕麦粥等花样，令人叹为观止。

粥还有养生健体之用，能使脾胃衰弱者很好地消化吸收。陆游有诗云："世人个个学长年，不悟长年在目前。我得宛丘平易法，只将食粥致神仙。"清人李诩在《戒庵老人漫笔》中有一则"神仙粥方"，秘方是"用糯米约半合，生姜五大片，河水二碗，于砂锅内煮一二滚，次入带须大葱白五七个，煮至米熟，再加米醋半小盏入内和匀，取起，乘热吃粥，或只吃粥汤亦可"，号称能专治感冒风寒、暑湿之邪并四时疫气、流行头疼、骨痛发热等症。食疗合一，在这里得以充分体现。

食物十事 李光庭[①]

麦 啄

麦啄者,楚北之鸟也。释其名者,或曰布谷,以声而得名。或曰麦熟时啄之则肥美,与北地之铁雀同一食法,而较腴。又有二喜者,似喜鹊而小,声最清巧,其名甚佳。因并志之。

麦啄麦啄,无啄我麦。毕之罗之[②],以宴嘉客。相彼鸟矣,载飞载止。求其友声,我心则喜。

鲥 鱼

北地无鲥鱼。江乡惟四月有之,不过半月则无有矣,似鲞而腴远甚,昔人以其多骨,与海棠无香同恨,苛论也。余候咨闲居魏氏园三月,因得食之,乃无遗憾。

一年宦况随春尽,千里乡心入夏迟。省识黄州留客意,鲥鱼未见使君诗。

锅 焦

柴灶之釜,炊粳饭熟,而锅底之米结成凹,其色黄,其声脆,谓之锅焦。乡言曰格炸。江乡有以酿酒者,曰锅巴酒。腊月,寺观中有以油煎之馈岁者。

釜作规模水作缘,锅焦炊出象天然。香粳玉椀谁雕琢,善米珠盘自贯穿。酒滴槽床须酝酿，馈从兰若费熬煎。何如丹灶柴桑火，顷刻工夫得大还。

苴头

禾有不成穗者，侧生含苞，结小棒，大者寸许，小者数分，外白内苍，绝似羊毫笔。味甘，有土气，其大者则坼裂③如胡髯，不中食，儿童谓之吾图撒④，家乡曰苴头，京师则曰乌糜。方言音义，姑付阙如。

厨下老妪不解诗，主人食性犹能知。门前买花来缓缓，一把乌糜献珍罕。却讶笔头公，改名襄墨子。儿童见折苞，吾图撒合里。东坡当日嗜好殊，名多生造世所无。或疑此物寻食谱，余曰称心休泥古。

蝌蚪子

麦、菽⑤二屑各半，和面，用木床铁漏按入沸汤中，熟而取出，拌卤食之，较之河络⑥、瓢儿漏，柔软细腻。蝌蚪子者，象形也，此山右人食法，又曰格豆子，则音之伪也。

岂无懵懂人，菽麦不能辨。和屑作羹汤，食之亦称善。称善问嘉名，告从古书选。唐风昔俭勤，迄今尚流衍。诗篇蟋蟀吟，食单蝌蚪撰。乃知精约厨，所费不在腯。寻文指画肤，思味口尝脔。夜入黑甜乡，将无梦吞篆。

馍

束晳《饼赋》："馒头薄持。"饼亦谓之馒头，家乡则烙饼谓之饼，蒸馒头谓之包子。若河南、山左则同谓之馍。蔚侄来自著侄昌邑任所，言其每食必一人四馍，因作《四馍馍歌》。

吃不吃，四馍馍。饱不少，饥不多。山左来牟甲天下，得四时气性平和。家家蒸馍养丁口，旅馆人众难盈科。数以纪之示有节，八馍两食无差讹。五鹿块，重耳诃，一盂麦饭经溥沱⑦。嫂不为炊季子恼，然箕煮豆陈思歌。干糇⑧以愆民失德，无四馍馍将奈何。吃不吃，四馍馍。

碾　转

来牟之外乡人，有所谓雅麦者，先半月熟，专为作碾转之用。取其粒之将熟含浆者，微炒，入磨下，条寸许，以肉丝、王瓜、莴苣拌食之，别有风味。其时乡里相馈答，亦有专送麦粒者，为食新也。

仲谋工赋麦，葛恪工赋磨⑨。磨中麦屑自成条，麦兮磨兮俱可贺。堆盘连展诗人羡，村妪争夸碾碾转。小满开花芒种餐，胯斗提篮遗亲串。节物食新忆故乡，春来时未接青黄。昨年友馈今犹在，蒸熟依然饼饵香。

甜　冰

秋禾将熟，其茎之壮者盈握，精液已足。每当下庄查稼时，佃户截取之，捆载车后，归与儿童当蔗食，谓之甜冰，亦取蔗浆寒之意也。特未必倒尝渐入佳境耳。

嵊山有甜雪，渠水有甜冰。却如甘蔗甘，莫当凌阴凌。作甘惟稼穑，土谷精气凝。野老耽辛苦，儿童知未曾。

蚂　蚱

《诗》咏阜螽，《尔雅》记土螽，种类同而形与名小异耳。大腹短翼者曰䖳䖳。善鸣身长而头锐者曰担杖。又有官儿娘子之谓，盖缘其腹翅若红裙也。其土色而身中头圆者，则谓之蚂蚱，即蝗虫也。嘴利于剪，最为禾稼之害。得之去头翅足，以油盐炒食之，中有黄者尤肥，赵仲吾广文有同嗜焉。

捕蝗无善策，其罪莫能赎。或为长平坑，或为京观筑。未若优孟方，葬马于我腹。彼既食人谷，人亦食其肉。洗尽尘泥沙，剪去头翅足。膏油与盐汤，炮之成鼎铼。先用荐田祖，继以饷亲族。腴如擘蟹黄，佐以浮蚁绿。良朋嗜偶同，脍炙非我独。从此鳣堂⑩餐，莫但供苜蓿。

海 带

河冰既泮，海带出焉。或曰自黄泉出，故晒干之则为一条土，形似蜈蚣，长约三四寸，五色具备。入釜水煮，加葱蒜椒煎，以箸顺搅之，勿逆，乃熟烂。其色黄，其味较虾蟹酱似正。吾邑有为李芝农先生门生者，尝以献食之，甚喜，遂每岁索之。奈十余年不见是物，未免怅然。

本是河鲜族，休当海错⑪尝。时随冰泮出，味带土泉香。恶状疑人骇，深渊竟久藏。芝农家同炙嗜，举箸叹庄荒。

《乡言解颐》

【注释】

①李光庭（生卒年不详）：字大年，号朴园，宝坻（今天津市宝坻区）林亭口人，清乾隆乙卯（1795）举人，曾任黄州知府。著有《虚受斋诗钞》《乡言解颐》等。

②毕之罗之：指用网罗捕之。毕，有长柄的小网。

③坼（chè）裂：裂开，撕裂。

④吾图撒：即吾图撒合里，元时耶律楚材的蒙古名字，意思是

"长髯人"。

⑤菽：豆类的总称。

⑥河络：即"饸饹"，又称"河漏"，多为红薯面、莜麦面、荞麦面轧制的面条状细条。

⑦滹沱：水名，源出中国山西省，流入河北省，与子牙河另一支流滏阳河相汇入海。

⑧干糇（hóu）：干粮，泛指普通的食品。

⑨"仲谋工赋麦，葛恪工赋磨"句：仲谋，孙权的字；葛恪，诸葛恪。《三国志·诸葛恪传》注引《恪别传》载："（孙）权尝飨蜀使费祎，祎停食饼，索笔作《麦赋》，诸葛恪亦请笔作《磨赋》，咸称善焉。"

⑩鳣堂：古时讲学之所。《后汉书·杨震传》："后有冠雀衔三鳣鱼，飞集讲堂前，都讲取鱼进曰：'蛇鳣者，卿大夫服之象也。数三者，法三台也。先生自此升矣。'"后因此称讲学之所为"鳣堂"。

⑪海错：原指众多的海产品。《书·禹贡》："厥贡盐绨，海物惟错。"孔传："错杂非一种。"后因此称各种海味为海错。

【赏读】

《乡言解颐》是李光庭记述清末乡言农谚、民俗风物的笔记杂著，举凡百工技艺、商贾市肆、谣谚歌诵、逸闻琐事等，无不涉及，可谓包罗万象。这里的十则笔记，是与"食物"有关的诗文，除"鲥鱼"外，代表了北方乡居饮食的一般情况。李光庭的诗文，周作人先生颇为欣赏，其《儿童杂事诗》亦颇似之。

第一则中的"麦啄"，是一种野生禽类，骨架小巧，最大的体重也不超过20克。因为以啄食麦粒为生，故肉质鲜嫩，味美香醇。其外形酷似布谷鸟，布谷鸟有"布谷鸟叫芒麦香""布谷布谷，麦子要熟"的说法；麦啄则因啄麦多被人驱赶，"毕之罗之"，张网以待，因其比麻雀丰腴，多成了人类口腹之物。现在保护生态平衡，吃此类小动物的人很少了。

第二则中的"鲥鱼"，是一种较为珍稀的鱼种，味道鲜美，营养丰富，但因多刺，吃之难度也大。宋代彭渊材说："平生死无恨，所恨者五事耳，第一恨鲥鱼多骨，二恨金橘太酸，三恨莼菜性冷，四恨海棠无香，五恨曾子固不能诗。"（曾巩，字子固，"唐宋八大家"之一。《两般秋雨庵随笔》言："世传曾子固不能诗，非不能也，不过稍逊于文耳。"）张爱玲把"鲥鱼多骨、海棠无香、红楼梦未完"引为人生三大憾事，可见鲥鱼名气之大。

鲥鱼，是江海洄游型鱼类。梅尧臣有名句："四月鲥鱼逐浪花，渔舟出没浪为家"，可见当时鲥鱼之丰。而今，长江的鲥鱼资源已近枯竭，人们很难再一睹鲥鱼风采。鲥鱼的美味，全在"皮鳞之交，故食不去鳞"，其鳞片当中含有很多脂肪，欲保持其真味，最好用清蒸之法。蒸熟之后，鳞片已经溶化，油脂渗入肉中，味极滋润鲜美。据说，过去大户人家考察新媳妇是否合格，就要她去做一条新鲜鲥鱼，如宰杀时去了鳞，则说明她出自清寒小户。

《金瓶梅》里，称"红馥馥柳蒸的糟鲥鱼，馨香美味，入口而化，骨刺皆香"。掌管皇家砖厂刘太监的弟弟窃用皇木建造别墅，西门庆帮他逃脱罪责，刘太监送来的谢礼中就有重四十斤的"两包糟鲥鱼"，应伯爵看到后拍西门庆的马屁："就是朝廷还没吃哩，不是哥这里，谁家有？"这里透露出一点，即鲥鱼长期以来就是皇家贡品，可见西门庆享用的水平不低。鲥鱼娇贵，出水即死，从长江运到京城，路途遥远，四五月份天气渐热，为能让皇帝吃到新鲜鲥鱼，须用碎冰冰镇后快船运送。康熙年间，有位官员冒死进谏，称皇帝为贪一时之鲜，耗费巨大，劳民伤财，建议免贡；康熙帝纳谏，颁旨鲥鱼"永免进贡"，从此结束了两百多年进贡鲥鱼的历史。曹雪芹的祖父曹寅就此有一首《鲥鱼》诗：

> 手揽千丝一笑空，夜潮曾识上鱼风。
> 涔涔江雨熟梅子，黯黯春山啼郭公。
> 三月斋盐无次第，五湖虾菜例雷同。
> 寻常家食随时节，多半含桃注频红。

写诗时为康熙四十九年夏初，曹寅在诗后有一段自注："鲥初至者名头膘，次名樱桃红。予向充贡使，今停罢十年矣。"

第三则中的"锅焦"，就是我们常说的锅巴，即焖制米饭时使其在锅底焦而不糊，结成厚痂，取出后"其色黄，其声脆"，食之焦脆可口，可当点心小食。锅巴还可以酿酒，或用油煎后作为新年大餐。唐振常先生记述抗战时期重庆有一家菜馆，推出了一款新菜叫"轰炸东京"，就是在盘中装油炸锅巴和炒肉片，上菜时以滚热的汤汁浇上，轰然有声，因而名噪一时。

第四则所说的"茬头"或"乌糜"，实为未长成的或者双生、畸生的玉米穗，因营养不良，多外表苍白、幼嫩但味道甘甜，小孩子们尤其喜欢。

第五则中的"蝌蚪子"，贫穷人家食用居多，现在犹言"面鱼儿""面漏子"。是用玉米面、豆面、红薯面等混合而成，因这些面黏度不够，无法擀制成面条，只能和成团状，用类似萝卜擦子或漏子的工具，擦成蝌蚪状的面粒，漏在沸水中煮熟，拌上作料、浇头后食用。

第六则中的"馍"或曰"馒头"，是北方的看家主食。尤其是体力劳动者，多盛上一碗大锅菜，手拿四个大馍馍，在街上蹲食，蔚为壮观。此《四馍馍歌》听起来颇豪放，生动描绘了北方离不开馍馍的情景，"家家蒸馍养丁口，旅馆人众难盈科"。时下南北口味互串，对馍馍的需求早没那么大了。

第七则中的"碾转"，现在仍有这种叫法，实为青黄不接之际穷苦人家的吃法。因为新麦子还未长成，存粮已经吃完，无奈只有打未成熟小麦的主意。具体做法就是用将熟未熟的小麦粒，脱去外皮，因含有很多水分，保持了黏性，可搓成条状，上笼蒸熟后，略加调料，即可食用；能以肉丝、黄瓜、莴苣相拌，已是富裕人家。用此法可充作口粮，直到麦收。如今"碾转"身价高昂，已成为人们尝鲜的行为了。

第八则中的"甜冰"，现或称"甜秆"，是把尚未成熟的玉米秆折下，因里面充满了汁液，嚼起来甜蜜可口，堪比甘蔗，是孩子们的最爱。

第九则中的蚂蚱，又名蝗虫，是对庄稼有害的昆虫。螽，在两千多年前的《诗经》中就有记载，《诗经·国风·周南》："螽斯羽，诜诜兮。宜尔子孙，振振兮。螽斯羽，薨薨兮。宜尔子孙，绳绳兮。"《诗经·召南·草虫》："喓喓草虫，趯趯阜螽。未见君子，忧心忡忡。"所以，乡间对付蚂蚱的方法，就是逮住后去掉头翅足，油炸后吃掉。于是就有一道菜叫"飞黄腾达"，吃了蚂蚱还能得个好口彩。

第十则中的"海带"，如今较为习见，旧时因运输不便，非海边者食之不易。乡人久不见海带，"恶状疑人骇"，形如蜈蚣，见之颇惧，但煮熟食用，味道颇好，"甚喜"。海带含碘量很高，食用对补充微量元素有益，可防治大脖子病，这是后世研究才知道的。

这里记述的十种食品，多数是北方普通农家的常见饮食，我就其中的某些说法向祖籍北方的人士求证时，都得到了他们的共鸣，起码在二十多年前还是同样的叫法，这说明我国的农村与两百年前相比变化不大。

卷二

食之趣

落啖饭粒 刘义庆①

殷仲堪②既为荆州，值水俭③，食常五碗，盘外无余肴。饭粒脱落盘席间，辄拾以啖之。虽欲率物④，亦缘其性真素。每语子弟云："勿以我受任方州，云我豁平昔时意。今吾处之不易。贫者，士之常，焉得登枝⑤而捐其本！尔曹其存之。"

《世说新语》

【注释】

①刘义庆（403~约444）：彭城（今江苏徐州）人，南朝宋时文学家。刘宋宗室，武帝刘裕之侄，袭封临川王。官兖州刺史、都督加开府仪同三司，后因疾病还京师，卒年四十一。曾集士人门客作《世说新语》和志怪小说《幽明录》。

②殷仲堪（？~399）：东晋陈郡长平（今河南淮阳）人，孝武帝时官至荆州刺史。安帝时，与桓玄战，兵败，为桓玄追兵所获，逼令自杀，死于柞溪。

③水俭：因水灾而致农作物歉收。

④率物：意即为人表率。率，表率；物，指人。

⑤登枝：攀上高枝。

【赏读】

古代不乏身居高位而不忘节俭之辈，这东晋时的殷仲堪就是一位。殷仲堪做荆州刺史时,正赶上水涝致庄稼歉收。他每天桌上不超过五只碗盘,除了这些碗盘没有多余的饭菜,饭粒掉在盘席间,都会捡起来吃掉。他这样做,虽有意为人表率,也由于他生性朴素。他常对子弟们说:"不要以为任一州之长官,就可以丢掉平素的操守。我做到这一步也不容易。清贫是读书人的本分,怎能登上高枝就忘掉根本呢?"他叫子弟们牢记这个道理。

古代高官中颇有俭省的楷模,宋代曾身居宰相之职的范仲淹就是突出的一位,且其治家极严。他的儿子范纯仁娶媳而归,他听说儿媳妇要用绸缎做幔帐,就大为恼火:"罗绮岂帷幔之物耶?吾家素清俭,安得乱吾家法?敢持归吾家,当火于庭。"范仲淹身份虽贵,"非宾客不重肉;妻子衣食,仅能自充"。他那著名的"不以物喜,不以己悲"和"先天下之忧而忧,后天下之乐而乐"的精神为后世树立了标杆。

人乳饮豚 刘义庆

　　武帝尝降①王武子②家，武子供馔，并用琉璃器③。婢子百余人，皆绫罗绔缡④袴裙，以手擎饮食。蒸豚⑤肥美，异于常味。帝怪而问之。答曰："以人乳饮独豚。"帝甚不平，食未毕，便去。王、石⑥所未知作。

《世说新语》

【注释】

①武帝：即晋武帝司马炎。降：屈驾而往。

②王武子：名王济，晋武帝司马炎的女婿。

③琉璃器：用石英砂制成的半透明状器皿，在当时非常稀少珍贵。

④绔（kù）缡（luò）：绔，同"裤"；缡，女人上衣。

⑤蒸豚：蒸小猪。

⑥王、石：即王恺、石崇，以豪奢著称。

【赏读】

　　晋时多门阀望族，《世说新语》中的这则小故事用几个细节把晋时簪缨之家的豪奢之举描写得淋漓尽致。

　　晋武帝去女儿女婿家吃饭，看到他们家用着罕见的琉璃器，周围婢女环伺竟有百余名之多，个个都穿着绫罗绸缎；席间吃到的蒸小猪味道甚美，感觉与平时吃到的味道相异，一问，女婿竟然回答"这小猪是用人乳喂大的"！晋武帝心中不平，当场就拂袖而去。

　　《世说新语》有多则王恺、石崇的斗奢故事，比王武子有过之而无不及。王恺与石崇曾竞相比阔，武帝赐王恺一座贵重的两尺许珊瑚树，石崇看到后当即用铁如意击碎之，转脸就送来了一座比它更大的珊瑚树，光彩溢目不知高出几倍。石崇在家中宴客，每每命美人敬酒，客人若没喝完，就立斩美人；石崇家的厕所常有十余名婢女伺候，手拿香囊、香水，随时为客人服务，弄得客人都不好意思如厕。由于王、石两家权势熏天，皇帝也不能拿他们怎么样，所以他们才敢不把皇帝放在眼里，竞相豪奢斗富。在这种环境下，吃点人乳喂的小猪也就不足为奇了。

无脂肥羊 张 鷟①

唐太宗问光禄卿②韦某,须无脂肥羊肉充药。韦不知所从得,乃就侍中③郝处俊宅问之。俊曰:"上④好生,必不为此事。"乃进状自奏:"其无脂肥羊肉,须五十口肥羊,一一对前杀之,其羊怖惧,破脂⑤并入肉中。取最后一羊,则极肥而无脂也。"上不忍为,乃止。赏处俊之博识也。

《朝野佥载》

【注释】

①张鷟(zhuó)(约658~约730):字文成,自号浮休子,深州陆泽(今河北深州)人,生活在唐代武后、中宗、睿宗三朝和玄宗前期,擅长辞章,曾任监察御史、岐王府参军、鸿胪丞等。其著作除《朝野佥载》外,还有《游仙窟》《龙筋凤髓判》。

②光禄卿:九卿之一,掌管监察。

③侍中:即门下省侍中,按唐代官制,相当于左相。

④上:指皇帝。

⑤破脂:脂肪破裂。

【赏读】

张鷟生活在唐代武后、中宗、睿宗三朝和玄宗前期,因此他的《朝野佥载》记载了很多武后朝的见闻,"颇多媟语"。

这则小品记载了一则唐太宗逸事。太宗要用无脂肥羊充当药引子——脂多而肥，肥怎无脂？这本身就是一对矛盾。面对至高无上的唐太宗，光禄卿韦某无奈，只有去请教侍中郝处俊。机敏的郝处俊抓住唐太宗不忍杀生的特点，编造了一个办法：要得到无脂肥羊，须让一只羊面对其余五十只肥羊，看着那些羊一一被杀戮，那只羊恐惧至极，以至于被吓破的脂肪融入肉中，就能得到"无脂肥羊"了。这个办法太过残忍，唐太宗不忍为之，进而放弃了以"无脂肥羊"入药的做法。

　　郝处俊足智多谋，救了那些可怜的肥羊；唐太宗虚心纳谏，成就了郝处俊的博闻广识。有感于唐太宗一朝的法良政善，唐人吴兢编纂了《贞观政要》，以为统治者鉴戒，里面有很多魏徵、房玄龄、杜如晦等大臣的诤议和谏奏。例如，有这样一则：唐太宗有一匹非常喜欢的骏马，平素放在宫中饲养，有一天突然无病而暴死。唐太宗大怒，要杀那养马的宫人。长孙皇后劝谏说："过去齐景公因为马死而杀人，晏子对着养马人历数其罪：'你把马养死，这是第一条罪状；你把马养死而使国君杀人，老百姓知道一定痛恨国君，这是第二条罪状；众诸侯知道后，必然轻视我国，这是你的第三条罪状。'齐景公听后便免了养马人的罪。陛下读书时曾见过这则故事，难道忘了吗？"唐太宗听后，有所宽释。他对房玄龄说："皇后能用前人政事来启发我，很好很好。"

赵大饼 孙光宪[①]

　　王蜀时，有赵雄武者，众号"赵大饼"，累典名郡，为一时之富豪。严洁奉身，精于饮馔。居常不使膳夫[②]，六局[③]之中，各有二婢执役，当厨者十五余辈，皆著窄袖鲜洁衣装，事一餐，邀一客，必水陆[④]具备，虽王侯之家，不得相仿焉。有能造大饼，每三斗面擀一枚，大于数间屋。或大内宴聚，或豪家有广筵，多于众宾内献一枚，裁剖用之，皆有余矣。虽亲密懿分，莫知擀造之法，以此得"大饼"之号。

《北梦琐言》

【注释】

　　①孙光宪（约895~968）：字孟文，自号葆光子。陵州贵平（今四川仁寿东北）人。五代宋初文学家。五代后唐时，曾任陵州判官、朝议郎、检校秘书少监、试御史中丞。入宋，任黄州刺史。著《北梦琐言》《荆台集》《橘斋集》等，仅《北梦琐言》传世。词存84首，《花间集》收其词61首。

　　②膳夫：古代官名。《周礼》谓天官冢宰所属有膳夫，为食官之长，掌王之饮食膳。后通指厨师。

　　③六局：隋唐时，官廷内设尚食、尚药、尚衣、尚舍、尚乘、尚辇六局，负责官廷之供奉。参见《隋书·百官志下》《旧唐书·职官志三》。

④水陆：指水中和陆地出产的食物。《晋书·石崇传》："丝竹尽当时之选，庖膳穷水陆之珍。"

【赏读】

  这是一则带点传奇色彩的故事。五代后蜀时，有一个叫赵雄武的，人送绰号"赵大饼"，他虽当过官，又是一时富豪，但治身严谨，同时偏好饮食之道。他家中不设厨师长，只有两名婢女掌管日常事务，自己则亲自带领十五个年轻后生打理日常的饮食。他做饭有几个特点：一是厨师们皆窄袖鲜衣，一尘不染，一改过去厨师邋邋遢遢的样子；二是标准高，哪怕只请一名客人、做一餐饭，都要水陆珍品样样齐全，这在很多王侯之家都未必做得到；三是他有一个绝活，就是用三斗面能擀制出一张大饼，有几间屋那么大，一时传为奇闻，皇宫豪门纷纷争相邀请他，以吃到这大饼为荣。但是，哪怕最亲近之人，也不知道这大饼究竟是怎么擀制、烘烤的，只知道他有"赵大饼"这个美称。

  怎么样，有点神奇吧？神就神在既没有大于数间屋的屋子，也没有大于数间屋的火炉，那这张饼子是怎么擀制、怎么烘烤的呢？如果说出来，那就不是绝活了，所以，还是留点悬念吧。我们知道很多民间绝活，都有不可思议之处，是常理所无法解释的。其实，也许就那么一层窗户纸，捅破了，就没神秘感了。

寒消粉 陶 穀①

张弥守镇江,一日会客,作加酥油光酒及酥夹生。副戎许鼐,苍梧②人,不谙北馔,甚嗜之。他时再聚,忽问前日盛馔有入口寒而消者,尚可得否,弥绐③之曰:"此名龙髓膏④,金牛国所贡,闻用寒消粉煎成,宁可复得。"众客无不绝倒。

《清异录》

【注释】

①陶穀(903~970):字秀实,邠州新平(今陕西彬县)人。本姓唐,避后晋石敬瑭讳而改陶氏。其父陶涣,官至夷州刺史。陶穀仕后晋时担任知制诰、仓部郎中;仕后汉时为给事中;仕后周时为兵部侍郎、翰林承旨。入宋后为翰林学士。著《清异录》二卷。

②苍梧:位于广西梧州北部,东面毗临广东肇庆,故称其"不谙北馔"。

③绐(dài):哄骗,欺骗。这里是揶揄意。

④龙髓膏:龙髓制成的膏状物。此处以酥油糕的形状、口味戏喻。

【赏读】

本则笔记本意是嘲弄南人不识北馔,无意间却说明了"口之于味,有同嗜焉"的道理。无论南食、北馔,只要是好吃的食物,总是有人欣赏的。

这里张弥招待客人的食物，据其描写应该是乳酪、酥油类制品，产自盛产奶制品的北方，具有入口即化的特点。而他的副将许霸是广西苍梧人，自然很少吃乳酪和酥油制品，一尝之下竟惦记上了。张弥因此揶揄他说："这是金牛国上贡的龙髓膏，是用寒消粉煎制而成，已没办法再得到了。"

中国历来紧缺乳酪类食品，一方面是牛乳供应不足，一方面是制作工艺复杂，一般是皇族才能食用。《唐摭言》卷十五记录了一种专门为皇帝制作的糕点，"厚掺干面卷之，直揿数转""食之甚美，皆乳酪膏胰之所为"，像是以乳酪为馅的面食。朱权《臞仙神隐书》有造乳饼法："以牛乳一斗，绢滤入釜，煎五沸水解之，用醋点入，如豆腐法，渐结成，漉出，以帛裹之，用石压成，入盐瓮底收之。"可做成像豆腐一样的乳饼。

张岱《陶庵梦忆》里详细记载了"乳酪"的制法，最后制成"带骨鲍螺"，称之"天下之至味"，这点与《金瓶梅》中李瓶儿做的"酥油泡螺"倒是一致的，温秀才尝后直赞道"沃肺融心，实上方之佳味"，似与此"寒消粉"相类。

饮食过人 欧阳修①

张仆射齐贤②体质丰大,饮食过人,尤嗜肥猪肉,每食数斤。天寿院风乐黑神丸,常人所服不过一弹丸,公常以五七两为一大剂,夹以胡饼③而顿食之。淳化④中罢相知安州,安陆山郡,未尝识达官,见公饮啖⑤不类常人,举郡惊骇。尝与宾客会食,厨吏置一金漆大桶于厅侧,窥视公所食,如其物投桶中,至暮,酒浆浸渍,涨溢满桶,郡人嗟愕,以谓享富贵者,必有异于人也。然而晏元献⑥公清瘦如削,其饮食甚微,每析半饼,以箸⑦卷之,抽取其箸,内捻头一茎而食。此亦异于常人也。

《归田录》

【注释】

①欧阳修(1007~1072):字永叔,号醉翁,晚号六一居士,吉州永丰(今江西永丰)人。官翰林学士、枢密副使、参知政事,谥号文忠,世称欧阳文忠公。北宋政治家、文学家、史学家,"唐宋八大家"之一。著作有《欧阳文忠公文集》《新五代史》等。

②张仆射齐贤:张齐贤(942~1014),字师亮,曹州冤句(今山东菏泽南)人,徙居洛阳(今河南洛阳),北宋著名政治家。进士出身,先后担任通判、枢密院副使、兵部尚书、吏部尚书、同中书门下平章事、司空等官职。年七十二而卒,谥号文定。

③胡饼:犹今之烧饼,一说为馕。《释名》载:"饼,并也。溲

面使合并也。胡饼，言以胡麻著之也。"

④淳化：宋太宗年号，990~994年。

⑤饮啖：泛指吃喝。

⑥晏元献：即晏殊（991~1055），字同叔，北宋词人、政治家，曾官至宰相。谥号元献，有《晏元献遗文》。

⑦箸：筷子。

【赏读】

食量过人，这是历代笔记中屡被记载的素材，所记者也多为异人。

张齐贤曾为太宗、真宗两朝宰相，体态丰硕，食量过人，关于他的传说多与饮食有关。司马光《涑水纪闻》曾载：张齐贤为布衣时，倜傥落拓，有群强盗攻打城镇，在旅店聚饮，居民都争相躲藏，唯独张齐贤不怕，反而趋前揖手对曰："我是个贫困的举子，想在各位这儿吃顿饱饭。"强盗们很诧异："你个秀才肯这么屈就么？"张齐贤说："盗者，不是龌龊儿所为，你们都是世上的英雄。"于是取大杯满斟而饮，拿来猪后腿切下肉就吃，势如虎狼。几个盗贼面面相觑，感叹道："兄弟你真是个宰相的料儿，哪天你当宰相了，俺们会怀念你的。"临了盗贼们还以金银相送，张齐贤也不推辞，装起来背着大包小包就回家了。

《邵氏闻见录》还载：张齐贤一人有数人的饭量，自言平时未尝吃过饱饭。一次村民请客，他先在前面酒席上吃，到酒宴的后半场，他看见村民家院子里挂了一张牛皮，就取下来煮煮吃了个精光。宋太祖光临西都时，张齐贤献十策于马前，太祖把他召至行宫，赐予酒食，这位齐贤兄就直接用手从大盘抓取肉块，边吃边说，毫无惧色。宋太祖归来后对自己的兄弟，即后来的太宗说："我为你得了个宰相啊，就是这个张齐贤。"

这则小品是记载张齐贤被罢相贬谪知州时,当地官员不知他饭量几何,所以令厨吏置一大桶,他吃多少就往桶中倒多少,桶满了张齐贤仍然在吃的盛况。而后来任宰相的晏殊是个瘦干巴老头,连吃大饼都要撕开半张,用筷子卷着吃,饭量极小。这两人,都有异于常人之处。

　　张齐贤善知人、识人、用人,郑瑄《昨非庵日纂》载,张齐贤在以右拾遗衔领江南转运使时,某日家宴,一位家奴偷窃银器数件藏于怀中,正好被在帘下的张齐贤看到,却悄没作声。张齐贤晚年做宰相后,门下杂役大都弄了个一官半职,吃俸禄去了,而偏偏没这家奴什么事。这家奴趁没人就跪求张齐贤,并哭诉不止:"我伺候相公时间最久,比我晚来的都当上官了。相公唯独剩下我不用,不知为何?"张齐贤摇了摇头,叹息道:"我本来不想说,是你逼着我说啊。你还记得在江南时偷盗我几件银器的事吗?此事我三十年憋在心里,连你可能也不知道。但我现在是宰相,进退都是百官,志在激浊扬清,怎么敢推荐一个盗贼呢?念你侍候我这么多年,今天就给你三百贯钱,你从我这儿离开,自己找地方落脚吧。这事儿既然挑明了,你也没法在我这儿待了。"家奴自愧,乃泣拜而去。

　　可见张齐贤不仅是体质丰大、食量过人,肚子里也真能盛事,连一个小小家奴偷盗银器的事儿都能存在肚里三十年,在最后一刻派上用场,真可谓"君子报仇,十年不晚"也。

菜羹赋 (并叙) 苏 轼

东坡先生卜居南山之下，服食器用，称家之有无。水陆之味，贫不能致，煮蔓菁、芦菔、苦荠①而食之。其法不用醯酱②，而有自然之味，盖易而可常享。乃为之赋，辞曰：

嗟余生之褊迫③，如脱兔其何因。殷诗肠之转雷④，聊御饿而食陈。无刍豢⑤以适口，荷邻蔬之见分。汲幽泉以揉濯⑥，搏露叶与琼根。爨铏錡⑦以膏油，泫融液而流津。适汤蒙如松风，投糁豆⑧而谐匀。覆陶瓯之穹崇，罢搅触之烦勤。屏醯酱之厚味，却椒桂之芳辛。水耗初而釜洊，火增壮而力均。滃⑨嘈杂而廉清，信净美而甘分。登盘盂而荐之，具匕箸⑩而晨飧。助生肥于玉池，与吾鼎其齐珍。鄙易牙⑪之效技，超傅说⑫而策勋。沮彭尸⑬之爽惑，调灶鬼⑭之嫌嗔。嗟丘嫂⑮其自隘，陋乐羊⑯而匪人。先生心平而气和，故虽老而体胖。忘口腹之为累，似不杀而成仁。窃比余于谁欤？葛天氏⑰之遗民。

《苏轼文集》

【注释】

①蔓菁、芦菔、苦荠：蔓菁，别名芜菁、大头菜、圆菜头；芦菔，即萝卜；苦荠，一种味微苦的野菜。

②醯（xī）酱：醋和酱，泛指调料。

③褊（biǎn）迫：逼仄，狭小。

④转雷：腹响如雷，喻饥饿状。

⑤刍豢：家庭豢养的畜类，泛指肉类。

⑥揉濯：揉搓，清洗。

⑦爨（cuàn）铏锜：爨，烧火做饭；铏锜，为小鼎、釜，指煮羹用的锅具。

⑧糁（sǎn）豆：碎状的豆子。

⑨渝（wěng）：水汽蒸腾貌。

⑩匕箸：割肉、吃饭用的刀和筷子。

⑪易牙：春秋时齐桓公的近臣，善于烹饪，被称为厨师的始祖。

⑫傅说（yuè）：商朝贤臣，被任命为相，辅佐高宗治理国家，创史上"武丁中兴"。

⑬彭尸：道教用语。道教认为人体中有三虫在作祟，即上尸彭倨，中尸彭质，下尸彭矫，分别主掌宝物、五味和色欲，迷惑人的意识，对人不利。

⑭灶鬼：即灶王爷，是民间传说掌管饮食的神灵。

⑮丘嫂：即长嫂、大嫂。颜师古注《汉书·楚元王传》"丘嫂"云："丘，大也。长嫂称也。"

⑯乐羊：战国时魏国大将，虽是中山国人，但对魏国忠心耿耿。率兵攻打中山国时，中山国人俘获其子，煮成羹汤端给他，他"坐于幕下而啜之"，以示与中山国不共戴天。

⑰葛天氏：传说中的古帝王。

【赏读】

苏东坡在"乌台诗案"后被贬谪黄州，此时他已经44岁。朝廷给了他个黄州团练副使的虚衔，实际上是被监视居住。他知道自己的处境，写下"平生文字为吾累，此去声名不厌低。塞上纵归他日马，城东不斗少年鸡"的诗句。到达黄州之后，当地生活条件极其艰苦，房无一间、地无一垄，于是他和家人在黄州城东门外的小山坡上开垦了一片荒芜之地，他也因此有了"东坡居士"的新名号。他在给秦观的书信中曾说："初到黄，廪入既绝，人口不少，私甚忧之。但痛自节俭，日用不得过百五十。每月朔，便取四千五百钱，断为三十块，挂屋梁上。平旦，用画叉挑取一块，即藏去叉。仍用大竹筒别贮用不尽者，以待宾客。"相比当地百姓，他还有微薄的收入，但也要精打细算、节俭度日了。

经过一年的劳作，苏东坡体会到农人的不易，所写的诗文与一般的田园诗境界迥异，而是充满了桑麻稼穑、耕作收获的辛苦和喜悦，如："去年东坡拾瓦砾，自种黄桑三百尺。今年刈草盖雪堂，日炙风吹面如墨。平生懒惰今始悔，老大劝农天所直。沛然例赐三尺雨，造化无心悦难测。……四邻相率助举杵，人人知我囊无钱。明年共看决渠雨，饥饱在我宁关天。谁能伴我田间饮，醉倒惟有支头砖。"他还偶尔醉卧田间，支砖为枕，真的与农人同呼吸共命运了。

这里所写的《菜羹赋》，是东坡在困顿生活中自得其乐的一种方式，说白了，就是把缺盐少醋的萝卜、大头菜和荠菜煮成一锅"乱炖"，再放上一些碎豆子，就成了少见的"美味"。做此羹的要诀是要用山泉水洗净蔬菜，用树叶和树根来烧火，把膏油烧热后，放入三种蔬菜炖开，注入山泉，再加入豆糁，其间不要乱搅动，也不放醋和酱料，更不放花椒、桂皮等香料。等到蔬菜和豆糁都炖得酥烂，一锅甘美适口的菜羹就可以端上饭桌，让人们大快朵颐了。

有了这菜羹，什么易牙的厨艺、傅说的功业统统都不放在眼里了，什么彭尸、灶王爷也都一边玩去。老夫吃着这些菜羹，心平气和，周身舒坦，忘却烦恼，远古的先民也不过如此吧。

  在苏东坡的生花妙笔下，清词丽句、典故频出，一碗再简单不过的菜羹，也充满了诗情画意。更重要的是，他那浪漫主义精神和随遇而安的心态感染了我们，让我们明白任何逆境也抵不过一碗菜羹。

书蜀僧诗 苏 轼

　　王中令^①既平蜀,捕逐余寇,与部队相远。饥甚,入一村寺中。主僧醉甚,箕踞^②,公怒,欲斩之。僧应对不惧,公奇而赦之。问求蔬食。僧对曰:"有肉无蔬。"公益奇之。馈^③以蒸猪头,食之甚美。公喜,问僧:"止能饮酒食肉耶,抑有他技也?"僧自言:"能为诗。"公令赋蒸豚,操笔立成云:"嘴长毛短浅含膘,久向山中食药苗^④。蒸处已将蕉叶裹,熟时兼用杏浆^⑤浇。红鲜雅称金盘荐,软熟真堪玉箸^⑥挑。若把膻根^⑦来比并,膻根自合吃藤条。"公大喜,与紫衣师号。元祐九年二月十三日,偶与公之玄孙讷道此,因记之。

《苏轼文集》

【注释】

①王中令:即王彦超,字德升,为五代及北宋初年的名将,宋初官拜中书令。屡建战功,声名显赫。

②箕踞:两脚张开,两膝微曲地坐着,形状像箕。是一种轻慢的姿态。

③馈:馈赠,送给。

④药苗:有药用价值的嫩草。

⑤杏浆:即杏酒,以杏子为主要原料酿成的酒。

⑥玉箸：筷子的美称。

⑦膻根：羊及羊肉的别称。金人王若虚《答张仲杰书》："膻根之赐，甚惬老饕。"

【赏读】

  这是苏东坡听来的一则酒肉和尚的故事。一位追击流寇的王将军，在饥渴交加之际走进一寺庙。只见大和尚醉意朦胧、态度轻慢，不由得怒从中来，差点挥刀杀之。谁知这和尚毫无惧色，王将军不禁诧异，就让这和尚送上饭菜。没想到得到的竟是一句"要菜没有，要肉有一盆"的回答，好一个喝酒吃肉的花和尚！

  佛教对僧人有"戒、定、慧"三学，"摄心为戒，因戒生定，因定发慧"，"不吃众生肉"就是其中一条戒律。这和尚竟然完全不管这些清规戒律。王将军吃着端来的蒸猪头，反倒有点喜欢上这个花和尚了。在问及他还有啥特长之时，这和尚竟然立马赋诗一首："我的小猪真叫好，嘴长毛短膘儿薄，天天喝着矿泉水，饿了就吃中草药。裹了蕉叶上笼蒸，熟了就用杏酒浇。盛在盘中赛水果，筷子一举肉嫩娇。若拿此物比羊肉，小羊只趁吃藤条。"王将军听后哈哈大笑，这才叫真性情嘛，因此封他个"紫衣师"之号。

  文中王将军王彦超的玄孙与苏东坡说起这个故事时，是元祐九年二月，时东坡正在定州知府任上。不久后继位的宋哲宗起用新党，东坡被连贬两级到英州（今广东惠州），弟苏辙被贬汝州。应该说，此时东坡的心境，与这个不管清规戒律、我行我素的和尚，颇有共鸣焉。在朝的各种党争、复起继而被贬，让苏东坡身心疲惫，所以他笔下这个喝酒吃肉的大和尚，不在意佛教的各种戒规，心灵自由，在某种程度上也写出了苏东坡心中的追求。

冰壶珍 林 洪①

太宗问苏易简②曰:"食品称珍,何者为最?"对曰:"食无定味,适口者珍。臣心知齑汁③美。"太宗笑问其故。曰:"臣一夕酷寒,拥炉烧酒,痛饮大醉,拥以重衾。忽醒,渴甚,乘月中庭,见残雪中覆有齑盎。不暇呼童,掬雪盥手④,满饮数缶⑤。臣此时自谓上界仙厨,鸾脯凤腊⑥,殆恐不及。屡欲作《冰壶先生传》记其事,未暇也。"太宗笑而然之。后有问其方者,仆答曰:"用清面菜汤浸以菜,止醉渴一味耳。或不然,请问之冰壶先生。"

《山家清供》

【注释】

①林洪(生卒年不详):字龙发,号可山。福建泉州人。生活在南宋前中期。宋绍兴间进士。善诗文书画,著有《西湖衣钵集》《文房图赞》等;对饮食、园林颇有研究,著有《山家清供》二卷和《山家清事》一卷。

②苏易简(958~997):字太简,梓州铜山(今四川中江)人。宋太平兴国五年进士第一,状元。历任将作监丞、升州通判、左赞善大夫、右拾遗知制诰、中书舍人、翰林学士承旨、参知政事。以文章知名,有《文房四谱》《续翰林志》及文集二十卷。

③齑汁:捣碎的姜、蒜、韭菜等的汁水。

④盥手：洗手。

⑤缶：古代一种大肚小口的盛酒瓦器。

⑥鸾脯凤腊：鸾、凤，均为凤凰的一种。比喻用极珍贵的食材制成的珍馐美味。

【赏读】

　　这则小品突出了一个观点，即"食无定味，适口者珍"。宋太宗问他的爱臣苏易简："在各种食品中，什么东西最珍贵？"苏易简回答："食无定味，适口者珍。臣心里就觉得齑汁味道最美。"宋太宗笑问什么是"齑汁"，苏易简说："有一天晚上天寒地冻，臣在火炉边痛饮烧酒，喝得酩酊大醉，随后盖着厚被子蒙头便睡。夜半忽然口渴醒来，见院中月色映照着雪景，令人心爽，有个昨天放着剩菜汤的小瓮被残雪覆盖着。我顾不上叫侍童，就捧起一把雪搓搓手，击破上面的薄冰，一口气喝了个肚圆。臣觉得此时就是上天的仙人厨子，做好上乘的凤凰脯肉，也比不上这个味道美。"宋太宗笑而颔首，后来又问那"齑汁"是什么配方，苏的厨子解答说："把青菜剁碎，用面条汤一煮，既解酒又止渴，真是好东西啊！"

　　你看，一碗菜汤就成了天下美味，够风雅吧？历史上不乏别人觉得稀松平常的东西，在另一些人嘴里却成了珍稀美味。比如明朝的开国皇帝朱元璋，当皇帝之前逃过荒，饥饿难耐，两个乞丐用白菜帮、菠菜叶、剩米饭、馊豆腐一起炖成大锅菜，还美其名曰"珍珠翡翠白玉汤"，救了朱皇帝的命，也从此成了老朱朝思夜想的美味。后来在宫中，山珍海味吃遍，也不如这"珍珠翡翠白玉汤"，宫中御厨无论怎样"仿制"也弄不出当初那种味道，还因此被杀掉几个……这也说明，什么东西最好吃确实是与当时的环境和条件密不可分的。

袁枚在《随园食单》中说："贪贵物之名，夸敬客之意，是以耳餐，非口餐也。不知豆腐得味，远胜燕窝；海菜不佳，不如蔬笋。"现在请客吃饭，好像不来个鱼翅、海参不足以展示档次、表达敬意，是典型的"耳餐"。鱼翅，老百姓戏称为"粉条汤"，吃起来寡淡无味，没有什么乐趣。

傍林鲜 林 洪

夏初林笋盛时，扫叶就竹边煨熟，其味甚鲜，名曰"傍林鲜"。文与可[1]守临川，正与家人煨笋午饭，忽得东坡书，诗云："想见清贫馋太守，渭川千亩在胸中[2]。"不觉喷饭[3]满案，想作此供也。大凡笋贵甘鲜，不当与肉为侣。今俗庖多杂以肉，不思才有小人，便坏君子？"若对此君仍大嚼，世间哪有扬州鹤"，东坡之意微矣。

《山家清供》

【注释】

①文与可（1018～1079）：名文同，字与可，北宋梓州梓潼郡永泰县（今属四川绵阳盐亭县）人，自号笑笑先生，是苏轼的从表兄，善书法和画竹，曾任陵州、洋州和湖州的太守。

②"想见清贫馋太守，渭川千亩在胸中"句：苏轼《和文与可洋川园池三十首·筼筜谷》诗："汉川修竹贱如蓬，斤斧何曾赦箨龙。料得清贫馋太守，渭滨千亩在胸中。"又《于潜僧绿筠轩》："可使食无肉，不可居无竹。无肉令人瘦，无竹令人俗。人瘦尚可肥，士俗不可医。旁人笑此言，似高还似痴。若对此君仍大嚼，世间哪有扬州鹤？"

③喷饭：东坡文为"喷饭"最早出处，形容因发笑而把饭都喷

出去的样子。

【赏读】

文与可"善诗、文、篆、隶、行、草、飞白",尤擅长画竹,兼为人磊落质朴,深为文彦博、司马光等人赞许,文彦博称许他:"与可襟韵洒落,如晴云秋月,尘埃不到。"

文与可酷爱画竹,他自况"朝与竹乎为游,暮与竹乎为朋,饮食乎竹间,偃息乎竹阴,观竹之变也多矣"。他深入竹乡观察揣摩,在画竹时,以墨色深浅描绘竹子远近、向背。米芾称赞他"以墨深为面,淡为背,自与可始也",开创了墨竹画法的新局面。

苏东坡亦爱竹,有"可使食无肉,不可居无竹。无肉令人瘦,无竹令人俗。人瘦尚可肥,士俗不可医"之语。文与可是他的从表兄,两人因竹而结下了深厚的友情,并经常诗文酬唱,惺惺相惜、亲厚无间,文与可尝言"世无知我者,惟子瞻一见,识吾妙处"。文与可筑建墨君堂,苏东坡作《墨君堂记》,以竹明志:"风雪凌厉以观其操,崖石荦确以致其节。得志,遂茂而不骄;不得志,瘁瘠而不辱。群居不倚,独立不惧。"

苏东坡这样描写文与可画竹时的情景:"与可画竹时,见竹不见人。岂独不见人,嗒然遗其身。其身与竹化,无穷出清新。庄周世无有,谁知此凝神?"文与可曾言"竹如我,我如竹",可见他的痴迷境界。

《宋史》载,文与可"善画竹,初不自贵重,四方之人持缣素请者,足相蹑于门。与可厌之,投缣于地,骂曰:'吾将以为袜。'好事者传之以为口实"。缣素是一种可用于书画的细绢,但文与可不稀罕,要用它做袜子。后来苏轼到徐州任知州,文与可总算抓着救星了,给苏轼写信道:"近语士大夫,吾墨竹一派,近在彭城,可往求之。袜材当萃于子矣。"彭城是徐州的别称,文与可顺势就把求画者都推给苏东坡了。

在《文与可画筼筜谷偃竹记》中,文与可这样教东坡画竹之法:"竹之始生,一寸之萌耳,而节叶具焉。自蜩腹蛇蚹以至于剑拔十寻者,生而有之也。今画竹者乃节节而为之,叶叶而累之,岂复有竹乎!故画竹必先得成竹于胸中,执笔熟视,乃见其所欲画者,急起从之,振笔直遂,以追其所见,如兔起鹘落,稍纵则逝矣。"从此,"成竹在胸"成为做事前有通盘打算的概称。

竹笋清淡、鲜嫩,向为文人所喜爱。袁枚曾说"笋脯出处最多,以家园所烘第一"。在初夏竹林里就近挖出一只竹笋,扫旁边的竹叶煨熟而食之,林洪起了个贴切的名字"傍林鲜",听之令人神往。文与可正在与家人煨笋午饭,忽得东坡来信:"料得清贫馋太守,渭川千亩在胸中。"可以想见文与可喷饭的情景。

一根竹子,把苏东坡和文与可牢牢地连在了一起。元丰二年(1079)七月七日,天气晴好,苏东坡在湖州晒书画,看到其中有一幅文与可的《墨竹》,而此时距文与可去世已有半年之久,忆起往日欢声笑语,东坡不觉废卷而恸哭。

禅师①知羊肉　　惠　洪②

毗陵③承天珍禅师,蜀人也,巴音夷面④,真率不事事,郡守忘其名,初至不知其佳士,未尝与语。偶携客来游,珍亦坐于旁,守谓客曰:"鱼稻宜江淮,羊面宜京洛。"客未及对,珍辄对曰:"世味而如羊肉,大美;且性极暖,宜人食。"守色变瞋视⑤之,徐曰:"禅师何故知羊肉性暖?"珍应曰:"常卧毡知之,其毛尚尔暖,其肉不言可知矣。如明公治郡政美,则立朝当更佳也。"

《冷斋夜话》

【注释】

①禅师:和尚的尊称。

②惠洪(1070~1128):一名德洪,字觉范,自号寂音尊者。俗姓喻(一作姓彭)。筠州新昌(今江西宜丰)人。自幼家贫,14岁父母双亡,入寺为沙弥,19岁入京师,于天王寺剃度为僧。当时领度牒较难,乃冒用惠洪度牒,遂以惠洪为己名。后南归庐山,依归宗寺真静禅师,又随之迁靖安宝峰寺。惠洪一生多遭不幸,因冒用惠洪名和结交党人,两度入狱。曾被发配海南岛,直到政和三年(1113)才获释回籍。著有《冷斋夜话》十卷,《天厨禁脔》三卷。

③毗(pí)陵:古地名。春秋时吴季札封地延陵邑。西汉置县,治所在今江苏省常州市。三国吴时,为毗陵典农校尉治所。晋太康

二年（281）始置郡，治所移丹徒。历代废置无常，后世多称今江苏常州一带为毗陵。宋陆游《老学庵笔记》卷十："今人谓贝州为甘州，吉州为庐陵，常州为毗陵。"

④巴音夷面：巴音，四川口音；夷面，长相为少数民族，其时称川中少数民族羌、僚、戎等为"夷"。

⑤瞋视：瞋，瞪大眼睛。指怒目而视。

【赏读】

中国古人训"美"字从羊、从大，谓羊之大者方为美；而味之美者，曰"珍馐"，这馐字就是羊脸。可见羊肉在中国饮食中的地位不容撼动。

读宋代笔记，犹感其时羊贵而猪贱。苏东坡初贬在黄州时，猪肉都没人吃，"价格贱如泥"，弄得他老人家每天早上饱食一大碗。后来东坡再被贬谪惠州，羊肉只有当官的才买得起，他因此发明了"羊蝎子"的吃法，说白了，就是吃一些别人不要的羊脊骨。他在给弟弟子由的信中说："惠州市井寥落，然犹日杀一羊，不敢与仕者争买，时嘱屠者买其脊骨耳。骨间亦有微肉，熟煮热漉出（不乘热出，则抱水不干）。渍酒中，点薄盐炙微燋食之。终日抉剔，得铢两于肯綮之间，意甚喜之，如食蟹螯，率数日辄一食，甚觉有补。"

虽然东坡先生经常吃不到羊肉，别人却拿他的字换了好多羊肉。宋代有"苏文熟，啖羊肉；苏文生，啜菜羹"的时谚，前一个典故是说有一位殿帅姚某，是个饕餮之徒，他利用为东坡先生传信之便，每得坡公手帖，辄换羊肉数斤；后者是说东坡先生写有著名的《菜羹赋》，别人在大快朵颐地吃羊肉，他老人家还在兴致勃勃地吃菜羹呢！

惠洪的这则小品写的是一个叫珍的和尚，说四川话却长得像夷人。某日当地的郡守携客来游,他就坐在旁边,郡守对客人介绍说:"鱼稻宜江淮,羊面宜京洛。"客人还未及回答,这位珍和尚就忍不住了,说:"世间最美味者莫如羊肉,而且性极暖,最适于人食用。"郡守面色大变,许久才问:"禅师怎么知道羊肉性暖的呢?"和尚镇定答曰:"经常睡在羊毛毯上的都知道呀,它的毛都那么暖和,它的肉可想而知啦!比如您治理一个郡政绩都这么好,让您到朝廷当京官也肯定错不了啦。"一个温柔的马屁,可见连和尚都被羊肉之味美而吸引,况乎他人?

健啖 周密①

赵温叔②丞相形体魁梧,进趋甚伟,阜陵③素喜之。且闻其饮啖数倍常人。会史忠惠进玉海④,可容酒三升。一日,召对便殿,从容问之曰:"闻卿健啖,朕欲作小点心相请,如何?"赵悚然⑤起谢。遂命中贵人⑥捧玉海赐酒,至六、七,皆饮釂,继以金棹捧笼炊百枚,遂食其半。上笑曰:"卿可尽之。"于是复尽其余,上为之一笑。其后均役荆南,暇日欲求一客伴食⑦,不可得。偶有以本州兵马监押某人为荐者,遂召之燕饮,自早达暮,宾主各饮酒三斗,猪、羊肉各五斤,蒸糊五十事⑧。赵公已醉饱摩腹,而监押者屹不为动。公云:"君能尚饮否?"对曰:"领钧旨。"于是再进数勺,复问之,其对如初。凡又饮斗余乃罢。临别,忽闻其人腰腹间㡌然⑨有声。公惊曰:"是必过饱,腹肠迸裂无疑。吾本善意,乃以饮食杀人。"终夕不自安。黎明,亟遣铃下老兵往问,而典客已持谒⑩白曰:"某监押见留客次谢筵。"公愕然延之,扣以夜来所闻。局蹐⑪起对曰:"某不幸抱饥疾,小官俸薄,终岁未尝一饱,未免以革带⑫束。昨蒙宴赐,不觉果然⑬,革条为之迸绝,故有声耳。"

《癸辛杂识》

【注释】

①周密(1232~约1298):字公谨,号草窗,原籍济南,后为

吴兴（今浙江湖州）人，宋末著名词人。曾为临安府幕属、义乌令等，宋亡不仕。编选南宋词人佳作为《绝妙好词》，著有笔记《齐东野语》《癸辛杂识》《武林旧事》《浩然斋雅谈》等，并有《草窗词》。

②赵温叔：赵雄，字温叔，宋淳熙五年（1178）为宰相。

③阜陵：旧以寝陵之名为皇帝的别号，因称宋孝宗为阜陵。

④玉海：一种玉制的容器。

⑤悚然：惧怕的样子。悚，恐惧。

⑥中贵人：指宦官。

⑦伴食：陪同吃饭。

⑧五十事：五十件。

⑨砉（xū）然：《庄子·养生主》："砉然响然，奏刀騞然。"指骨肉相离的声音。

⑩持谒：拿着名帖求见。谒，通名之刺。

⑪局踏（jí）：小心而惶恐的样子。

⑫革带：动物皮革制成的带子，指腰带。

⑬果然：吃饱的样子。《庄子·逍遥游》："三餐而反，腹犹果然。"

【赏读】

　　这又是一个健啖者的形象。赵温叔是个体态魁梧的宰相，宋孝宗喜欢逗弄他。传赵温叔小时候家中贫困，无余粮过到年底，父母经常相拥对泣。一日扫地时，他捡到银锭一枚，重二十五两，由此才算把日子过了下去。后来他当上宰相，按例得赐白银百锭。拿回去一数，少一锭，就质问守藏吏。守藏吏说，我梦到藏库神对我说："某年月日你已先借用了一锭啊。"赵温叔才忆起这日子正是他捡到银锭的那一天。可能正是年幼家贫，才培养了赵温叔对吃饭的无比热爱。

　　古来健啖者多矣,有些说法相当夸张,但也有一点,食量过人者也当有过人才华。《发蒙记》记载:廉颇年老,日啖肉百斤。苻坚时,拂盖郎申香、夏默、护磨那每饭米一石,肉三十斤。宋明帝啖白肉至二百片,蜜渍鲦鲏一顿数金钵。萧颖胄啖肉脍二斗。唐张兴一饭肉十斤。马希声食鸡五十。范汪啖青梅一斛都尽。齐王好食鸡炙,日食鸡七十。临江王妃江无畏好食鲫鱼头,日进鲫鱼三百石。晋宦者廖习之,食量宽博,晋祖曰:"汝腹中有五百斤铁磨。"

　　清人梁章钜《归田琐记》有个故事:相传清初徐健庵先生食量最宏,在京师数十年,无能与之对垒者。一次在解甲之前,众门生设宴饯行。安置一个空腹铜人在后座,凡徐先生喝一壶酒,就倒一壶于铜腹,以至觳觫羹汤皆然。铜腹因满而倒换过几回了,而徐先生健啖自若。乾隆年间,首推曹文恪公秀先,次则达香圃大宗伯椿。大家说曹文恪肚皮宽松,必折一二叠,饱则以次放折。每赐吃肉,特准王公大臣各携一羊腿出,都送给曹文恪,轿厢都放满了。文恪取置扶手上,以刀片而食之,至家,则轿厢之肉已尽矣。香圃宗伯家甚贫,每餐或不能肉食,唯买牛肉数斤,以供一饱。肉亦不必甚烂,略煮之而已。宗伯人极儒雅,唯见肉至,则至喉中有声,如猫之见鼠者,又加厉焉。与之同食,皆不敢下箸。每到宗伯生日,送烧肉、烧鸭者颇多。那日必见宗伯把烧鸭置大盘中,宴坐,以手攫啖,为之一快。

东坡食汤饼　陆　游①

吕周辅②言：东坡先生与黄门公③南迁，相遇于梧、藤④间。道旁有鬻汤饼⑤者，共买食之。粗恶不可食，黄门置箸而叹，东坡已尽之矣。徐谓黄门曰："九三郎⑥，尔尚欲咀嚼耶？"大笑而起。秦少游⑦闻之，曰："此先生'饮酒但饮湿⑧'而已。"

《老学庵笔记》

【注释】

①陆游（1125～1210）：字务观，号放翁，山阴（今浙江绍兴）人，南宋著名爱国诗人，著有《剑南诗稿》等。《会稽志》说他"学问该贯，文辞超迈，酷喜为诗；其他志铭记叙之文，皆深造三昧；尤熟识先朝典故沿革、人物出处，以故声名振耀当世"。

②吕周辅：吕商隐，字周辅，宋乾道二年（1166）进士，历任国子博士、宗正丞等职。

③黄门公：指苏轼弟苏辙。因苏辙曾任门下侍郎，旧称黄门侍郎，世人因称之为"苏黄门""黄门公"。

④相遇于梧、藤：苏东坡于北宋绍圣四年（1097）被贬谪海南，与弟苏辙相遇。东坡《和渊明移居诗序》中说："丁丑岁余余谪海南，子由亦谪雷州，五月十一日相遇于藤，同行至雷。"

⑤鬻汤饼：鬻，卖；汤饼，指面条。

⑥九三郎：苏轼对弟苏辙的称呼。

⑦秦少游：秦观，字少游，北宋词人，"苏门四学士"之一。

⑧饮酒但饮湿：只管饮酒，莫管它的味道。苏东坡诗句《岐亭五首》之四："酸酒如齑汤，甜酒如蜜汁。三年黄州城，饮酒但饮湿。我如更拣择，一醉岂易得？"

【赏读】

苏东坡一生仕途坎坷，时而被拔擢到接近权力的顶峰，时而又被甩至瘴气充斥的荒岛。他一直被裹挟在政治的旋涡当中，却不曾随波逐流，一直保持着自己的品格操守，光明磊落，光风霁月，超越于党争、利益之上，但这也使得他两边不讨好：新党上台，他遭打击；旧党执政，他仍被排挤。

此则故事是写苏轼与弟弟苏辙双双被贬谪到南方时，曾经在梧州、藤州之间相遇，见到路边有卖面条的，于是兄弟二人各吃了一碗面条，面条粗粝，难以下咽，苏辙面露难色、置筷叹息，苏轼却很快吃光了面条。他自嘲地对苏辙说："九三郎，你还想细细咀嚼吗？"说完大笑而起。东坡先生生性放达，在被贬谪惠州时，市井寥落，他买羊脊骨而剔"微肉"以自乐，仍写出"报道先生春睡美，道人轻打五更钟"的诗句，传到京师后被认为"过得快活"而被发配到更为荒凉的海南儋州。所以，了解东坡先生行事风格的秦少游听到这个故事后，感慨系之："这正是东坡先生'只管饮酒，莫管它的味道'的风格啊！"

这则故事表现了苏东坡幽默、乐观、开朗的一面，他有超强的抗打击能力，任何逆境、困难都改变不了他旷达、宽厚和诙谐的性格。当年他被贬谪黄州，就曾陷入捉襟见肘的穷困境地，他在写给友人的信中说："黄州鱼稻薪炭颇贱，甚与穷者相宜。然轼平生未尝做活计，俸入所得，随手辄尽。而子由有七女，债负山积，贱累皆在渠处，未知何日到此。现寓僧舍，布衣蔬食，随僧一餐，差为简便，以此畏其到也。"囊中羞涩到无法让家人与他团聚。有过这样的际遇，吃一餐粗粝的面条又算得了什么呢？

同时代的王辟之在《渑水燕谈录》中如许评价东坡："子瞻虽才行高世，而遇人温厚。有片善可取者，辄与之倾尽城府，论辨唱酬，间以谈谑，以是尤为士大夫所爱。"林语堂先生用这样几句话概括了东坡的一生："苏东坡是个秉性难改的乐天派，是悲天悯人的道德家，是黎民百姓的好朋友，是散文作家，是新派的画家，是伟大的书法家，是酿酒的实验者，是工程师，是假道学的反对派，是瑜伽术的修炼者……是生性诙谐爱开玩笑的人。"苏轼不端架子，待人接物不拘泥于俗套，"上可陪玉皇大帝，下可陪卑田院乞儿"，是难得的真性情、真君子的体现。

戒食鱼 庄 绰①

李文定公族孝博之子偀,字全夫,喜食糟蟹,自造一大坛,凡数百枚,食之止余一枚,取出置器中,忽其行,逐之不可及,遂失所在。孙威敏公夫人边氏,喜食鲙②,须日见割鲜者,食之方美。一日亲视庖人将生鱼已断成脔③,忽有睡思,遂就枕,令覆鱼于器,俟觉而切。乃梦器中放大光明,有观音菩萨坐其内,遽④起视鱼,诸脔皆动,因弃于水中,自是终身蔬食。余在顺昌,见同官二人,年六十余,以无子戒不食鱼,未几皆有子。遂刻文以劝人,亦自不食。建炎三年,在平江之常熟,家人谓鲑鱼出水即死,食之非杀,亦断为脔。至暮,欲再烹而动。此皆与唐文宗食蛤蜊之事相同。若无善缘,刚强不可化者,亦不复见此事也。

《鸡肋编》

【注释】

①庄绰(约1079~1149):字季裕,南宋太原清源(今山西清源)人,历北宋神宗、哲宗、徽宗、钦宗及南宋高宗等五朝,长期宦游在外。曾摄襄阳尉,并官于顺昌、澧州等处。南渡后历建昌军通判、东南安抚制置司参谋,视事南雄州,守鄂州、筠州。其著作现存《膏肓腧穴灸法》《鸡肋编》。

②鲙:把鱼切细做的肴馔。

③脔(luán)：切成小块的肉。
④遽：急速，匆忙。

【赏读】

喜食糟蟹而见其行，欲享鱼鲙而见脔动，戒食鱼者六十而得子，鲑鱼断脔烹之而动……这几则以动物有灵性、能死而复生的故事来劝人食素，看似有些荒诞不经，目的都是为说服、打动人，让更多的人以戒食鱼的方式来爱生护生，广结善缘。

佛教界人士对护生劝善推广最殷，其中最著名的例子当数丰子恺先生与弘一法师合作编绘的《护生画集》。1927年，丰子恺拜弘一法师皈依佛门，两人即商定编绘《护生画集》，并在1929年弘一法师五十寿辰时出版了第一册五十幅，原计划在每十年寿诞时画六十幅、七十幅直至百岁寿诞的一百幅。谁知抗战爆发，两人避居两地，至1942年弘一法师圆寂时，共出版两册。后来，丰子恺居士独自坚持编绘，并在险恶的处境下持续46年，于1973年画完第六册，终于践约画完全稿。

丰子恺居士阐述此画集的目的在于"戒杀与护生"，认为"此乃一善行之两面。戒杀是方便，护生始为究竟也"。画集里面引用了历代骚客的护生诗词，如唐代白居易的《戒杀诗》："世间水陆与灵空，总属皇天怀抱中。试今设身游釜甑，方知弱骨受惊忡。"宋代苏轼的《戒杀诗》："口腹贪饕岂有穷，咽喉一过总成空。何如惜福留余地，养得清虚乐在中。"元代赵孟頫的《放生词》："今生受者前世因，同生今世既前缘。往事不堪回首论，放生池畔意前愆。"也有缘缘堂主丰子恺自己的护生诗："买蔬须买鲜，用水须用泉。切笋须切嫩，选蕈须选圆。豆腐宜久煮，萝卜宜加甜。生油重重用，炭火慢慢燃。不须杀生命，味美胜琼筵。"

庄绰提到的"唐文宗食蛤蜊之事",是《杜阳杂编》卷中记载的唐文宗"好食蛤蜊","左右以方盘进"。沿海渔民需要月月进贡,苦不堪言,风急浪高常致很多渔船有去无回。观音菩萨得知人间苦难后,便隐身在蛤蜊内。一日,蛤蜊贡品中有一只五彩大蛤蜊,刀不能开,摔打不碎。御厨献上此蛤蜊觐见文宗,文宗手托蛤蜊,蛤蜊慢慢自己打开,里面竟是一尊珍珠观音宝像。文宗大惊,经禅师指点,才知道这是菩萨要他体察民情,爱护百姓。文宗因此发誓永不食蛤,同时下旨取消进贡蛤蜊,渔民得享太平。

缕^①葱丝 罗大经

有士夫于京师买一妾,自言是蔡太师府包子厨中人。一日,令其作包子,辞以不能。诘^②之曰:"既是包子厨中人,何为不能作包子?"对曰:"妾乃包子厨中缕葱丝者也。"曾无疑乃周益公门下士,有委之作志铭者,无疑援此事以辞曰:"某于益公之门,乃包子厨中缕葱丝者也,焉能作包子哉!"

《鹤林玉露》

【注释】

①缕:此处作动词,切细。

②诘:追问,反问。

【赏读】

搜集饮馔史料,看到三则关于厨娘的笔记,放在一起解读,颇有点意思。

其一,就是罗大经这则,某士夫在京师买得一妾,原是蔡京府上的厨娘,虽在包子厨,但只会切葱丝,想吃包子而不得。

其二,出自清代梁章钜《归田琐记》。雍正年间年羹尧由大将军被贬为杭州将军后,姬妾皆星散,有个杭州秀才买得一妾,曾在年府专管饮馔,自称只负责小炒肉。"年府中一盘肉,须一只肥猪,任我择其最精处一块用之。"秀才平时只买一两斤肉,肯定无法满足厨娘的需求。等了一年，秀才值首本村赛神会，才有一整头猪可供调遣。此姬过去操作的都是活猪，于是勉强割下一块肉到厨下烹饪。许久小炒肉端上，那秀才激动得竟连舌头一起咬下，吞进肚中。

其三，源自清代梁绍壬《两般秋雨庵随笔》。明代名士冒辟疆准备在水绘园大宴天下名士，请了一位有名的厨娘。厨娘问："酒席有三等，上等酒席，须羊五百只，中席三百只，下席一百只，其他物品相配套。您要哪一种？"主人听后说："上太费，下太简，中可也。"这天，厨娘驾到，领各式帮手百十人，牵来那三百只羊，每只割下唇肉一片备用，其余皆弃之不用。问她为什么，答曰："羊肉的精华全集中于此，其他的都腥臊没法用。"听者莫不错愕，没想到这个厨娘竟奢滥至此！

厨娘豪奢，盖因主人是豪奢之士。蔡京、年羹尧莫不是权倾一时，因而家厨人员众多、分工明细，才有这只会切葱丝、做小炒肉的奇葩厨娘。在蔡府、年府庞大的厨政系统中，每个厨娘只是流水线中的一个环节，她们所做的都是餐饮系统的一小部分而已。别看她们名头大，单独拿出来则是中看不中用的。后一则中的厨娘，奔走于钟鸣鼎食之家，是所谓的"高端厨艺"，羊肉只用"羊唇"，连冒辟疆这样的名士都觉得"奢滥"，普通人家更是不敢问津了。

据《宋稗类钞》中记载，当时的士大夫多从中小户培养的女子中采拾娱侍："京都中下户，生女长成，随其资质，教以技艺，名目不一，有所谓身边人、本事人、供过人、针线人、堂前人、杂剧人、拆洗人、琴童、厨娘等级。就中厨娘最为下色，然非极富贵家不可用，盖以其靡费也。"然而这"最为下色"的厨娘一到富家，也都变得豪奢起来，与资源配置和消费环境关系很大，此所谓"屁股决定脑袋"也。

悬 鸡 田艺衡[①]

　　家大夫[②]在京师时,有一蒋揽头[③]家请贵客八人,每席盘中进鸡首八枚,凡用鸡六十四只矣。一御史性喜食,因并家大夫席上者取而食之。蒋氏以目视仆,少顷复进鸡首八盘,亦如其数。则凡一席之费一百三十余鸡矣,况其他乎!家大夫为之坐不安席也。因言先生侍郎江公之俭,尝为客设一鸡,而客不至。时正暑热,遂悬之井中,几七昼夜。京师因为之语曰:"经年不请客屠文伯,七日尚悬鸡江景曦。"屠应坤,仕至副使。先正俭德,真可师也。

《留青日札》

【注释】

①田艺衡(生卒年不详):字子艺,明末钱塘(今浙江杭州)人,约生活在明嘉靖、隆庆和万历年间。以岁贡生为徽州训导,罢归。曾任应天(今南京)府学教授。博学,工诗文。少年时即以诗赋著名,其文"神采中涵,奇辉外射",为人"高旷磊落,不可羁縶"。著作颇丰,有《田子艺集》《煮泉小品》《留青日札》《玉笑拾零》等。

②家大夫:指自己的父亲。

③揽头:包揽某项事务的头目,类似现在的中介、代理。

【赏读】

　　这里讲了一豪奢一节俭的两个故事。蒋揽头请客，贵客八人每人八只鸡头，他看一位御史喜吃鸡头，一会儿又给每人上了一份，这就要用去将近一百三十只鸡。而贵为副部长级的江侍郎请客，才准备了一只鸡，因为客人迟迟未到，怕天热变馊，就把鸡悬于井中，近七昼夜，因此被传为节俭佳话。

　　两相对比，反差极大。古人对豪族的骄奢淫逸是非常反感的，谢肇淛在《五杂俎》中就抨击道："今之富家巨室，穷山之珍，竭水之错，南方之蛎房，北方之熊掌，东海之蝮炙，西域之马奶，真昔人所谓富有小西海者，一筵之费，竭中家之产不能办也。此以名得意、示豪举则可矣，习以为常，不惟开子孙骄溢之门，亦恐折此生有限之福。孟子所谓'饮食之人则人贱之'者，此之谓也。"

　　谢肇淛还举例道："吾见南方膏粱子弟，一离襁褓，必择甘脆温柔，调以酥酪，恐伤其胃，而疾病亦自不少。北方婴儿，卧土炕，啖麦饭，十余岁不知酒肉，而强壮自如。又下一等，若乞丐之子，生即受冻忍饿，日一文钱便果其腹。人生何常？幸而处富贵，有赢余时，时思及冻馁，无令过分，物无精粗美恶，随遇而安，无有选择于胸中，此亦'动心忍性'之一端也。"

　　而越是学养深厚者，越知道稼穑不易。司马光在编纂《资治通鉴》期间，与文彦博、范纯仁等组成"真率会"，每日相会不过脱粟一饭、清酒数行而已，以俭朴为荣。文彦博有诗曰："啜菽尽甘颜子陋，食鲜不愧范郎贫。"范纯仁和之："盍簪既屡宜从简，为具虽疏不愧贫。"司马光亦和道："随家所有自可乐，为具更微谁笑贫？"一觞一咏中，体现了崇尚粗茶淡饭、俭省节约的高致。

燕 窝 梁章钜[①]

随园论味，最薄燕窝，以为但取其贵，则满贮珍珠宝石于碗，岂不更贵？自是快论，而其撰《食单》又云："燕窝贵物，原不轻用，如用之，每碗必须三两。"则不但取其贵，而且取其多，未免自相矛盾矣。今人徒务其名，用三钱或五钱生燕窝铺于碗面，而以肉丝杂物衬之，竟似白发数茎，一撩不见，固形其丑，而必以三两为限，则无与于味之美劣，徒以财力相夸而已。

今京师好厨子包办酒席，惟格外取好燕窝一两，重用鸡汤、火腿汤、磨菇[②]汤三种瀹[③]之，不必再搀他作料，自然名贵无已，即再加数钱以见丰盛，断无须加至二两，若三两之说行，则徒为厨子生发，为厨下留余，何益于事。

至言在广东食冬瓜燕窝，甚佳，则亦不可信。冬瓜无本性，亦无本味，不得谓之以柔配柔，以清配清。近人更以鸽蛋围其碗边，亦取柔配柔、清配清之意，皆于真味不加毫末，更无谓矣。按燕窝一物，美劣悬殊，价值亦异，如广东澳门及吾闽厦门所产，洁白不待言，而其丝之长，至与箸等，只须一两，即可充一碗而有余，此须相物为之，如此燕窝必以三两塞一碗，则反讨太多之厌矣。

《浪迹三谈》

【注释】

①梁章钜（1775~1849）：字闳中，又字茝林，晚号退庵，祖籍福州府长乐县（今福建长乐），清初徙居福州城中。嘉庆七年（1802）登进士第。曾任军机章京、礼部仪制司员外郎、湖北荆州府知府。后历任江苏、山东按察使，江苏、甘肃布政使，广西巡抚、江苏巡抚，又曾署两江总督，后因病辞官。道光二十九年（1849）卒，年75岁。梁章钜博涉典籍、著述宏富，著有《浪迹丛谈》《归田琐记》《枢桓纪略》《文选旁证》《楹联丛话》等。

②磨菰：即"蘑菇"。

③瀹（yuè）：煮。

【赏读】

燕窝是金丝燕的窝。它是金丝燕摄食的昆虫、海藻、银鱼等物经消化后，吐唾筑建的鸟巢，呈白色，故称白燕。从山洞采摘的燕窝也有部分呈现出褐红色或血色，这是燕窝所处的环境所致，这种燕窝被称为血燕。有人认为血燕的矿物质含量丰富，营养价值更高于白燕。中医认为燕窝有养阴润燥、益气补中，治虚损、咳痰喘、咯血、久痢之效；现代科学则认为燕窝无非是水溶性蛋白质、碳水化合物，并没有什么特殊的营养。

清初屈大均在《广东新语》中记载："崖州海中石岛，有玳瑁山，其洞穴皆燕所巢，燕大者如乌，啖鱼辄吐涎沫，以备冬月退毛之食。土人皮衣皮帽，秉炬探之，燕惊扑人，年老力弱，或致坠崖而死。故有多获者，有空手而还者。是为燕窝之菜，或谓海滨石上有海粉，积结如苔，燕啄食之，吐出为窝，累累岩壁之间。"就是因为燕窝量少、难寻，故被奉为上品。

燕窝难得，土豪一族就对之趋之若鹜。梁章钜此文对袁枚论燕窝前后矛盾的态度提出了质疑。查《随园食单》，袁枚在《戒耳食》一则中讽刺了在饮食上竞豪比富的做法："尝见某太守宴客，大碗如缸，白煮燕窝四两，丝毫无味，人争夸之。余笑曰：'我辈来吃燕窝，非来贩燕窝也。'可贩不可吃，虽多奚为？"此语倒是的论。而在烹饪部分的《燕窝》一则中，袁枚又教人"燕窝贵物，原不轻用，如用之，每碗必须二两（注：原文非三两），先用天泉滚水泡之，将银针挑去黑丝"。梁章钜认为这就是"徒以财力相夸而已"，实际上京师好厨师做酒席，每碗只用一两足矣，再多就令人生厌了。

　　我们常见清宫剧中，妃子动辄给皇帝炖了银耳莲子羹和燕窝粥，盖因当时燕窝、银耳皆是稀有物，价格腾贵，皇族的饮食特点是"只吃贵的不吃对的"，无怪乎皇帝天天灌个水饱了。

面　筋　梁章钜

　　今素食中有面筋,若得佳厨精制之,可与豆腐同称佳品。惟烹制之难,亦与豆腐同。余在桂林时,厨子最精此味,以饷①同人,无不诧为稀有。而吾乡人多不食之,家人尤相率戒此。诘②其故,则以店中制面筋者,率以两足底踹之。此诚不能保其必无,若系家厨自制,则断无此弊。此物自古即重之,《梦溪笔谈》云:"凡铁之有钢者,如面中有筋,濯③尽柔面,则面筋乃见。炼钢亦然。"《老学庵笔记》云:"仲殊性嗜蜜,豆腐、面筋皆用蜜渍。"近人《一斑录》中,亦有制面筋干一法,亦雅人清致,非俗子所知也。

《浪迹续谈》

【注释】

①饷:同"飨",泛指请人受用。
②诘:追问。
③濯(zhuó):洗。

【赏读】

　　面筋,是一种堪与豆腐相媲美的食品。民间有"洗面筋"一说,就是把和好的面醒上半小时后,一遍遍用水揉搓冲洗,直至冲去柔面,留下筋道的面筋。就像《梦溪笔谈》中说的,从面团中洗出面筋,如同把铁炼成钢。

此则小品记录面筋虽好吃,但家乡人多不食之,追问原因,才知道有专门卖面筋的商店,以双足踹之而得,食之不洁,所以乡人才不食之;而自己的家厨做的面筋,则无此弊端。梁章钜本人就极爱吃面筋,所以经常馈以同好,食者纷纷夸奖其稀有。

这种洗出的面筋叫生面筋;另一种做法,经发酵起孔的面筋上蒸笼蒸熟,就是人们常吃的烤麸;如果揉制成团经过油炸至薄薄的空心球体,则成了油面筋,烧菜炖汤都极好吃。

袁枚《随园食单》载有"面筋二法":"一法,面筋入油锅炙枯,再用鸡汤蘑菇清煨。一法,不炙,用水泡,切条入浓鸡汁炒之,加冬笋、天花。章淮树观察家制之最精。上盘时,宜毛撕,不宜光切。加虾米泡汁,甜酱炒之甚佳。"鸡汤、虾米是袁子才的看家本领,烧出来的面筋焉有不好吃之理。

面筋筋道可口,清王士雄在《随息居饮食谱》中说:"面筋,性凉,解热,止渴,消烦,劳热人宜煮食之。但不易化,须细嚼之。"现在常用的做法有糖醋面筋、丝瓜毛豆烧油面筋、素三鲜、素糖醋排骨、四喜面筋、菌菇面筋煲、油面筋塞肉、香菇烧面筋、面筋鱼头汤等,可荤可素,尤其是可代替肉类做出各种色香味酷肖的造型。

黄河鲤 梁章钜

　　黄河鲤鱼,足以压倒鳞族,然非亲到黄河边,活烹而啖之,不知其果美也。余以擢①桂抚,入觐京师,至潼关,即欲渡河,城中同官皆出迎,争留作晨餐。余曰:"今日出门,甫行二十里,不须早食,拟再行二十里,方及前驿午餐为宜。"费鹤江观察②曰:"缘此间河鲤最佳,为他处所不及,且烹制亦最得法,不可虚过耳。"余乃从所请,入候馆,食之果佳,当为生平口福第一,至今不忘。吾乡惟鲥鱼可与之敌,而嫌其多刺,故当逊一筹也。京师酒馆中醋溜活鲤亦极佳,然风味尚不及潼关,殆③以距黄河稍远耳。《随园食单》中独遗此味,实不可解。潼关固随园行滕④所未到,而京中之活鲤,岂亦不足系其怀来乎?

《浪迹三谈》

【注释】

①擢:提拔,升官。

②观察:官名,清代对道员的尊称。唐代中叶后设地方军政长官为观察使,位次于节度使。

③殆:大概。

④行滕:喻远行。

【赏读】

　　梁章钜官做得很大,当过江苏、山东、江西按察使,江苏、甘肃布政使、广西巡抚、江苏巡抚,还代理过两江总督,可谓是吃遍天下无敌手,走到哪里都有人奉上当地名产供其品尝,所以才不把写出《随园食单》的袁枚放在眼里,认为其遗漏不少。

梁章钜在路过潼关时,当地官员告诉他此处黄河鲤鱼最为细嫩、烹制最得法,建议一食;果然食过之后留下深刻印象,"当为生平口福第一,至今不忘"。想起在京师所食醋溜活鲤,风味较潼关差远了。

中国人食用鲤鱼有着悠久的历史,《诗经》就有"岂其食鱼,必河之鲤",孔子得子,鲁昭公送鲤鱼作为贺礼,孔子因此为儿子取名曰孔鲤。《埤雅·释鱼》中说:"俗说鱼跃龙门,过而为龙,唯鲤或然。"从此,"鲤鱼跳龙门"成为中举升官、飞黄腾达之意。

北魏《洛阳伽蓝记》记载"洛鲤伊鲂,贵于牛羊";明末清初的谈迁在《枣林杂俎》中也说"黄河之鲤,肥美甲天下"。可见黄河鲤鱼的珍贵。这种鱼由于黄河干流的泥沙水质而养成,外形独特,金鳞而赤尾,体形梭长,肥硕健壮,肉质细嫩而鲜美。陕西潼关黄河鲤、山西天桥黄河鲤、河南黄河鲤、宁夏黄河鲤、山东黄河鲤并列为黄河流域的"五大名鲤"。沿黄一线到处都有以烹烧鲤鱼为主的餐馆,"糖醋鲤鱼""鲤鱼焙面"是鲁菜、豫菜的名菜,令人食之难忘。

蒙古食酪 赵 翼[①]

蒙古之俗,膻肉酪浆,然不能皆食肉也。余在木兰[②],中有蒙古兵能汉语者,询之,谓:"食肉惟王公台吉能之,我等穷夷,但逢节杀一羊而已。杀羊亦必数户迭为主,刲[③]而分之,以是为一年食肉之候。寻常度日,但恃牛马乳。每清晨,男、妇皆取乳,先熬茶熟,去其滓,倾乳而沸之,人各啜二碗,暮亦如之。"此蒙古人饘粥[④]也。

《簷曝杂记》

【注释】

①赵翼(1727~1814):字云崧,一字耘崧,号瓯北,又号裘萼,晚号三半老人,江苏阳湖(今常州)人。清朝著名史学家、文学家。乾隆二十六年(1761)进士。曾任内阁中书、军机章京、广西镇安府知府、广东广州府知府、贵州贵西兵备道等。辞官后主扬州安定书院讲习。长于史学,考据精赅,著有《廿二史札记》《陔馀丛考》《瓯北文集》《瓯北诗话》《簷曝杂记》等。

②木兰:指木兰围场,清代皇家猎苑。位于河北承德,与内蒙古草原接壤,是一片水草丰美、禽畜旺盛的草原,适于狩猎。

③刲:割。

④饘(zhān)粥:稠粥。

【赏读】

　　赵翼史学造诣深厚，同时擅长诗文，存诗近五千首，他提倡"性灵说"，与袁枚、张问陶（船山）并称"乾嘉性灵派三大家"。他曾先后四次扈从乾隆皇帝至木兰围场狩猎，《簷曝杂记》中记载了很多乾隆帝与蒙古上层人物的交往、见闻，对了解清代典章制度、内阁变迁有很大价值。

　　此则笔记记录了赵翼在木兰的见闻，反映了蒙古人等级差别之大。他在围场见到了一个蒙古兵，会说汉语，经过交谈，打破了他认为蒙古人都能常吃羊肉、喝羊奶的印象；而能天天吃肉的，那只是上层的王公台吉，是为"食肉者"。这个士兵自称"穷夷"，逢年过节才能杀一只羊，还要几家分着吃，一年大概就这一次了。他们平时的主要食品就是牛奶或马奶，用此熬成奶茶，早上喝两碗、晚上喝两碗，唯此而已。这就是蒙古人喝的稠粥。

　　我们知道，奶茶是蒙古人非常喜爱的饮食，它的做法一般是先将茶捣碎，放入白水锅中煮开，煮到茶水较浓时，用漏勺筛去茶叶，待茶水更浓之后，加入适量鲜奶，用勺扬至茶乳交融，再次开锅就成为馥郁芬芳的奶茶了。

　　为何蒙古及西北民族这样离不开茶叶？赵翼为我们揭开了谜底："中国随地产茶，无足异也。而西北游牧诸部，则恃以为命。其所食膻酪甚肥腻，非此无以清荣卫（注：指气血的循环）也。自前明已设茶马御史，以茶易马，外番多款塞。"但士兵只喝奶茶、不食肉类，其战斗力则不可能旺盛矣。

驼峰熊掌 褚人获①

吕震②与解缙③谈食中美味,吕曰:"驼峰④珍美,恨未之识。"解云:"仆⑤尝食之。"吕知其诳。他日从光禄⑥得死象蹄胫⑦,语解曰:"昨有驼峰之赐,宜共飧焉。"解至大嚼。吕戏以诗曰:"翰林有个解痴哥,光禄何曾宰骆驼。不是吕生来说谎,如何嚼得这般多。"相与大笑而别。

江绿萝《雪涛集》载:一诗命"熊掌亦我所欲也"题,其徒文中云:"朝而饔,朝此熊掌也;夕而飧⑧,夕此熊掌也。"先生笑曰:"老夫从不曾得熊掌尝新,你却把作小菜吃。"为之绝倒。

《坚瓠集》

【注释】

①褚人获(1635~1703后):字稼轩,又字学稼,号石农、没事农夫,长洲(今江苏苏州)人,清代文学家、小说家。一生未曾中式,也未曾做官。喜涉猎历代稗史轶闻,著作颇丰,改写小说《隋唐演义》,并著有《坚瓠集》《读史随笔》《退佳琐录》《鼎甲考》《宋贤群辅录》等。

②吕震(1365~1426):字克声,临潼(今陕西西安市临潼区)人。明朝大臣,明成祖时期官至太子太保兼礼部尚书。

③解缙(1369~1415):字大绅,号春雨,吉水(今江西吉水)

人。明朝大臣。自小便是神童，后官至内阁首辅，并任《永乐大典》总纂修。

④驼峰：骆驼背部之峰，属八珍之一。

⑤仆：我的谦称。

⑥光禄：光禄寺，掌酒醴膳馐之政。此处代指御膳房。

⑦蹄胫：即蹄子到小腿的连接处，多筋。胫，小腿。

⑧饔（yōng）：早饭。飧（sūn）：晚饭。

【赏读】

"鱼，我所欲也；熊掌，亦我所欲也。二者不可得兼，舍鱼而取熊掌者也。"《孟子》中的这段话算是为熊掌做了个活广告。什么东西才能让人连鱼都不吃而以吃它为荣耀？

《周礼·天官·膳夫》记："凡王之馈，食用六谷，膳用六牲，饮用六清，羞用品百有二十品。珍用八物，酱用百有二十瓮。王日一举，鼎十有二，物皆有俎，以乐侑食。"但当时的"八珍"都是菜肴而非食材。真正把熊掌列入"八珍"食材的，还是明代俞安期的《唐类函》。

熊掌，又称熊蹯，《本草纲目》载：熊"冬月蛰时不食，饥则舐其掌，故其美在掌，谓之熊蹯"。"食之御风寒，益气力。"实际上熊掌营养价值一般，因其稀有而被神化。枚乘《七发》："熊蹯之臑，勺药之酱。"曹植《名都篇》："脍鲤臇胎鰕，寒鳖炙熊蹯。"

而驼峰，《本草纲目》载："驼脂即驼峰。脂在峰内，谓之峰子油。入药以野驼者为良。""家驼峰、蹄最精，人多煮熟糟食。"唐代段成式《酉阳杂俎·酒食》："将军曲良翰，能为驴鬃驼峰炙。"宋代周密《癸辛杂识续集上·驼峰》："驼峰之隽，列于八珍。"

清代列入"山八珍"的有：驼峰、熊掌、猴头（菌）、猩唇、象拔（鼻）、豹胎、犀尾、鹿筋。越是珍稀，越是贵重，并不是这东西究竟有多么好吃、营养有多么丰富。

明朝的吕震与解缙，在值守时相互打趣，大家都没吃过驼峰，吕震就拿个死象的蹄髈来冒充，解缙一阵大嚼，竟没吃出来异样，吕震就以打油诗戏之。后一则"熊掌亦我所欲也"是个典型的八股文论题，可惜在某徒的笔下，熊掌变成了小菜，朝也吃、晚也享，弄得跟涪陵榨菜一样了。

其实熊掌除了名气大之外，并没什么好吃。台湾美食家唐鲁孙记述他十二三岁时吃过一次熊掌，是因为清史馆的协修袁金铠忽然两脚僵直，逊清太医院的御医认为炖点熊掌吃可以舒筋通络。这是典型的"吃脚补脚"的思路。清史馆馆长赵尔巽从同道中借出熊掌，由一位久无用武之地的老厨师掌勺，熊掌炖好后胭润肥腴，吃到嘴里很像是特厚极品的鱼唇。这道菜吃完后，要立刻用热毛巾擦嘴，不然嘴就胶着张不开了。

这跟梁实秋描述的差不多，他吃的是堂倌从别人的宴席中"偷"的一小块，"熊掌吃在嘴里，像是一块肉，像是寿司，又像是鱼唇。又软又黏又烂又腻。高汤煨炖，味自不恶，但在触觉方面并不感觉愉快，不但不愉快，而且好像难以下咽"，也就是那么回事了。

烹鸡诵 褚人获

唐伯虎①游僧舍,见雌鸡,请烹为供。僧曰:"公能作诵,当不靳②也。"援笔书曰:"头上无冠,不报四时之晓;脚跟欠距,难全五德之名。不解雄飞,但张雌伏。汝生卵,卵复生子,种种无穷;人食畜,畜又食人,冤冤何已。若要解除业障③,必先割去本根。大众先取波罗④香水,推去头面皮毛;次运菩萨慧刀,割去心肠污秽。咄!香水源源化为雾,镬汤滚滚成甘露。饮此甘露乘此雾,直入佛牙深处去,化成彼国极乐土。"僧笑曰:"鸡得死所无憾矣。"乃烹以侑酒⑤。

《坚瓠集》

【注释】

①唐伯虎(1470~1523):名寅,字伯虎,一字子畏,南直隶苏州吴县(今江苏苏州)人,号六如居士、桃花庵主等,明代著名画家、文学家,著有《六如居士全集》。他擅长诗文书画,与祝允明、文徵明、徐祯卿并称"吴中四才子",又与沈周、文徵明、仇英并称"吴门四家"。

②靳:吝惜。

③业障:佛家语,指前世和今生积下的困境、罪孽。

④波罗:佛家语,波罗夷,有断头义。

⑤侑酒:劝酒,助酒。

【赏读】

　　这是众多民间流传唐伯虎逸事中的一则，显示了他的博学和捷才。民间把唐伯虎视为风流才子的化身，关于他的传说很多，如"唐伯虎点秋香""三笑""典衣换酒"等，把机智聪慧、风流倜傥的形象加于其身。

　　《明史》的文苑列传中有唐寅传，谓其"性颖利，与里狂生张灵芝纵酒，不事诸生业。祝允明规之，乃闭户浃岁。举弘治十一年（1498）乡试第一，座主梁储奇其文，还朝示学士程敏政，敏政亦奇之。未几，敏政总裁会试，江阴富人徐经贿其家僮，得试题。事露，言者劾敏政，语连寅，下诏狱，谪为吏。寅耻不就，归家益放浪。宁王宸濠厚币聘之，寅察其有异志，佯狂使酒，露其丑秽。宸濠不能堪，放还。筑室桃花坞，与客日般饮其中，年五十四而卒"。

　　经历科场行贿的连累和被贬为小吏的羞辱，唐伯虎挂冠而去，仕途名利也都从此与他无缘，益加造就了他狂狷、放诞的性格，《六如居士集》中所附的"轶事"中有这样几则：

　　"伯虎与张梦晋、祝允明，皆任达放诞。尝雨雪中作乞儿，鼓节唱莲花落。得钱沽酒，野寺中痛饮，曰：'此乐，惜不令太白知之。'"

　　"文徵仲素号端方，生平未尝一游狎邪。伯虎与诸狎客纵饮石湖上，先携妓藏舟中，乃邀徵仲同游。酒半酣，呼妓进酒。徵仲大诧，辞别。伯虎命诸妓固留之，徵仲益大叫，几赴水。"

　　"伯虎尝夏月访祝枝山。枝山适大醉，裸体纵笔疾书，了不为谢。伯虎戏谓曰：'无衣无褐，何以卒岁？'枝山遽答曰：'岂曰无衣，与子同袍。'"

　　一首《桃花庵歌》，最能表现唐伯虎蔑视权贵、耽于诗酒、及时行乐、放浪形骸的真性情：

> 桃花坞里桃花庵，桃花庵下桃花仙；
> 桃花仙人种桃树，又摘桃花换酒钱。
> 酒醒只在花前坐，酒醉还来花下眠；
> 半醉半醒日复日，花落花开年复年。
> 但愿老死花酒间，不愿鞠躬车马前；
> 车尘马足贵者趣，酒盏花枝贫者缘。
> 若将富贵比贫者，一在平地一在天；
> 若将贫贱比车马，他得驱驰我得闲。
> 别人笑我忒风癫，我笑他人看不穿；
> 不见五陵豪杰墓，无花无酒锄作田。

《坚瓠集》中的这则《烹鸡诵》，颇得民间塑造唐伯虎形象的真传，整个用四六骈俪，既煞有介事、一本正经，又很荒诞滑稽、不着边际，"头上无冠，不报四时之晓"，母鸡没有鸡冠、不会打鸣报时；"脚跟欠距，难全五德之名"，两脚走不了多远，更履行不了礼、义、仁、智、信的功名；"汝生卵，卵复生子，种种无穷；人食畜，畜又食人，冤冤何已"，鸡生蛋、蛋生鸡，生命还是能延续下去的，但人吃动物、动物又吃人，冤冤相报何时了呢？所以要去除它的罪孽，送它到极乐世界，从此就一了百了啊！

连杀个鸡都能找出充足的理由，吟出漂亮的骈体文，还要符合唐伯虎的身份、性格，不能不让人夸一句"有才"。

烹鱼雅趣 方濬师①

邵暗谷太守夫人善烹鲟鳇鱼头。张瘦铜中翰②与赵云松观察半夜买鱼，排闼③喧呼。太守夫妇已寝，闻声出视，不得已属④夫人起而治庖。鱼熟命酒，东方明矣。三人为之笑乐。中翰有句云："昔年邵七同街住，半夜打门索煮鱼。"想见前辈风流洒脱。道光间徐稼生庶子⑤与张星白侍郎⑥同年至好，一日庶子饮侍郎斋中，大醉，径移内室。适侍郎夫人在玻璃窗下倦绣，庶子隔窗戏谑，夫人大怒，呼舆至庶子宅，立将庶子姬人携归，且告徐曰："此非汝妾，乃张星白之妾矣。"迨⑦夜深仍不放归。徐姬人眼雨首蓬，几至构衅⑧，同人力为排解乃罢。凡戏无益，此则不如暗谷夫人烹鱼雅趣也。

《蕉轩随录》

【注释】

①方濬师（1830~1889）：字子严，晚号梦簪，清代安徽定远人。历任内阁中书、总理各国事务衙门章京、内阁侍读学士、直隶永定河道等职，光绪十五年（1889）卒于官。著有《蕉轩随录》《蕉轩续录》《退一步斋诗文集》《随园年谱》《二程粹言直解》等。

②中翰：官名，清代内阁中书，也称"内翰"。

③排闼：推门，撞开门。闼，小门。

④属：通"嘱"。

⑤庶子：官名，明清时设左右庶子，位正五品，作为词臣迁转阶梯。

⑥侍郎：官名，明清时是六部的副部长，从二品，地位次于尚书。

⑦迨：等到。

⑧构衅：发生争执。

【赏读】

俗话说"一把斧子两面砍"，任何事物都有它的两面性。这里的两则故事，就生动说明了事物的两面性：从此方说要有容人海量，从彼方说切勿酒后失德，但凡哪一方做得好一点，事情就不会滑向不可收拾的边缘。

本来夜至深更，太守夫妇已经睡下了，张中翰和赵观察却买了鱼，大声叫喊着开门。不得已，太守叫夫人起来烹鱼烧菜，三人端起小酒，东方已经发白。太守风度好，夫人有雅量，此事流传后世就是风流洒脱的典范。

徐庶子和张侍郎有同窗之谊，有一天徐庶子在张侍郎家喝酒，大醉之后移步内室，见侍郎夫人在玻璃窗下绣花，不免调笑了几句。谁知这侍郎夫人竟叫车赶至徐庶子宅中，拉起庶子之妾就走，并对徐宣告："这不是你老婆，今天就归张星白了！"这事闹到深更半夜，差点打了起来，最后经人劝解，才不欢而散。

第一则故事中，两位先生半夜敲门已属失礼，还要吃鱼更属多事，如果太守夫人气恼不已："我凭什么为你们半夜烧鱼？"此事就会以尴尬结束，而少了一桩美谈。第二则故事中，庶子醉后移步内室本已不妥，调笑夫人更是失德，如果侍郎夫人巧妙化解，庶子自知无趣，也会化干戈为玉帛；但侍郎夫人的过激反应，演变成一场闹剧，最后双方皆不欢而散。

这两则故事告诉我们，酒后尽欢，要持之有度。有度，乃成雅趣；失度，则成恶谑。人生之趣，就看你往哪方面引导了。

卷三 食之单

毕 罗 李匡文①

毕罗者,番中②毕氏、罗氏好食此味,今从食,非也。馄饨,以其象浑沌③之形,不能直书"浑沌"而食,避之从食可矣。至如不托,言旧未有刀机④之时,皆掌托烹之。刀机既有,乃云"不托"。今俗字有馎饦,乖⑤之且甚。此类颇多,推理证辨可也。

《资暇集》

【注释】

①李匡文(生卒年不详):字济翁,唐宗室,唐代元和间宰相李夷简之子。曾任洛阳主簿、贺州刺史、房州刺史,在唐昭宗时任宗正少卿,著有《李氏房丛谱》《圣唐偕日谱》《幸蜀记》《资暇集》《两汉至唐年纪》等。

②番中:番,古指域外,即今少数民族地区。

③浑沌:出《庄子·应帝王》"中央之帝为浑沌",后凿七窍而死。指模糊混沌状。

④刀机:机械制动的刀具。

⑤乖:乖谬,不正常。

【赏读】

毕罗这种食品名称,今天已经不存在了。但古籍中常常有记载,如《东京梦华录》《武林旧事》等，不搞清楚它是什么东西，对认识古代食品往往有隔膜。所以，李匡文对毕罗的来历做了一番探究。

清人姚元之在李匡文的基础上又对此做了详细考证，他说：饽饽，古之餢飳也。《玉篇》："餢飳，饼属。"《广韵》："饵也。"《升庵外集》："北人呼为波波，南人讹为磨磨。"当今的京师中称为饽饽，有硬面饽饽、发面饽饽、杠子饽饽、笪子饽饽、实子儿饽饽等名。又，新年用水煮食若南人所谓饺子者，曰煮饽饽。《名义考》："京师人谓饼曰馍馍，当为母母。《礼》八珍淳母，煎醢加黍上，沃以膏者是也。"按，今饽饽制法与淳母绝不相似，即煮饽饽亦无须加黍沃膏，《名义考》之说误矣。饽，《玉篇》蒲没切，面饽；《广韵》同。北人呼入声字音近平，如呼粥为周之类。饽饽特转音为波波耳。《名义考》谓为馍馍。《玉篇》："馍，莫波切。""馍，食也，出《异字苑》。"《广韵》莫婆切，列摩字下。是即升庵所谓磨磨也。今河南呼为磨磨，字当作馍；京中呼为波波，字当作饽。以母字解者远甚。

早在唐代，段成式《酉阳杂俎》就说过"韩约能做樱桃餢飳，其色不变"，《太平广记》引用《卢氏杂说》为"翰林学士每遇赐食，有物若毕罗，形粗大，滋味香美"。刘恂《岭表录异》说用蟹黄"淋以五味，蒙以细面，为蟹毕罗，珍美可尚"。

根据历史记载合而观之，可以得出这个结论："毕罗"原是一种饼类，后逐渐演化就成今天的馍馍、馒头，分为有馅、无馅两种。现在，馒头在北方是无馅的，而在南方称小包子为小馒头，是有馅的。

馓 子 _{庄 绰}

食物中有"馓子",又名"环饼",或曰即古之"寒具"也。京师凡买熟食者,必为诡异标表语言,然后所售益广。尝有货①环饼者,不言何物,但长叹曰:"亏便亏我也!"谓价廉不称耳。绍圣中,昭慈②被废,居瑶华宫。而其人每至宫前,必置担太息大言。遂为开封府捕而究之,无他,犹断杖一百罪。自是改曰:"待我放下歇则个。"人莫不笑之,而买者增多。东坡在儋耳③,邻居有老妪业此,请诗于公甚勤。戏云:"纤手搓来玉色匀,碧油煎出嫩黄深。夜来春睡知轻重,压匾佳人缠臂金。"

《鸡肋编》

【注释】

①货:售卖。

②昭慈:即昭慈皇后(1073~1131),孟姓,故又常被称为昭慈孟皇后,洺州(约在今河北永年)人,是宋哲宗的第一位皇后。其二度被废又二度复位,并二次于国势危急之下被迫垂帘听政,经历之离奇,实为罕见。

③儋耳:海南儋州的古称,苏东坡曾被贬谪在此。

【赏读】

寒具的来历,起于寒食节。冬至后一百零五日,或谓一百零三日,或谓一百零六日,为禁火之节,传说是用以纪念春秋时期晋国名臣介子推的,名"寒食节"。而油炸的面点"馓子",因为能长久保存,就成了寒食节的主要食品。

所谓"馓子",就是以麦、稻、黍等原料磨成面粉,和面之后搓成细条旋转后经油炸而成,宜冷食。贾思勰《齐民要术》载:"环饼一名寒具。以水搜(当作溲)入牛羊脂,和作之,入口即碎。"苏东坡《寒具》诗"纤手搓来玉色匀,碧油煎出嫩黄深。夜来春睡知轻重,压匾佳人缠臂金"十分有名,已成了宣传寒食的代表作。南宋林洪《山家清供》载:"寒具,捻头也。以糯粉和面,麻油煎成,以糖食之,可留数月,宜禁烟用。"李时珍的《本草纲目·寒具》中也说:"释名,捻头、环饼、馓。捻头,捻其头也;环饼,象环钏形也;馓,易消散也。时珍曰:寒具冬春可留数月,及寒食禁烟用之,故名寒具。"

这则小品写了一个卖环饼(馓子)的货郎是如何标新立异的。他担着一担馓子,但又不说是何物,而是玩了个悬念销售,长叹说:"亏就亏了我吧!"问题在于他老在已废皇后居住的瑶华宫附近叹息,难免让人感觉他有政治目的,于是他被开封府抓去打了一顿。这货郎从此吸取教训,卖馓子时改叫"待我放下歇歇吧",人们在笑话他的同时,买的人也越来越多,馓子的名声也越来越大。

馓子的优点是松脆可口,能长久保存不坏;缺点是容易产生油污。唐代画家、画论家张彦远在《历代名画记》卷二的"论鉴识收藏购求阅玩"一章中就讲了个东晋大将军桓玄的故事,以让书画爱好者远离馓子:"昔桓玄爱重图书,每示宾客。客有非好事者,正餐寒具,以手捉书画,大点污。玄惋惜移时。自后每出法书,辄令洗手。"看看,如果因为爱吃馓子而污染了珍贵书画,就得不偿失了。

脯　腊　贾思勰①

作五味脯②法：正月、二月、九月、十月为佳。用牛、羊、獐、鹿、野猪、家猪肉。

或作条，或作片。罢，凡破肉皆须顺理，不用斜断。各自别。

捶牛羊骨令碎，熟煮，取汁；掠去浮沫，停之使清。

取香美豉③，别以冷水，淘去尘秽。用骨汁煮豉。色足味调，漉去滓，待冷下盐。适口而已，勿使过咸。

细切葱白，捣令熟。椒、姜、橘皮，皆末之。量多少。以浸脯。手揉令彻。

片脯，三宿则出；条脯，须尝看味彻，乃出。

皆细绳穿，于屋北檐下阴干。

条脯：浥浥④时，数以手搦令坚实。

脯成，置虚静库中，着烟气则味苦。纸袋笼而悬之。置于甕，则郁浥。若不笼，则青蝇尘污。

腊月中作条者，名曰"瘃⑤脯"，堪度夏。

每取时，先取其肥者。肥者腻，不耐久。

《齐民要术》

【注释】

①贾思勰（生卒年不详）：北魏农学家。北魏益都（治今山东寿光南）人，曾任北魏高阳郡太守。他到过黄河南北的很多地方，

每到一地都访问老农,考察农业生产情况,研究古代农业文献和农谚,写成《齐民要术》一书。《齐民要术》由耕田、谷物、蔬菜、果树、树木、畜产、酿造、调味、调理、外国物产等各章构成,是中国现存最早、最完整的农书。

②脯:肉干。

③豉:用熟的黄豆或黑豆经发酵后制成的食品。

④浥浥:润湿貌,即半干半湿的状态。

⑤瘃(zhú):冻干。

【赏读】

贾思勰《齐民要术》集中总结了北魏之前农业生产、食品制造的具体方法,具有很强的操作性。《脯腊》就介绍了在正月、二月、九月、十月用牛、羊、獐、鹿、野猪、家猪肉制腊肉干的做法,语言浅显,方法详细。

比如在破肉时,不管是做成条,还是做成片,都要注意顺着肌肉的纹理切,不要斜切;用骨头汤煮豆豉时,加盐要注意适合口味,不要太咸;在腌制时,把各种配料捣成粉末,用手狠揉,以使作料浸进肉中;而在晾晒时,要用细绳子穿着,挂在屋北面的房檐下阴干(因南面朝阳);挂在库中,要以纸袋相罩,避免青蝇叮食和灰尘污染;在食用时,要先取用肥肉,因为肥肉不耐久放。

这些做法,若是老农或主妇,听了之后就能依章行事,不需要费尽思量。古时肉类食品的保存是个大问题,贾思勰记载的腌制腊肉的做法,不仅很好地解决了保存的难题,而且改善了肉类的口感,一举两得。由于腌制的肉类保存时间长,春秋以来学生给老师送的报酬,就多以"束脩"代替,这"脩"用的就是脯腊。

饼 法 贾思勰

《食经》曰:"作饼酵法":酸浆一斗,煎取七升。用粳米一升,着浆,迟下水,如作粥。

六月时,溲①一石面,着二升;冬时,着四升作。

作白饼法:面一石。白米七八升,作粥;以白酒六七升酵中。着火上。酒鱼眼沸②,绞去滓,以和面。面起可作。

作烧饼法:面一斗。羊肉二斤,葱白一合,豉汁及盐,熬令熟。炙之。面当令起。

髓饼法:以髓脂③、蜜合,和面。厚四五分,广六七寸。便着胡饼炉④中,令熟。勿令反复。

饼肥美,可经久。

《齐民要术》

【注释】

①溲:《正字通》:溲,水调粉面也。

②鱼眼沸:水烧开后放出的气泡,状如鱼眼,称为"鱼眼沸"。徐珂《清稗类钞》:"汤初沸为蟹眼,再沸为鱼眼,至联珠沸而熟。"

③髓脂:骨头的空腔中像胶状的油脂。

④胡饼炉:一种贴在炉壁上烘烤面饼的炉子。

【赏读】

把发酵技术用于面食制作,这是人类在饮食文化上的一大进步。

贾思勰这里就介绍了用发酵法制作白饼、烧饼、髓饼的具体方法。首先，用一斗酸浆煎至七升，放入粳米一升，浸润一会儿后，煮作粥。这就是发酵的引子。夏季发面时，一石面用二升酵引，冬季时则增加一倍。发酵时的酶类能促进营养物质的分解，能使面点更加柔软蓬松，口感更好，还有利于身体的吸收。

这里做的白饼，要用白米煮粥加白酒来做酵引，然后再用于和面；待面发起来了，擀制成饼，经烤制，就如现在的素烧饼。这里的烧饼，除了用发面外，里面有羊肉、葱白、豆豉和盐合制的馅料，烤制出来的，相当于现在的肉火烧。

髓饼，则是用骨髓油、蜜一起和面，做成四五分厚、六七寸大的饼，放进贴烧饼的炉子里烤熟，不要翻动。这种饼相当于现在的油酥饼。

这里有很重要的两点，第一是上面说的发酵技术，第二就是引进了西域的"胡饼炉"，这是一种可以将面饼贴在炉壁上烤制的炉子，不用翻动，待烤熟时一揭就掉。这种炉子使得发面的烘焙效果更佳，烤出的面饼吃起来很肥美，外酥里嫩，口感更好，又经久耐放。

素 食 贾思勰

《食次》曰："葱韭羹"法：下油水中煮。葱、韭，五分切，沸，俱下。与胡芹、盐、豉、研米糁粒——大如粟米。

瓠①羹：下油水中，煮极熟。瓠体横切；厚三分。沸而下。与盐、豉、胡芹。累奠之。

油豉：豉三合②，油一升，酢③五升，姜、橘皮、葱、胡芹、盐，合而蒸。蒸熟，更以油五升，就气上洒之。

讫，即合甑浮泻甖中。

蜜姜：生姜一斤，净洗，刮去皮。算子④切；不患长，大如细漆箸。

以水二升，煮令沸，去沫。与蜜二升，煮，复令沸，更去沫。

碗子盛，合汁减半⑤奠；用箸，二人共。

无生姜，用干姜；法如前，唯切欲极细。

《齐民要术》

【注释】

①瓠（hù）：又称瓠子、瓠瓜。一年生草本植物，茎蔓生，开白花，果实细长，嫩时可做蔬菜。

②合（gě）：容量单位，十勺为一合，十合为一升。

③酢（zuò）：即现在的醋。

④算子：竹制的筹码。

⑤减半：并非减去一半，而是不到半满。

【赏读】

素食，或作"蔬食"，唐代颜师古说"谓但食菜果糗饵之属，无酒肉也"，特指食用瓜菜蔬果之类，后特指菜食无肉。

贾思勰这则《素食》介绍了几款瓜菜类食物的做法，它们的特点是：其一，以瓜菜类为主，食材加工都比较精细，如五分切、横切、算子切、大如粟米、大如细漆箸等；其二，烹饪方法多样，有煮、蒸、煎等，照顾到不同的口感。

中国素食的传统远至夏商时期。相传成汤灭夏桀于乙卯日，武王灭商纣于甲子日，后来历代为避免重蹈覆辙，便在这些日子里茹素斋戒。故《礼记》载"逢子卯，稷食菜羹"，从初一到十五吃素遂成习俗。随着佛教的广泛传播，尤其是梁武帝作《断酒肉文》后，沙门子弟广戒酒肉，传到民间，从信奉者开始，越来越多的人选择了吃素。

中国很多文化名人吟咏过素食。王维有"誓从断荤血，不复婴世网"（《谒璿上人》）、"吾生好清净，蔬食去情尘"（《戏赠张五弟諲三首》）、"香饭青菰米，佳蔬绿芋羹。誓陪清梵末，端坐学无生"（《游感化寺》）的诗句。苏轼曾创制玉糁羹、东坡羹、蔓菁芦菔羹等著名素餐，并写下"我昔在田间，寒庖有珍烹。常支折脚鼎，自煮花蔓菁"（《狄韶州煮蔓菁芦菔羹》）、"香似龙涎仍酽白，味如牛乳更全清。莫将北海金齑鲙，轻比东坡玉糁羹"（《过子忽出新意，以山芋作玉糁羹，色香味皆奇绝，天上酥陀则不可知，人间决无此味也》）的诗句。陆游更是常年茹素，有"放翁年来不肉食，盘箸未免犹豪奢。松桂软炊玉粒饭，醯酱自调银色茄"（《素饭》）、"青菘绿韭古嘉蔬，莼丝菰白名三吴。台心短黄奉天厨，熊蹯驼峰美不如"（《菜羹》)的诗句。

明代陈继儒在《读书镜》中褒赞:"醉酣饱鲜,昏人神志。若蔬食菜羹,则肠胃清虚,无滓无秽,是可以养神也。"虽然有些自我标榜,但也算言为心声。清代李渔在《闲情偶寄》中对素食也极为推崇,说:"论蔬食之美者,曰清,曰洁,曰芳馥,曰松脆而已矣。不知其至美所在,能居肉食之上者,忝在一字之鲜。"

古人视"肉食者"为"昏庸者",以为食之能昏人心智。在现代社会,素食的品种、加工方式更加丰富多样,素食更具号召力,以回归自然、回归健康和保护生态环境为理念,吸引了愈来愈多的白领参与,成为一种新的生活方式。

土芝丹 林 洪

芋①，名土芝，大者裹以湿纸，用煮酒和糟涂其外，以糠皮火煨之，候香熟取出，安坳地内，去皮温食。冷则破血，用盐则泄精。取其温补，名"土芝丹"。昔懒残师②正煨此牛粪火中，有召者，却之曰："尚无情绪收寒涕，那得工夫伴俗人。"又山人诗云："深夜一炉火，浑家团圞坐。煨得芋头熟，天子不如我。"其嗜好可知矣。小者曝干入瓮，候寒月用稻草罨③熟，色香如栗，名"土栗"，雅宜山舍拥炉之夜供。赵两山汝涂诗云："煮芋云生钵，烧茅雪上眉。"盖得于所见，非苟作也。

《山家清供》

【注释】

①芋：王祯《农书》卷八："芋，一名土芝。"徐光启《农政全书》卷五八："芋苗：《本草》一名土芝，俗呼芋头。生田野中，今处处有之，人家多栽种。"

②懒残师：唐人袁郊《甘泽谣》载："懒残者，名明瓒。天宝初衡岳寺执役僧也。退食，既收所余而食，性懒而食残，故号懒残也。"

③罨：覆盖，掩盖。

【赏读】

芋，又名芋艿、芋头，是一种多年生草本植物，球茎富含淀粉及蛋白质，吃起来软糯、黏腻，可当菜或粮食。

烤芋头，也非常简单：大个的，就用湿纸裹以芋头，涂以煮过的酒和糟，放在糠皮的火中煨熟，去皮趁温热食之，那种感觉是给个皇帝当都不愿换的。懒残师傅吃着烤芋头，有官相召，以"尚无情绪收寒涕，那得工夫伴俗人"而拒绝，可见这"土芝丹"的魅力。小个的芋头，则可以晒干后放在瓮中，待天寒地冻时埋入尚未燃尽的草木灰中，焖上一段时间后其色香就会像栗子一样，在寒夜拥炉剥而食之，那才是人间至味，非亲历过者是无法感受的。

芋头有蹲鸱（chī）的雅称。文震亨在《长物志》中载："古人以蹲鸱起家，又云'园收芋栗未全贫'，则御穷一策，芋为称首。所谓'煨得芋头熟，天子不如吾'，直以为南面之乐，其言诚过，然寒夜拥炉，此实真味。"

因为芋头在田间状如蹲伏的鸱，故称蹲鸱。《史记·货殖列传》："吾闻汶山之下，沃野，下有蹲鸱，至死不饥。"张守节正义："蹲鸱，芋也。"

关于这个蹲鸱，还有个小故事。唐玄宗朝宰相张九龄有一天送芋头给河南尹萧炅，书称蹲鸱。萧炅收到后回信：芋头拜收，蹲鸱未至，由于我的家人有点少见多怪，也就不愿见这只恶鸟了。张九龄将信出示来客，满座大笑。

拔霞供 林 洪

　　向游武夷六曲,访止止师,遇雪天,得一兔,无庖人可制。师云:"山间只用薄批①,酒、酱、椒料沃②之,以风炉安座上,用水少半铫③,候汤响,一杯后各分以箸,令自夹入汤,摆熟啖之,乃随宜各以汁供。"因用其法,不独易行,且有团圞热暖之乐。越五六年,来京师,乃复于杨泳斋④伯岩席上见此,恍然去武夷如隔一世。杨,勋家,嗜古学而清苦者,宜此山林之趣。因作诗云:"浪涌晴江雪,风翻晚照霞。"末云:"醉忆山中味,浑忘是贵家。"猪、羊皆可。《本草》云:兔肉补中益气,不可同鸡食。

《山家清供》

【注释】

①薄批:将(肉)切成薄片。
②沃:浸泡,浇灌。
③铫(diào):金属制的、煮食物的小锅。
④杨泳斋:即杨伯岩,字彦瞻,号泳斋,南宋名将杨沂中之孙,居临安。淳祐间,从工部郎任上出守衢州。宝祐二年(1254)卒。有《六帖补》二十卷、《九经韵补》一卷行世。

【赏读】

　　这是历史上较早记载"火锅"的文字。它出自偶然的发明。在山间没有厨师，得一兔子只能切以薄片，用各种作料浸泡后，用筷子夹了在开水中涮熟，蘸汁食用。这种吃法不仅简便易行，而且有暖和热闹之乐。后来在京城杨泳斋家也看到这种吃法，此时京师之中好像已经很流行了。

火锅，北方称为"涮锅"，江南叫作"暖锅"，四川则径称为"火锅"，并以麻辣味闻名，在各地都很受欢迎。尤其是到了冬天，全家人围坐在铜制的火锅前，中间是炉膛火口，上面是锅槽，可以盛纳各种蔬菜、肉类，过去炉膛中是烧木炭，现在更多的是烧固体酒精。待锅烧开之后，放入切成薄片的羊肉、牛肉，以及海鲜、鱼丸、豆腐和各种蔬菜、粉条，涮过几下后蘸作料食用，满头冒汗，其乐融融。只是现在不像当时以兔肉为主了，其他都大同小异，可见"火锅"的发明具有很强的生命力。

邓云乡先生这样记述京城火锅的种类："一般锅子里装的是肉丸子、龙口细粉、酸白菜垫底，上面铺白肉，叫白肉锅子；铺白鸡、白肚片、白肉的叫三白锅子；清酱肉（也叫炉肉）、熏鱼、猪腰花等叫什锦锅子；海参、炉肉、鸡蛋等叫三鲜锅子。乡间或寺庙中，用油豆腐、粉条、萝卜条装的素锅子，是最清淡中吃的。至于菊花锅子，便是把白菊花瓣加入到三鲜锅子的汤中，那更是清香绝伦，成为高级的饮食肴馔了。"京师之地，花样翻新，让人开眼界了。

沆瀣①浆 林 洪

雪夜,张一斋饮客。酒酣,簿书②何君时峰出沆瀣浆一瓢,与客分饮,不觉酒容为之洒然③。客问其法,谓得于禁苑④,止用甘蔗、萝菔⑤,各切作方块,以水烂煮而已。盖蔗能化酒,萝菔能化食也。酒后得此,其益可知矣。《楚辞》有"蔗浆⑥",恐即此也。

《山家清供》

【注释】

①沆瀣(hàng xiè):夜间的水汽,露水。旧说是仙人所饮。《楚辞·远游》:"餐六气而饮沆瀣兮,漱正阳而含朝霞。"

②簿书:管理簿书的官职。

③洒然:欣然、洒脱貌。

④禁苑:指宫廷。

⑤萝菔:即萝卜。

⑥蔗浆:《楚辞·招魂》:"胹鳖炮羔,有柘浆些。"柘,通"蔗"。《汉书·礼乐志》:"百末旨酒布兰生,泰尊柘浆析朝酲。"颜师古注:"柘浆,取甘柘汁以为饮也。"

【赏读】

"沆瀣浆"传为宫廷中的解酒秘方。张一斋雪夜请客,酒酣之际，簿书何时峰就捧出一瓢沉瀣浆，与客人分饮后，酒意顿解。其实，这个沉瀣浆的配方很简单，就是用甘蔗、萝卜切做方块，用水煮烂而已。甘蔗能化酒，萝卜能消食，喝了它们煮成的汤，益处可知。曹植在《五游》诗中有："带我琼瑶佩，漱我沉瀣浆。"那时的沉瀣浆只是指朝霞清露，后人则把沉瀣浆代指了这种化酒散。

《本草纲目》载甘蔗"甘、平、涩、无毒"，主治发热口干、小便赤涩，取甘蔗去皮，嚼汁咽下，饮浆亦可。而生白萝卜捣汁饮，治食积饱胀，是"蔬中最有利者"。朱熹在《食梨》诗中称赞了甘蔗的醒酒效果："卢橘谩劳夸夏熟，柘浆未许析朝醒。"这让人想起了宋代宰相苏易简醉后半夜口渴，抓起雪地上小瓮中的齑汁大喝，既止渴又解酒，而那齑汁不过是面条汤煮碎青菜而已。可见，解酒秘方也是因人而异的。

蟹酿橙 林 洪

　　橙用黄熟大者，截顶，剜去穰①，留少液。以蟹膏肉实其内，仍以带枝顶覆之。入小甑②，用酒、醋、水蒸熟，用醋、盐供食，香而鲜，使人有新酒菊花、香橙螃蟹之兴。因记危巽斋③積赞蟹云："黄中通理，美在其中；畅于四肢，美之至也④。"此本诸《易》，而于蟹得之矣，今于橙蟹又得之矣。

《山家清供》

【注释】

　　①穰：通"瓤"，果肉。
　　②甑（zèng）：古代蒸饭的一种器具，有许多透蒸气的孔格，置于鬲上蒸煮，将甑中的食物蒸熟。
　　③危巽斋（1158～1234）：名稹，字逢吉，自号巽斋，又号骊塘。南宋文学家、诗人。抚州临川（今属江西）人。淳熙十四年（1187）进士，调南康军教授，擢著作郎兼屯田郎官，出知潮州，又知漳州。著有《巽斋集》。
　　④"黄中通理"四句：《易·坤·文言》："君子黄中通理，正位居体，美在其中，而畅于四支，发于事业，美之至也。"孔颖达正义："'黄中通理'者，以黄居中，兼四方之色，奉承臣职，是通晓物理也。'正位居体'者，居中得正，是正位也；处上体之中，是居体也。黄中通理，是'美在其中'。有美在于中，必通畅于外，

故云'畅于四支'。四支犹人手足,比于四方物务也。外内俱善,能宣发于事业。所营谓之事,事成谓之业,美莫过之,故云'美之至'也。"

【赏读】

　　用大个黄熟的橙子一颗,从顶部切开,剜去果肉,仍留少量汁液,然后用蟹膏肉把里面填实,再把带枝的顶盖扣上。再放入蒸笼中,用酒、醋、水蒸熟,以醋和盐蘸食,味道清香鲜美。好一个热气腾腾的"蟹酿橙",让人顿生"新酒菊花、香橙螃蟹"之雅兴。

　　古人爱吃螃蟹,如苏东坡就留下了"堪笑吴中馋太守,一诗换得两尖团"的诗句,李渔说自己"每岁于蟹未出之际,即储钱以待,因家人笑予以蟹为命,即自呼其钱为买命钱"。林洪在"持螯供"中说:"每旦市蟹,必取其圆脐,烹以酒、醋,杂以葱、芹,仰之以脐,少候其凝,人各举一,痛饮大嚼,何异乎拍浮于湖海之滨。庸庖俗饤,非不曰美味,恐失此真物风韵,但以橙、醋,自足以发挥其所蕴也。"

　　这个"蟹酿橙",放在今天仍不失为极有创意的一道菜品。它把水果与蟹膏肉很好地结合,既有橙子的果香,又有蟹膏肉的鲜美,既风雅,又美味,互相补充、熏染,达到完美的融合。如果以大家熟悉的一道菜与之相比,只有木瓜炖雪蛤堪可媲美。而危巽斋用《易经》中的"黄中通理,美在其中;畅于四肢,美之至也"来称赞"蟹酿橙",恰切巧妙,令人喷饭。

椿根馄饨 林 洪

刘禹锡煮樗①根馄饨皮法：立秋前后，谓世多痢及腰痛，取樗根一大两握②，捣筛，和面，捻馄饨如皂荚子大，清水煮，日空腹服十枚，并无禁忌。山家晨有客至，先供之十数枚，不惟有益，亦可少延③早食。椿实而香，樗疏而臭，惟椿根可也。

《山家清供》

【注释】

①樗（chū）：臭椿树。

②两握：即两把。

③延：推迟。

【赏读】

樗（臭椿）和椿（香椿），是两种不同科属的植物，樗是苦木科，臭椿属；椿是楝科，香椿属，但因两者的外形有些相像，所以一般人容易将二者弄混。历代《本草》中也大都合并叙述，中药行亦将樗皮、椿皮统称椿白皮或椿根皮，功用大体相同。

陆机《毛诗草木鸟兽虫鱼疏》："樗，树及皮皆似漆，青色，叶臭。"《唐本草》："香者名椿，臭者名樗。"苏颂《本草图经》："椿木实而叶香可啖，樗木疏而气臭。"这则小品中，林洪纠正了刘禹锡把樗根捣碎用来包馄饨的说法，樗根虽有清热利湿、收敛止痢之效,但味道发苦,他认为"椿实而香,樗疏而臭,惟椿根可也",所以把包馄饨的主料换成了香椿根。

香椿叶是香椿树的嫩芽,味道清香,嫩脆可口。每年谷雨前后,即可采摘食用,为宴客佳品。与香椿有关的菜品比如香椿炒鸡蛋、香椿竹笋、凉拌香椿、香椿拌豆腐、煎香椿饼、椿苗拌三丝、椒盐香椿鱼、香椿鸡脯、香椿豆腐肉饼、香椿拌花生、腌香椿、冷拌香椿头等,都是菜中妙品。

而臭椿的树皮、根皮、果实均可入药,具有清热燥湿、收涩止带、止泻、止血的功效。但臭椿有"小毒",根可做成樗根汤、樗根散,供煎汤外洗或敷用,叶则不能食用。

山家三脆 林 洪

嫩笋、小蕈①、枸杞头,入盐汤焯熟,同香熟油、胡椒、盐各少许,酱油、滴醋拌食。赵竹溪②密夫酷嗜此,或作汤饼以奉亲,名"三脆面"。尝有诗云:"笋蕈初萌杞叶纤,燃松自煮供亲严③。人间肉食何曾鄙,自是山林滋味甜。"蕈亦名菰。

《山家清供》

【注释】

①蕈(xùn):生长在树林里或草地上的菌类,伞状,种类很多,有的可食,有的有毒。

②赵竹溪:赵密夫,号竹溪,宋太祖赵匡胤之三弟赵廷美的八世孙。绍定二年(1229)进士。

③亲严:指父母。

【赏读】

用嫩笋、山蘑菇、枸杞头,放入盐水中焯熟,再以熟香油、胡椒、盐及酱油,滴几滴香醋来拌食,作为浇头浇在面条上,成为名副其实的"三脆面",自食或奉养爹娘,是极好的食物。

作为初春刚刚发芽生长的物产,嫩笋、山蘑菇、枸杞头,都是一时之选,味道都极鲜美,拿来作为面条的浇头,我们似乎可以感觉到它的清香和鲜嫩,以及吃在嘴里的嚓嚓脆响。赵密夫是皇族之后，生活富足，以此奉养双亲，足尽孝道。怪不得他会写下"笋蕈初萌杞叶纤，燃松自煮供亲严。人间肉食何曾鄙，自是山林滋味甜"的诗句，念念不忘这个"三脆面"。

李斗《扬州画舫记》中曾记录扬州城内的面馆及面的吃法：城内食肆多附于面馆，面有大连、中碗、重二之分。冬用满汤，谓之大连；夏用半汤，谓之过桥。面有浇头，以长鱼、鸡、猪为三鲜；肉浇头叫"带面"，鱼浇头叫"本色"，鸡浇头叫"壮鸡"。

如今面的浇头品种更加丰富，在苏州的朱鸿兴、六宜楼等面馆，素浇头有香菇、冬笋、木耳、金针、豆腐干、面筋、烤麸、菜心、白果等，荤浇头有炒肉、焖肉、肉丝、爆鱼、爆鳝、鳝糊、卤鸭、腰花、虾仁、三鲜等。你到面馆，用专业的称谓叫一碗"宽汤，免青，重浇轻面，过桥，不硬不烂"的素浇面，人家肯定以为你是资深老食客了。

御宴菜单 陆 游

集英殿①宴金国人使②,九盏:第一,肉咸豉;第二,爆肉、双下角子③;第三,莲花肉油饼、骨头;第四,白肉胡饼;第五,群仙炙、太平毕罗④;第六,假圆鱼;第七,柰花索粉⑤;第八,假沙鱼;第九,水饭、咸豉、旋鲊、瓜姜。看食⑥:枣馅子、髓饼⑦、白胡饼、环饼⑧(淳熙)。

《老学庵笔记》

【注释】

①集英殿:叶梦得《石林燕语》曰:"集英殿,旧大明殿也。明道中改今名,每春秋大燕均在此。"

②金国人使:金国的使者。时南宋朝内分主战、主和两派,经常邀金国派使臣议和。

③双下角子:就是我们现在的饺子,《东京梦华录》里有"双下驼峰角子",与此相仿。

④太平毕罗:《玉篇》载"毕罗,饼属";李济翁《资暇集》中说:"番中毕氏、罗氏好食此味,今字从食,非也。"是一种有馅的面食,既可包裹水果,也可夹以蟹肉、羊肾、猪腰等,烤制成可口的面点。

⑤柰花索粉:柰花,杨慎《丹铅录》载:"《晋书》都人簪柰花,即今末利花也。"即茉莉花。索粉,就是用绿豆粉或大米做的

粉条、粉丝，《易牙遗意》载有索粉的具体做法。

⑥看食：点心类，一般是拘于礼仪略尝辄止，故叫"看食"。

⑦髓饼：据《齐民要术》载，里面含蜜和髓脂，是一种烤制的甜面点。

⑧环饼：即油炸的馓子，吃着香甜还利于存放。

【赏读】

南宋时，国都南迁，虽然市场繁盛，百姓生活也较为丰裕，但金国仍屡屡进犯，成为南宋的心腹大患。因为双方经常互派使者和谈，所以宴请招待是免不了的。这里记录了淳熙年间招待金国使者的国宴菜单，虽只有九盏菜，但时隔千年，看菜名仍不知是什么东西。

宴席摆在集英殿，那是皇帝举行御宴的场所，放在这里吃饭是很给金国使者面子的。宋时，多为分餐制，每人面前一张案子，各道菜分别上到各人面前。这九盏，就是用九个大盘子上菜，按照御宴的模式，每盏大都为两道菜。

第一盏，肉咸豉。金国是女真人，以狩猎为主，当然喜欢吃肉。元代《事林广记》中载有"肉咸豉"的详细做法：把一斤精肉切成骰子状，加盐一两半搅拌，用四两生姜切成薄片放油锅内炸一下，用剁烂的猪油炒一斤豆豉；将肉放在锅内炒，再下豆豉、姜、橘皮，再下马芹、花椒，加入浓汤，待汤收干后即可食用。

第二盏，爆肉、双下角子。这两种食品，在《东京梦华录》的卷九中"天宁节"也就是皇帝的生日里是御宴上的必备菜。爆肉类似现在的回锅肉，现在川南一带还把回锅肉叫作"爆肉"。它的做法是：把熟肉切成脍，与竹笋丝、茭白丝一起投入热油中爆香，以少量酱油、酒浇之，再加上花椒、葱，翻炒即成。双下角子，即饺子，《东京梦华录》里有"双下驼峰角子"，与此相仿，元代忽思慧

《饮膳正要》中有"水晶角儿""撇列角儿""莳萝角儿"。《居家必用事类全集》里载"驼峰角儿"的具体做法:"面二斤半,入溶化酥十两,或猪羊油各半代之。冷水和盐少许,搜成剂。用骨鲁捶擀作皮,包炒熟馅子捏成角儿。入炉熬煿熟供。素馅亦可。"

第三盏,莲花肉油饼、骨头。《东京梦华录》中有"莲花肉饼",是一种带肉的馅饼,烤至金黄色,拼摆成莲花状;《事林广记》中载肉油饼是用白面与羊脂、猪脂的碎丁一起和制,再加上羊骨髓,包肉馅后烤熟。《居家必用事类全集》里载"骨炙",用带肉的羊骨头先放在沸汤中浸煮,再撒些酒,放在火上烤制。

第四盏,白肉胡饼。白肉即煮好的未加带色作料的熟肉;胡饼,"胡"通常指西域和北方边陲的广大地区,宋代黄朝英的《缃素杂记·汤饼》中说:"盖胡饼者,以胡人所常食而得名也。"明代蒋一葵在《长安客话·饼》中介绍:"炉熟而食皆为胡饼,今烧饼、麻饼、薄脆酥饼是也。"所以,白肉胡饼很可能就是烧饼夹肉。

第五盏,群仙炙、太平毕罗。这两种菜在《东京梦华录》里的皇帝御宴里常见,群仙乃是八仙之类,比喻品种多,炙是烤肉的一种做法,合而为多种烤肉的拼盘。而太平毕罗中的"太平"是形容词,是吉祥意,《太平广记》引用《卢氏杂说》为"翰林学士每遇赐食,有物若毕罗,形粗大,滋味香美",刘恂《岭表录异》说用蟹黄"淋以五味,蒙以细面,为蟹毕罗,珍美可尚",段成式《酉阳杂俎》也曾说"韩约能做樱桃毕罗,其色不变",可知这个毕罗是一种有馅的面食。

而第六盏和第八盏,假圆鱼和假沙鱼要放在一起来说。人们看到此都会有疑问:皇帝御宴,连真圆鱼和真沙鱼都吃不起吗?其实这是个饮食习惯问题。在《东京梦华录》"饮食果子"一节里,载有假河豚、假圆鱼、假野狐、假炙獐、假蛤蜊等。《事林广记》的"饮馔"项内记述了多种假蛤蜊、假白腰子、假熊掌、假沙鳝的做法，多是用羊肉、猪肉或鱼肉剁碎，与绿豆粉和匀压实，做成造型，烹饪成近似的味道，食材来源丰富易得，已成一种饮食习俗。

第七盏的柰花索粉，就是茉莉花炖粉条。《易牙遗意》中记载有索粉的具体做法，跟如今农村手工制作粉条的做法基本相同，现在福建莆田还有一种名吃叫"菜丸索粉"。

第九盏，水饭、咸豉、旋鲊、瓜姜。俞樾在《茶香室丛钞》中引《金华子杂编》中"我未及餐，尔可且点心，止于水饭数匙"，说水饭即粥，有误，实际上水饭就是南方常见的水泡饭；咸豉、旋鲊、瓜姜，都是一些腌制的爽口小菜。

看食就是一些点心类的食品，这里面的枣㗖子就是枣馍，膘饼是烤制的甜点，白胡饼是不带芝麻的烧饼，环饼就是馓子。《东京梦华录》载皇家宴会中有枣塔，与枣㗖子同类。这些都是吃过酒席后点缀席面的面食。

羊腰羊肺 忽思慧①

炙②羊腰

治卒患腰眼疼痛者。

羊腰（一对），咱夫兰③（一钱）

右件，用玫瑰水一杓④，浸取汁，入盐少许，签子⑤签腰子火上炙。将咱夫兰汁徐徐涂之，汁尽为度。食之，甚有效验。

河西肺

羊肺（一个），韭（六斤取汁），面（二斤打糊），酥油（半斤），胡椒（二两），生姜汁（二合）

右件，用盐调和匀，灌肺，煮熟，用汁浇，食之。

《饮膳正要》

【注释】

①忽思慧（生卒年不详）：又作和斯辉，元代蒙古族营养学家、医学家。元仁宗延祐年间（1314～1320）任饮膳太医，主管官廷饮食、药物补益事项，兼通蒙汉医学，于元文宗天历三年（1330）编撰成《饮膳正要》一书，在我国食疗养生史上有重要地位。

②炙：一种烹饪方法，在火上烤。

③咱夫兰：又名泊夫兰。《本草纲目》记载："藏红花即番红

花,译名泊夫兰或撒法郎,产于天方国。""天方国"指波斯等国家。藏红花具有疏经活络、通经化瘀、散瘀开结、消肿止痛的奇特疗效。

④枓:同"勺"。

⑤签子:竹制长条物,用来插入食物内烤制。

【赏读】

炙羊腰、河西肺是两款具有浓郁蒙古特色的食物。炙羊腰就是用签子串上羊腰在火上烤制,因为要治疗腰眼疼痛,所以用有疏经活络、通经化瘀之效的藏红花(咱夫兰)汁涂抹羊腰,以在食用的同时产生疗效。这是典型"吃啥补啥"的传统蒙汉医学思想的体现。烤制肉类是蒙元时代烹饪的特点,元初陈元靓在《事林广记》的"饮馔"一章中有"烧肉炙肉法",各种羊物件都用签子串定后放在炭火上烤制,烤制过程中用酥油、盐、酱等细物料和淡醋调成的料水浇淋,翻转肉直至颜色明黄。

河西肺是灌肺的一种做法,陈元靓《事林广记》中的"灌肺"做法与此相仿,都是在洗净的羊肺中灌入有各种调料的酥油、面糊、菜汁等,煮熟后食用。这两种食品到筵席上都用刀割食,颇具草原风味。武侠小说《楚留香传奇》中描写楚留香做客大漠之上,在龟兹王帐中,就是用银刀割开烤骆驼,骆驼肚子里有条烤羊,可见大漠食俗与草原相仿。

角儿^①三种 忽思慧

水晶角儿

羊肉，羊脂，羊尾子，葱，陈皮，生姜（各切细）

右件，入细料物、盐、酱拌匀，用豆粉作皮包之。

撇列角儿

羊肉，羊脂，羊尾子，新韭（各切细）

右件，入料物、盐、酱拌匀，白面作皮，鏊^②上炮熟，次用酥油、蜜，或以葫芦瓠子作馅亦可。

莳萝角儿

羊肉，羊脂，羊尾子，葱，陈皮，生姜（各切细）

右件，入料物、盐、酱拌匀，用白面、蜜与小油拌入锅内，滚水搅熟，作皮。

《饮膳正要》

【注释】

①角儿：或"角子"，即饺子。

②鏊：一种铁制的炊具，平面圆形，中间稍凸。可烙饼用。

【赏读】

　　这里介绍的三款角儿（饺子）的做法，共同特点是馅料里都有羊肉、羊脂、羊尾子，添上不同的蔬菜，和面时须加入蜜和酥油，有的用滚水烫面，有的擀皮包制后在鏊子上烙熟，包法各有不同，吃起来会更筋道、肥美，与汉族的饺子形成了完全不同的风格。

　　饺子起源于汉代，至宋代才有"饺子"（角子）的叫法，《东京梦华录》里就有"双下驼峰角子"的记载。无独有偶，元代《居家必用事类全集》里载"驼峰角儿"的具体做法是："面二斤半，入溶化酥十两，或猪羊油各半代之。冷水和盐少许，搜成剂。用骨鲁搥擀作皮，包炒熟馅子捏成角儿。入炉熬爊熟供。素馅亦可。"与汉人的饺子不同的是，它不是在水中煮熟，而是在炉中烘烤至熟，类似现在的煎饺吧。

　　陆游《老学庵笔记》中记载招待金国使者就有"双下角子"，所谓"双下"，推测是有荤馅、素馅之分。《金瓶梅》中，潘金莲在武大郎死后等待西门庆时，蒸好"角子"舍不得吃，说明那是今天所说的蒸饺。

菘 菜 陆容

菘菜，北方种之。年初半为芜菁①，二年菘种都绝。芜菁，南方种之亦然。盖菘之不生北土，犹橘之变于淮北也。此说见《苏州志》。按菘菜即白菜，今京师每秋末，比屋腌藏以御冬，其名箭干者，不亚于苏州所产。闻之老者云：永乐间，南方花木蔬菜，种之皆不发生，发生者亦不盛。近来南方蔬菜，无一不有，非复昔时矣。橘不逾淮，貉②不逾汶③，鸲鹆④不逾济⑤，此成说也⑥。今吴菘之盛于燕，不复变而为芜菁，岂在昔未得种艺之法，而今得之邪？抑亦气运之变，物类随之而美邪？将非橘柚之可比邪？

《菽园杂记》

【注释】

①芜菁（wú jīng）：大头菜，又称大头芥，根如圆萝卜，盐腌晒干做咸菜。

②貉：哺乳动物，类似狸，生活在山林中。

③汶：汶水，在鲁北，即今山东大汶河。

④鸲鹆（qú yù）：鸟类，俗谓之"八哥"。

⑤济：济水，发源自今河南省济源市王屋山。

⑥"橘不逾淮"四句：《周礼·考工记》："橘逾淮而北为枳，鸲鹆不逾济，貉逾汶则死，此地气然也。"

【赏读】

"菘",即大白菜。陆佃《埤雅》云:"菘性凌冬不凋,四时常见,有松之操,故曰菘。"

李时珍《本草纲目》载:菘,即今人呼为白菜者,有二种,一种茎圆厚,微青;一种茎扁薄而白,其叶皆淡青白色。燕、赵、辽阳、扬州所种者,最肥大而厚,一本有重十余斤者。南方之菘畦内过冬,北方者多入窖内。燕京圃人又以马粪入窖壅培,不见风日,长出苗叶皆嫩黄色,脆美无滓,谓之黄芽菜,豪贵以为嘉品,盖亦仿韭黄之法也。

《南齐书》卷四十一《周颙列传》:(周颙)清贫寡欲,终日长蔬食,虽有妻子,独处山舍。卫将军王俭谓颙曰:"卿山中何所食?"颙曰:"赤米白盐,绿葵紫蓼。"文惠太子问颙:"菜食何味最胜?"颙曰:"春初早韭,秋末晚菘。"

这里的"春韭秋菘"意境很美,"赤米白盐,绿葵紫蓼"也既有颜色之美,兼有音色铿锵之美。秋末的白菜最好吃,而白菜、萝卜、大葱,这是过去北方冬天的看家菜,是为"冬储菜"。大白菜味道松脆甜美,不仅是平民百姓的当家菜,豪华宴席上也往往会有一份雪白的白菜心做爽口之用。白菜还可腌制成腌菜、酱菜、酸白菜,老北京著名的"芥末墩"就是把横切的白菜用粗盐"杀"过,每放一层撒一层芥末制成的。

清人梁章钜对白菜颇有感情,他在《浪迹三谈》中说:"北方白菜,以安肃县所出为最。闻县境每冬必产大菜一本,大可专车,俗名之曰菜王,必驰以首供玉食,然后各园以次摘取。山左所产犹佳,迆南则其味递减。惟吾乡浦城所产,尚具体而微,广西柳州所出,亦略与北地相仿。近吾乡永福亦产此,俗呼为'永福白',较胜于浦城。去冬余薄游温州,有以山东白菜相馈者,皆以永福白充数。盖福州由海舶来者,南风三日即至,而天津、山东之海舶,向不入瓯江也。此菜以吴红生太守所制为最著,同人皆赏其菜中尚带辣味,而不知其暗挽生萝卜耳。"

清代经学家施愚山有《黄芽菜歌》云:"万钱日费卤莽儿,五侯鲭美贪饕辈。先生精馔不寻常,瓦盆饱啖黄芽菜。可怜佳种亦难求,安肃担来燕市卖。滑翻老来持作羹,雪汁云浆舌底生。江东莼脍浑间事,张翰休含归去情。"这里说的"安肃担来",也是说白菜以京南的安肃县(今天的保定市徐水区)出产的最好。

资深老饕邓云乡先生在《白菜佳肴》一文中说:"全聚德的烤鸭子,在'鸭油熘黄菜'之后,照例是'鸭架烧白菜'。西来顺和东来顺吃涮羊肉锅子,最后一定要有一盘酸白菜端上来。酸菜、龙口细粉在肥汤中一涮,吃上两口才解膻醒酒。还有最堪入《山家清供》与《随园食单》的是'江瑶柱蒸白菜'和'栗子烧白菜',这两品佳蔬,做法简单,滋味却无穷,蒸出来的汤像牛奶一般雪白滑腻,正如施愚山诗中所说的'雪汁云浆舌底生'了。"

白菜如此普遍,又如此美味,却得不到应有的重视。难怪齐白石专门画了《白菜辣椒》来为白菜叫屈:"牡丹为花之王,荔枝为果之先,独不论白菜为菜之王,何也?"

黄 瓜 陆容

苏东坡有云:"紫李黄瓜村落香。"黄瓜,今四五月淹为菹[1]是也。《月令》:"四月王瓜王,苦菜秀。"王瓜非今作菹之瓜,其实小而有毛,《本草》名菝葜[2],京师人呼为赤包儿。谓之瓜者,以其根相似耳。今人以其与苦菜并称,遂疑即今黄瓜,而反以黄字为讹。

《菽园杂记》

【注释】

①菹(zū):指腌渍的菜蔬。汉刘向《新序·杂事四》:"楚惠王食寒菹而得蛭,因遂吞之,腹有疾而不能食。"

②菝葜(bá qiā):落叶藤本植物,叶子多为椭圆形,花黄绿色,浆果球形。

【赏读】

黄瓜,也叫胡瓜、青瓜、王瓜。西汉时张骞出使西域后带回中原,始称"胡瓜";后五胡十六国时后赵皇帝石勒忌讳"胡"字,遂改为"黄瓜"。

黄瓜产于农历四五月间,顶花带刺,甜脆可口,说是蔬菜,亦可当水果,可生吃,也可炒菜;尤其是黄瓜段蘸酱,更是老少皆喜。

历代都有诗人吟咏黄瓜,如宋代苏轼:"簌簌衣巾落枣花,村南村北响缫车。牛衣古柳卖黄瓜,酒困路长惟欲睡。"元代王冕:"密树连云湿,荒村入径斜。山童分紫笋,野老卖黄瓜。"明代樊阜:"夏至熟黄瓜,秋来酿白酒。新妇笑嘻嘻,小儿扶壁走。"

《金瓶梅》中的饮食描写最详,第三十四回载:"先放了四碟菜果,然后又放了四碟案鲜:红邓邓的泰州鸭蛋,曲弯弯王瓜拌辽东金虾,香喷喷油炸的烧骨,秃肥肥干蒸的劈晒鸡。"清人吴伟业有《咏王瓜》:"同摘谁能待,离离早满车,弱藤牵碧蒂,曲项恋黄花。客醉尝应爽,儿凉枕易斜。齐民编月令,瓜路重王家。"这说明,明清时叫王瓜也很普遍。

由于旺季黄瓜卖不上好价钱,明清时节就有瓜农搞温室栽培,弄起"反季节种植"了。明万历间王世懋《学圃余疏》载:"王瓜,出燕京者最佳,种之火室中,逼生花叶,二月初即接小实。"《光绪顺天府志》说法与此相仿:"今京师二月有小黄瓜,细长如指,价昂如米,用示珍也。其实火迫而生耳。"

当然,普通人家更多是把黄瓜腌制成咸菜或酸黄瓜,即文中的"菹",在冬季无菜时享用,是很多主妇都会做的。北魏贾思勰《齐民要术》载:"《食经》藏越瓜法:糟一斗,盐三升,淹瓜三宿。出,以布拭之,复淹如此。"跟现在的腌菜法无大差别。

粥糜三种 高 濂①

梅 粥

收落梅花瓣，净，用雪水煮粥，候粥熟，下梅瓣，一滚即起，食之。

萝卜粥

用不辣大萝卜，入盐煮熟，切碎如豆，入粥将起，一滚而食。

肉米粥

用白米先煮成软饭。将鸡汁，或肉汁、虾汁汤调和清过。用熟肉碎切如豆，再加茭笋、香蕈②，或松瓤③等物，细切，同饭下汤内，一滚即起，入供以咸菜为过，味甚佳。

《遵生八笺》

【注释】

①高濂（1527～1603）：字深甫，号瑞南，钱塘（今浙江杭州）人，明代戏曲家、养生家及藏书家。生活于明万历年前后，工诗词及戏曲，藏书丰富，兼通医理，擅养生。曾在北京鸿胪寺任官，后隐居西湖。著作有《遵生八笺》《玉簪记》《节孝记》《草花谱》

《野蔌品》等。

②香荽：荽，一年生草本植物，茎很细，叶卵状披针形，可做香料。

③松瓤：即松仁。如《红楼梦》中有"松瓤鹅油卷"，即是一种以松仁做馅心，以鹅油、面粉加工成花卷烤制的小点心。

【赏读】

中国人喜欢喝粥，粥有养生作用，粥的品种更是五花八门，可做成甜味、咸味、素粥、荤粥，适合不同人群和口味。《红楼梦》中的贾府，钟鸣鼎食，食谱里就少不了各种粥，如贾宝玉喝的"碧粳粥"，林黛玉喝的"燕窝粥""腊八粥"，王熙凤喝的"粳米奶子粥"，王夫人喝的"大枣粥"，贾母喝的"红稻米粥""鸭子肉粥"等，满足了不同需要。

这里的三款粥，一款用梅花瓣煮粥，一款用萝卜入粥，再一款则用肉糜、茭笋、香草和松仁并鸡汁一同滚粥，共同的特点是风雅奇特，富于想象力，食材运用大胆，搭配奇妙，风味独特。

腊梅花有化痰止咳、理气宽胸之效；萝卜能止咳平喘、消食行滞；用肉糜、茭笋、香草和松仁并鸡汁做成的粥，营养丰富、味道奇香，是兼具食补和食疗的佳品。中医药学认为所有的动植物、矿物质等都属中药的范畴，药物和食物是不分的，药物也是食物，食物也是药物。把这几样原本不搭界的食物一起烹煮，正符合中国人"药食同源""食物养生"的功能。

《黄帝内经》就有"五谷为养，五果为助，五畜为益，五菜为充，气味合而服之，以补精益气"的说法，后世《黄帝内经太素》

更阐发为"空腹食之为食物，患者食之为药物"。《周礼》中有"食医"的职位，为天子配膳和掌握营养平衡，讲究"春多酸，夏多苦，秋多辛，冬多咸，调以甘滑"，提倡以饮食来增强自身的免疫力、抵抗力。这几款粥，就充分体现了"食疗""食补"的思想。

汤品三款 高　濂

青脆梅汤

用青翠梅三斤十二两，生甘草末四两，炒盐一斤，生姜一斤四两，青椒三两，红干椒半两。将梅去核，劈开两片。大率青梅汤家家有方，其分两亦大同小异。初造之时，香味亦同，藏至经月，便烂熟如黄梅汤耳。盖有说焉：一者青梅须在小满①前采，捶碎核，去仁，不得犯手②，用干木匙拨去，打拌亦然。捶碎之后，摊在筛上，令水略干。二用生甘草。三用炒盐，须待冷。四用生姜，不经水浸，擂碎。五用青椒，旋摘晾干。前件一齐炒拌，仍用木匙抄入新瓶内，止可藏十余盏汤料者，乃留些盐掺面，用双重油纸紧扎瓶口。如此，方得一脆字也。梅与姜或略犯手切作丝亦可。

暗香汤

梅花将开时，清旦摘取半开花头连蒂，置磁瓶③内，每一两重，用盐一两洒之，不可用手漉坏。以厚纸数重，密封置阴处。次年春夏取开，先置蜜少许于盏内，然后用花二三朵置于内，滚汤一泡，花头自开，如生可爱，充茶香甚。

茉莉汤

将蜜调涂在碗中心抹匀,不令洋流。每于凌晨,采摘茉莉花三二十朵,将蜜碗盖花,取其香气熏之。午间去花,点汤甚香。

《遵生八笺》

【注释】

①小满:二十四节气之一,在每年的夏历四月中。宋马永卿《懒真子》卷二:"小满,四月中,谓麦之气至此方小满而未熟也。"

②犯手:以手犯之,即用手触碰。

③磁瓶:即今"瓷瓶"。

【赏读】

以青梅果肉、梅花、茉莉加蜜入汤,是一种很风雅、纯天然的创意。

就像如今时兴花草茶一样,古时流行花果汤。我国很早就有以花草入馔、以花果酿酒的习俗,牡丹花、玫瑰花、菊花、兰花、桂花、荷花、槐花、茉莉花、梅花等都是可入馔的"花料",用来酿酒更是花香扑鼻,别具一格。《诗经·豳风》有"采蘩祁祁"之句,"蘩"即开白色小花的野菊,古人在入秋之际采集野蘩,用以入药、入馔。屈原有"朝饮木兰聚露兮,夕餐秋菊落英"的诗句,秋菊成为晚餐的食材。晋代炼丹家葛洪在《抱朴子》中说,用白菊花汁、莲汁、樗(臭椿)汁和丹蒸之,服一年,寿可五百年。

就以这几款花果汤为例,每种都具有独特的药用价值:青梅性味甘平,可入肝、脾、肺、大肠,具收敛生津之益;腊梅花有解暑、清热、理气、止咳功能;茉莉花性辛热,辛能行气散瘀,热可温经通脉，故多用于伤损瘀血肿痛的治疗。而且，这几种做法都能使花果保持新鲜口感。青梅捶碎以甘草、生姜、青椒炒拌后密封，作为汤料；梅花从冬天密封至次年春夏才用，与茉莉花一样，都在盏中涂以少许蜜，蜜和香气互相吸收，再以冲汤，花朵漂浮其间，自然芳香扑鼻。这跟花草茶的道理是一样的，而花草茶把原料扩大到报春花、洋甘菊、金盏花、薄荷、锦葵、玫瑰、薰衣草、丽春花、柠檬等等，使花草泡茶时缓释的各种芳香成分和药物成分为人体所用，起到愉悦情绪和保健疗疾的效用。

腌 蛋 袁枚

腌蛋以高邮为佳,颜色红而油多。高文端公①最喜食之。席间先夹取以敬客。放盘中,总宜切开带壳,黄白兼用;不可存黄去白,使味不全,油亦走散。

《随园食单》

【注释】

①高文端公:指高晋(1707～1778),字昭德,清朝大臣。官至文华殿大学士兼吏部尚书和漕运总督,乾隆四十三年(1778)去世,谥号"文端"。

【赏读】

高邮盛产大麻鸭,鸭多,所以鸭蛋也多。高邮人善于腌咸鸭蛋,鸭蛋中有双黄蛋甚至三黄四黄蛋,成了当地的标签。

当代作家汪曾祺是高邮人,他对袁枚不甚感冒,写过一篇小说《金冬心》,骂袁子才是"斯文走狗",但看了袁枚的这则《腌蛋》却感觉很亲切。汪曾祺总结高邮腌蛋的特点是"质细而油多",这种腌蛋"蛋白柔嫩,不似别处的发干、发粉,入口如嚼石灰。油多尤为别处所不及。鸭蛋的吃法,如袁子才所说,带壳切开,那是席间待客的办法。平常食用,一般都是敲破'空头'用筷子挖着吃。筷子头一扎下去,吱——红油就冒出来了。高邮咸蛋的黄是通红的。

苏北有一道名菜,叫作'朱砂豆腐',就是用高邮鸭蛋黄炒的豆腐。我在北京吃的咸鸭蛋,蛋黄是浅黄色的,这叫什么咸鸭蛋呢",语气中充满了不屑。

袁枚笔下多高官,他是诗坛领袖、"乾隆三大家"之一,与豪门巨贾多有过从,吃请盈门。所以,他见多识广,但口味难免附和高官,并以此为荣,如《随园食单》有"尹文端公家风肉""蒋侍郎豆腐""杨中丞西洋饼"等等。这里搬出吏部尚书、漕运总督高晋,本意是想抬高高邮腌蛋的身价,但当地名产素有口碑,岂用他衬托乎?

红煨肉三法 袁 枚

或用甜酱，或用秋油①，或竟不用秋油、甜酱。每肉一斤，用盐三钱，纯酒②煨之；亦有用水者，但须熬干水气。三种治法皆红如琥珀，不可加糖炒色。早起锅则黄，当可则红，过迟则红色变紫，而精肉转硬。常起锅盖，则油走而味都在油中矣。大抵割肉虽方，以烂到不见锋棱，上口而精肉俱化为妙。全以火候为主。谚云："紧火粥，慢火肉。"至哉言乎！

《随园食单》

【注释】

①秋油：经过三伏天的曝晒，深秋时节滤出的第一箸酱油就是"秋油"。清王士雄《随息居饮食谱》："箸油则豆酱为宜，日晒三伏，晴则夜露，深秋第一箸者胜，名秋油，即母油。调和食物，荤素皆宜。"

②纯酒：即不掺水的黄酒。黄酒以米和小麦酿制，呈琥珀色。

【赏读】

这里介绍了红煨肉的三种做法，一种是用甜酱，另一种是用秋油，再一种是秋油、甜酱都不用。在做法上，一种是不加水，只加黄酒后文火煨炖。另一种是可以加进少量水，但必须把水汽熬干。在火候上，则要把握好起锅时间，起锅早了，肉色发黄；时间恰当，肉色是红的；起锅晚了，肉色就会发紫，瘦肉变硬。煨肉时，还要注意不能经常打开锅盖，否则容易走油而味都跑到油中了。

　　查《调鼎集》，此为乾隆年间扬州盐商童岳荐的菜单，里面的"红煨肉"文字几乎袭用《随园食单》。也难怪，当年袁枚是盐商家宴的高朋，口味也有趋同之处。"紧火粥，慢火肉"是煨肉的关键，且不能常起锅盖翻搅，直煨到肉熟烂到不见棱角、入口即化，方为上佳境界。这点与东坡肉的做法是一致的。

蜜火腿 袁　枚

取好火腿，连皮切大方块，用蜜酒煨极烂最佳。但火腿好丑、高低判若天渊①，虽出金华、兰溪、义乌三处，而有名无实者多；其不佳者，反不如腌肉矣。惟杭州忠清里王三房家，四钱一斤者佳。余在尹文端公②苏州公馆吃过一次，其香隔户便至，甘鲜异常。此后不能再遇此尤物矣。

《随园食单》

【注释】

①天渊：形容高天和深渊相隔极远，差别极大。

②尹文端公：尹继善，谥文端公，时任两江总督，对袁枚青眼有加。

【赏读】

火腿的发明，据传说与南宋抗金名将宗泽有关。当时人们为支持宗泽及其将士抗金，争相把猪肉运往前线，因运送时间长达数月，为防止变质，就用盐擦拭猪肉后风干，运抵前线时腿肉色红如火，因之有"火腿"之称。

火腿还有"兰薰""薰蹄"的别称。《本草纲目拾遗》云："兰薰，俗名火腿，出金华，六属皆有，出东阳、浦江者更佳。有冬腿、春腿之分，前腿、后腿之别。冬腿可久留不坏，春腿交夏即变味，久则蛆腐。"《东阳县志》这样记录："薰蹄，俗名火腿，其实烟薰，非火也。所腌之盐必台盐，所薰之烟必松烟。又一种名'风蹄'，不用盐渍，名曰淡腿，浦江为盛。"

火腿以金华产最为有名，因为金华人多以木甑捞米作主食，其饭汤酽厚，用此汤来喂猪，兼饲豆渣糠屑，或煮粥以食之；夏天则兼饲瓜皮菜叶，故金华本地所产猪肉细而体香。尤其以渔民船户所养的猪最佳，其专门有个名字叫"船腿"，比其他品种小，味道更加香美，煮食后满室皆香。

袁枚认为不好的火腿，味道还不如腌肉。他这里记载的做法是用蜜酒把火腿煨烂，他在两江总督尹继善的苏州公馆吃过一次，如是操作，其异香隔着几间房就能闻到，鲜美异常，遗憾的是此后再也没有吃过如此美味了。

还有一次，袁枚用南京朝天宫道士之法烹制：把好火腿削皮去油，先用鸡汤将皮煨酥，再将肉煨酥，后放入二寸长的黄芽菜心，加蜜酒酿及水连煨半日，菜根及菜心丝毫不散，吃到嘴里是"上口甘鲜，肉菜俱化"。

金华火腿为何如此风味独特？相传制火腿时有一秘诀，就是在数十条火腿中，一定要掺一条狗腿。售火腿者极其珍惜这条狗火腿，轻易不肯与人。偶有得之者，必夸狗火腿味道尤其鲜美。

程立万豆腐 袁 枚

乾隆廿三年,同金寿门①在扬州程立万家食煎豆腐,精绝无双。其腐两面黄干,无丝毫卤汁,微有蛼螯②鲜味,然盘中并无蛼螯及他杂物也。次日告查宣门③,查曰:"我能之!我当特请。"已而,同杭堇浦④同食于查家,则上箸大笑:乃纯是鸡雀脑为之,并非真豆腐,肥腻难耐矣。其费十倍于程,而味远不及也。惜其时余以妹丧急归,不及向程求方。程逾年亡,至今悔之。仍存其名,以俟再访。

《随园食单》

【注释】

①金寿门:金农,字寿门,号冬心先生,钱塘(今浙江杭州)人,清代书画家,"扬州八怪"之首。

②蛼螯:亦作"车螯"。一种蛤,壳紫色,有斑点,可入药。

③查宣门:查开,字宣门,号香雨。海宁(今属浙江)人。曾任中牟丞、武陟令。清诗人查慎行的侄子。

④杭堇浦:杭世骏,字大宗,号堇浦。仁和(今浙江杭州)人。清代文人、画家。

【赏读】

此则小品记录了袁枚与金农等名士在扬州盐商程立万家吃了一

次难忘的豆腐,后查宣门欲仿制,袁枚又与杭世骏一同品尝,见其以鸡雀脑代之而味道大打折扣的奇特经历。

相传豆腐为淮南王刘安所造,但《淮南子》一书未见记载。北魏贾思勰的《齐民要术》里有《大豆》一节,但没有豆腐。所以,豆腐到底是何人发明,是个悬念。相传朱熹不吃豆腐,因为他搞不明白:用豆、水、杂料若干,做成豆腐后,怎么会凭空多出几斤?老先生是搞理学的,这事儿完全不合道理,所以,"格其理而不得,故不食"。

电视纪录片《舌尖上的中国》形象地展示了经水磨过的豆浆,煮沸后加入盐卤或石膏,原来流动的豆浆刹那间凝固成为雪白的豆腐,变得绵软可口,可切块可切丝,可油煎可清炖,成了人间罕有的美味。

袁枚在《随园食单》里记载了四款望门家族的豆腐。这里,程立万豆腐的做法最为独特,袁枚不知程立万豆腐具体做法如何,但我们从另一款"蒋侍郎豆腐"的做法中,可见端倪:豆腐两面去皮,每块切成十六片,晾干,用猪油熬,清烟起才下豆腐,略洒盐花一撮,翻身后,用好甜酒一茶杯,大虾米一百二十个,如无大虾米,用小虾米三百个;先将虾米滚泡一个时辰,秋油一小杯,再滚一回,加糖一撮,再滚一回,用细葱半寸许长,一百二十段,缓缓起锅。还有一款"杨中丞豆腐",秘诀是把鸡汤和鲅鱼的味道浸入豆腐中。"王太守八宝豆腐"则要用香蕈屑、蘑菇屑、松仁屑、瓜子仁屑、鸡屑、火腿屑,同豆腐一起在浓鸡汁中煨制。而那些鸡鱼虾屑的精华和鲜味被豆腐吸收后,是要丢掉的,相当于"药渣"。

原来豆腐好吃,其秘诀在于把一百二十只大虾的精华吸入其中,岂不震煞一般布衣百姓?百姓若吃得起这一百二十只大虾或者鸡鱼虾屑,谁还会去吃豆腐?这么多美味食材如彩云烘月般烘托着豆腐,焉有不好吃之理?然而又有几个人吃得起呢?

豆 芽 袁枚

豆芽柔脆，余颇爱之。炒须熟烂。作料之味，才能融洽。可配燕窝，以柔配柔，以白配白故也。然以极贱而配极贵，人多嗤之。不知惟巢、由①正可陪尧、舜耳。

《随园食单》

【注释】

①巢、由：巢，指巢父，古代隐士，不营世利，年老以树为巢而寝其上；由，指许由，也是隐士，尧让以天下，不受，遁居于颍水之阳箕山之下。

【赏读】

豆芽，与笋、菌并列为素食三鲜。吃起来脆嫩爽口，虽是个不起眼的小菜，但在青黄不接之际，其他新鲜菜缺乏时，豆芽能起到很好的补充作用。

《易牙遗意》这样教我们做豆芽："将绿豆冷水浸两宿，候涨换水，淘两次，烘干。预扫地洁净，以水洒湿，铺纸一层，置豆于纸上，以盆盖之。一日两次洒水，候芽长，淘去壳。沸汤略焯，姜醋和之，肉燥尤宜。"《山家清供》中有用豆芽做的一款著名菜肴，名"鹅黄豆生"，做法是："以水浸黑豆，曝之。及芽，以糠秕置盆中，铺沙植豆，用板压。及长，则覆以桶，晓则晒之，欲其齐而不为风日损也。中元,则陈于祖宗之前,越三日出之。洗,焯以油、盐、苦酒、香料可为茹,卷以麻饼尤佳。色浅黄,名'鹅黄豆生'。"

讲究的人家食用豆芽是要掐去根须和芽尖的,只留中间白色的豆芽段,称为"掐菜";炒菜时,多称为"银条""银芽"。用以配燕窝时,就有"以白配白"的效果,虽然豆芽极贱、燕窝极贵,但袁枚说这是"巢、由正可陪尧、舜耳"。说虽这样说,还是奢靡。

豆芽素食、荤食均可,素食可凉拌、可炒制,可与青椒、韭菜、番茄、金针菇、木耳相配;荤食可用肉丝、鸡蛋、毛血旺、牛肉、鳕鱼或炒或炖,可谓百搭。做烙馍卷菜时,更是不能缺那爽脆的酸辣豆芽啊。

陶方伯十景点心 袁 枚

  每至年节,陶方伯夫人手制点心十种,皆山东飞面所为。奇形诡状,五色纷披。食之皆甘,令人应接不暇。萨制军[1]云:"吃孔方伯薄饼,而天下之薄饼可废;吃陶方伯十景点心,而天下之点心可废。"自陶方伯亡,而此点心亦成《广陵散》[2]矣。呜呼!

《随园食单》

【注释】

  ①制军:清代称总督为"制军",执掌一省或数省军政大权。
  ②《广陵散》:中国音乐史上的古琴名曲之一,晋之古琴家嵇康以善弹此曲著称。

【赏读】

  点心,是正餐之外的零食的总称,一般以面点蒸制或烘焙而成。袁枚笔下的陶方伯夫人手制的十种点心,形状各异,色彩缤纷,香甜美味,以至于有"吃陶方伯十景点心,而天下之点心可废"的评价。究竟是哪十种点心呢?他没有开列出明细,反而给了我们很大的想象空间。
  我们可以从稻香村的"京八件"中约略窥见这十种点心的影子。北京稻香村始于清乾隆三十七年(1772),它推出的"京八件"

远近闻名,有枣花酥、绿豆糕、萨其玛、太师饼、椒盐饼、蜜三刀、肉松饼、茯苓饼等品种,是以枣泥、青梅、葡萄干、玫瑰、豆沙、白糖、香蕉、椒盐等原料为馅,采用酥皮和混糖皮两种皮料,烘焙而成,吃起来酥软可口。

也许这只是北式点心,与南式稍有不同。1950年,周作人先生在《南北的点心》中,记述了四十年前故乡的点心,所谓的"嘉湖细点",大致分为五类:一是糖属,甲类有松仁酥、核桃缠,乙类有牛皮糖、麻片糕、寸金糖、酥糖等;二是糕属,甲类有松子糕、枣泥糕、蜜仁糕,乙类有炒米糕、百子糕、玉露霜,丙类有玉带糕、云片糕等;三是饼属,甲类有各类月饼,限于秋季,乙类有红绫饼、梁湖月饼等,则通年有之;四是糕干类,有香糕、琴糕、鸡骨头糕等;五是鸡蛋制品类,有蛋糕、蛋卷、蛋饼等。

陶方伯十景点心,应该脱不了这些种类,能让袁枚念念不忘,应该是做得更精致些、更酥嫩可口些吧。

饮品三款　朱彝尊[①]

乳酪方

（从乳出酪，从酪出酥，从生酥出熟酥，从熟酥出醍醐）[②]

牛乳一碗（或羊乳），搀水半钟[③]，入白面三撮，滤过，下锅，微火熬之。待滚，下白糖霜。然后用紧火，将木杓打一会，熟了再滤入碗（糖内和薄荷末一撮更佳）。

杏　酪

京师甜杏仁，用热水泡，加炉灰一撮，入水，候冷，即捏去皮，用冷水漂净。再量入清水，如磨豆腐法带水磨碎。用绢袋榨汁去渣。以汁入锅煮熟，加白糖霜热啖[④]。或量加[⑤]牛乳亦可。

麻　腐

芝麻略炒，微香，磨烂，加水生绢滤过，去渣，取汁煮熟，入白糖，热饮为佳。或不用糖，用少水凝作腐[⑥]，或煎或入汤，供素馔。

《食宪鸿秘》

【注释】

①朱彝尊（1629～1709）：字锡鬯，号竹垞，又号驱芳。浙江

秀水（今浙江嘉兴）人。清代诗人、词人、学者、藏书家。康熙十八年（1679）举博学鸿词科，授翰林院检讨，入直南书房，参加纂修《明史》。博通经史，诗与王士禛称南北两大宗。作词风格清丽，为浙西词派的创始者，与陈维崧并称朱陈。精于金石文史，搜购藏古籍图书，为清初著名藏书家之一。著《日下旧闻》四十二卷、《明诗综》一百卷、《词综》三十八卷、《明词综》十二卷（书未成而卒，后由王昶整理刊刻）、《曝书亭集》八十卷等。

②"从乳出酪"四句：出自《涅槃经》。酪，用牛、羊、马乳炼制而成的食品；酥，即酥油；醍醐，酥酪上凝结的油。

③钟：同"盅"，古代无把酒器。

④热啖：趁热吃。

⑤量加：酌量添加。

⑥凝作腐：凝成豆腐状。

【赏读】

这里介绍了三款饮品的具体做法。

乳酪方是用牛奶略加水和面粉熬制而成，再放入糖和薄荷末，比一般的牛奶稍黏稠一些，喝起来甜而清爽。古人认为醍醐是食物中的精华，食之能让人头脑清醒。《唐本草》载："醍醐，生酥中，此酥之精液也。好酥一石，有三四升醍醐，熟杵炼，贮器中，待凝，穿中至底，便津出得之。"

杏酪就是我们常见到的风味小吃"杏仁酪""杏仁茶"，它选用精制杏仁粉为主料，常用铜制大壶烧好的沸水冲制。清《光绪顺天府志》"物产"条："杏仁粉：按以杏子仁甜者磨为粉，然不尽纯。或杂以薯粉，土人和糖调水为'杏仁茶'。"杏仁茶既能美容养颜，又可润燥止咳、理肺通便，现在更进化为易拉罐装的"杏仁露"。

麻腐，看描写有点像现在的"芝麻糊"，是芝麻略炒后磨碎过滤加水煮熟，添加白糖，作为热饮；或少量加水使之半凝结成豆腐状，可煎食或做汤。芝麻味香，自古被目为神品。南朝梁时养生学家陶弘景曾说："八谷之中，惟此为良，仙家作饭饵之，断谷长生。"芝麻味甘、性温，食之有补血、润肠、通乳、养发等功效，历来被视作能延年益寿、长生不老的食品。

卷四 食之典

食不厌精 《论语》①

食不厌②精,脍③不厌细。
食饐而餲④,鱼馁而肉败⑤,不食。
色恶⑥,不食。臭恶⑦,不食。
失饪⑧,不食。不时⑨,不食。
割不正⑩,不食。不得其酱⑪,不食。
肉虽多,不使胜食气⑫。
惟酒无量,不及乱⑬。
沽酒市脯⑭,不食。
不撤姜食⑮,不多食。
食不语,寝不言。

《论语·乡党》

【注释】

①《论语》:由孔子的弟子及再传弟子编撰而成,以语录体为主,叙事体为辅,记录了孔子及其弟子言行。孔丘(前551~前479),字仲尼,春秋时期鲁国陬邑(今山东曲阜东南)人,先祖为宋国贵族。中国古代思想家和教育家,儒家学派的创始人。孔子集华夏上古文化之大成,被后世统治者尊为圣人、至圣先师,对中国及汉语文化圈都有深远影响。

②不厌:不饱食。厌,餍足。

③脍：牛羊鱼肉切细曰脍。

④食饐（yì）而餲（ài）：饐，馊腐而发臭；餲，久郁而变味。

⑤鱼馁而肉败：鱼烂曰馁；肉腐曰败。

⑥色恶：食物失去常色。

⑦臭恶：指气味难闻。臭，气味。

⑧失饪：烹调生熟失宜。

⑨不时：不合时节，物非其时。

⑩割不正：切割不合常度，谓之失礼。

⑪不得其酱：鱼脍肉脍用酱不同，不得其酱亦为背礼。

⑫不使胜食气：不使肉类多过饭食。

⑬不及乱：以不醉、不乱为度。

⑭沽酒市脯：沽、市，均为买义；脯，干肉。沽酒、市脯，从市场买来的酒、肉。

⑮不撤姜食：朱熹说："姜能通神明，去秽恶，故不撤。"钱穆在《论语新解》中解释："因姜有辛味而不熏，可以却倦，故不撤也。"

【赏读】

《论语》里有很多孔子对饮馔仪礼方面的看法，形成了儒家的饮食思想观念，经后世一步步发扬传承，已深深地浸入到中国人的行为模式中了。

从本段论述中，我们可以概括总结出孔子饮食养生的几条原则：

饭菜讲究精细，但并不因此多食。同我们日常理解的"食不厌精，脍不厌细"不同，孔子讲究食虽精而不贪饱、脍虽细而不多吃，既讲究食物加工的精细程度，吃的时候又有所节制，并不因精细美味而暴饮暴食。

注重食品安全。孔子对食物品质非常在意，食物腐败、变质、颜色不对、味道发臭,都提醒人们不能再吃。还有祭奠用的肉品,超过三天就不能再食用。市场上买来的酒肉,因为不了解来路,就宁可不吃。这在食品安全问题日益凸显的今天,应成为我们牢记的准则。

讲究烹饪艺术。饭菜没有做熟,是绝对不能吃的;加工的刀工不好,调味品不合适,都既不合礼仪,也不好吃。这既对烹饪艺术提出了很高的要求,也是一种人生态度——做事要合规,办事要完美。

尊重自然规律。一年四季,各有当季果蔬、时令水产,所谓"冬鲫夏鲤,秋鲈霜蟹",什么时候出产什么,都有一定的自然规律,而不合时令的食物,必有不合规律之处,所以不可乱食。古时还没有"反季节果蔬"和"转基因作物",倘若孔子活在当下,一定大呼这些食品为"异化",教导我们"不食"。因为这一"反"一"转",是典型的违反自然规律,肯定食之无益。

膳食结构搭配合理。中国古人认为肉类微毒,谷类养人,孔子很讲究膳食搭配,注意荤素的合理调配,不能因为案上肉多就吃得超过了米面主食,这与现代营养均衡理论是一脉相承的。

饮酒适量节制。孔子虽然对饮酒很宽容,没有量的限制,但他有一个不醉不乱的标准。醉酒就会神思混乱、言行无度,就会失言、失态、失德,所以他提倡适度饮酒。

讲究餐饮礼仪。吃饭时不交谈,睡觉时不说话,这都是小时候家长们一再叮嘱我们的。在宴会上注重礼节、仪表,才能成为一个谦谦君子。

儒家的这些饮食观点和礼仪,经过一代代中国人的传承,已浸入我们的血脉当中,不自觉地成为我们日常生活的行为规范。享受美食,合于自然,才能得天地之大美。

大 招 （节选）　屈 原[1]

五谷六仞，设菰粱[2]只[3]。鼎臑盈望[4]，和致芳只。内鸧鸽鹄[5]，味豺羹只。魂乎归来！恣所尝只。

鲜蠵[6]甘鸡，和楚酪只。醢豚苦狗[7]，脍苴蒪[8]只。吴酸[9]蒿蒌[10]，不沾薄[11]只。魂兮归来！恣所择只。

炙鸹烝凫[12]，煔[13]鹑陈只。煎鰿[14]臛雀，遽爽[15]存只。魂乎归来！丽[16]以先只。

四酎[17]并孰，不涩嗌[18]只。清馨冻饮，不歠[19]役只。吴醴白糵[20]，和楚沥[21]只。魂乎归来！不遽惕[22]只。

《楚辞》

【注释】

①屈原（约前340～约前278）：战国时期楚国人，芈姓，屈氏，名平，字原，以字行；又在《离骚》中自云"名余曰正则兮，字余曰灵均"。楚国丹阳（今湖北秭归）人。曾任楚国地位仅次于令尹的左徒之职。屈原虽忠事楚怀王，却屡遭排挤，怀王死后又因顷襄王听信谗言而被流放，最终投汨罗江而死。《楚辞》是战国时代以屈原、宋玉为代表的楚国人创作的诗歌总集。

②菰粱：即菰米、雕胡，一种浅水生植物，秋季结实，色白而滑，可做饭食。

③只：语气助词。

④鼎臑盈望：鼎臑，用鼎煮好的食物。盈望，所见皆是。

⑤内鸧（cāng）鸽鹄：内，通"肭（nà）"，肥也；鸧，即黄莺；鸽，鹁鸠；鹄，黄鹄，即天鹅。

⑥蠵（xī）：海产的大龟。

⑦醢（hǎi）豚苦狗：王逸《楚辞章句》："醢，肉酱也。苦，以胆和酱也，世所谓胆和者也。""以肉酱啖烝豚，以胆和酱，啖狗肉。"

⑧苴蓴（jū pò）：即蘘荷，一种草本植物，可食用的香草。

⑨酸：此处作动词，做酸菜。

⑩蒿蒌（hāo lóu）：也称水蒿、柳蒿，多年生草本植物，其嫩茎芽可食。

⑪沾：多汁也。薄：无味也。

⑫鸹：老鸹，即乌鸦。凫（fú）：野鸭。

⑬粘（qián）：一种烹饪方法，将生料在沸汤中烫熟。

⑭鲫（jì）：即"鲫"，鱼名。

⑮遽爽：《楚辞通释》："遽，与'渠'同，犹言如许也。爽，食之有异味，今俗言味佳者为爽口。"

⑯丽：美味。

⑰四酎（zhòu）：即四次重酿。酎，经过两次或多次重酿的酒。

⑱嗌（yì）：咽喉。

⑲歠（chuò）：饮，喝。

⑳蘖：谷芽。

㉑沥：清酒。

㉒遽惕：恐惧状。

【赏读】

《楚辞》是中国第一部浪漫主义诗歌总集，乃西汉刘向在前人的基础上编辑而成。《楚辞·大招》在内容和文体上均模仿《招魂》，有人怀疑并非屈原所作，东汉人王逸说："《大招》者，屈原之所作也。或曰景差，疑不能明也。"有人认为这是屈原为招楚怀王之魂所作，也有人认为是景差为招屈原之魂而作。但有一点可以肯定，此辞为巫觋祭祀活动时歌咏之用，后整理使之雅驯而成的。

我们选取的这一节，列举了各种美馔佳肴，极言楚国之美好，代表了当时的饮食水平，品种丰富，制作精细，用美味勾起浓浓的乡愁，希望先人的魂魄快点归来。

这里共分四段，第一段写五谷杂粮，第二段写走兽及菜蔬，第三段写各种飞禽，第四段写各类美酒。因其用词古奥、殊难理解，大致释义如下：

我的五谷结穗长又长，菰米做的饭正香。鼎镬中煮好的肉食满眼皆是，五味调和得扑鼻芬芳。肥嫩的黄莺、鹁鸠、天鹅肉，伴着鲜美的豺肉汤。魂啊，归来吧！美馔佳肴任你品尝。

新鲜甘美的大龟和肥鸡，再加上楚国的酪浆。把猪肉剁碎，还有炖狗肉蘸酱，再加点切细的香菜。吴国的香蒿做成酸菜，吃起来浓淡正恰当。魂啊，归来吧！任你选择哪一样。

烤乌鸦，蒸野鸭，还有鹌鹑炖羹汤。油煎鲫鱼，麻雀肉羹，多么爽口齿间留香。魂啊，归来吧！各种美味任你品尝。

四重精酿的美酒已筛好，味道醇正不涩喉。酒味清香最宜冷饮，别让仆役们偷偷尝。吴国的白谷酒，再掺点楚国的清酒。魂啊，归来吧！不要害怕别惊慌。

以丰盛的人间美食相诱，让那些孤魂野鬼都循着一缕清香回到故乡，"食能通神"，这就是老百姓朴素的愿望，也是中国人的鬼神观。活着是多么美好啊，饮馔之乐是人活着的最大快乐，神灵也会保佑百姓过上好日子的。《诗经·小雅》中说："神之淑矣，贻尔多福；民之质矣，日用饮食，群黎百姓，遍为尔德。"在阵阵祝祷声中，鬼魂也会禁不住人间美味的诱惑而来，一起享受人世间的快乐。

本味篇 吕不韦①

汤得伊尹②,祓③之于庙,爝以爟火④,衅以牺豭⑤。明日设朝而见之,说汤以至味⑥。汤曰:"可对而为乎?"对曰:君之国小,不足以具之,为天子然后可具。夫三群之虫⑦,水居者腥,肉玃⑧者臊,草食者膻。臭恶犹美⑨,皆有所以。凡味之本,水最为始。五味三材⑩,九沸九变,火为之纪。时疾时徐,灭腥去臊除膻,必以其胜,无失其理。调和之事,必以甘、酸、苦、辛、咸。先后多少,其齐⑪甚微,皆有自起。鼎中之变,精妙微纤,口弗能言,志弗能喻。若射御之微,阴阳之化,四时之数。故久而不弊,熟而不烂,甘而不哝⑫,酸而不酷⑬,咸而不减,辛而不烈,淡而不薄,肥而不膑⑭。

"肉之美者:猩猩之唇;獾獾⑮之炙;隽燕之翠⑯;述荡⑰之挈;旄象之约⑱。流沙之西,丹山之南,有凤之丸⑲,沃民所食。

"鱼之美者:洞庭之鲋⑳,东海之鲕㉑,醴水之鱼,名曰朱鳖,六足,有珠百碧。藿水㉒之鱼,名曰鳐㉓,其状若鲤而有翼,常从西海夜飞,游于东海。

"菜之美者:昆仑之蓣㉔;寿木之华;指姑之东,中容之国㉕,有赤木、玄木㉖之叶焉;余瞀㉗之南,南极之崖,有菜,其名曰嘉树,其色若碧;阳华之芸㉘;云梦㉙之芹;具区之菁㉚;浸渊㉛之草,名曰土英。

"和之美者:阳朴㉜之姜;招摇㉝之桂;越骆之菌㉞;鳝鲔之

醢㉟；大夏㊱之盐；宰揭㊲之露，其色如玉；长泽之卵㊳。

"饭之美者：玄山之禾㊴，不周之粟㊵，阳山之穄㊶，南海之秬㊷。

"水之美者：三危㊸之露；昆仑之井；沮江㊹之丘，名曰摇水㊺；曰山㊻之水；高泉之山，其上有涌泉焉；冀州㊼之原。

"果之美者：沙棠之实㊽；常山之北，投渊之上㊾，有百果焉，群帝所食；箕山㊿之东，青鸟㉑之所，有甘栌㉒焉；江浦之桔，云梦之柚㉓，汉上石耳㉔。

"所以致之，马之美者，青龙之匹，遗风之乘㉕。非先为天子，不可得而具。天子不可强为，必先知道㉖。道者，止彼在己，己成而天子成。天子成则至味具。故审近所以知远也，成己所以成人也；圣人之道要矣，岂越越多业哉。"

《吕氏春秋》

【注释】

①吕不韦（？～前235）：姜姓，吕氏，名不韦，卫国濮阳（今河南濮阳南）人。战国末年著名商人、政治家、思想家，官至秦国丞相。《吕氏春秋》是吕不韦主持编纂的，书成之日，悬于国门，声称"能增损一字者予千金"。

②伊尹：名伊，尹为官名，夏末商初人。因为善于烹饪被汤看中，曾辅佐商汤王建立商朝，被后人尊为中国历史上的贤相，奉祀为"商元圣"，是历史上第一位以负鼎俎调五味而佐天子治理国家的杰出庖人。被称为中国历史上第一个贤能相国、帝王之师、中华厨祖。

③祓（fú）：古代除灾求福的祭祀仪式。

④爝（jué）以爟（guàn）火：爝，点燃苇把，炬火；爟火，

古代谓祓除不祥的火。

⑤衅以牺猳（jiā）：衅，古代杀牲畜以涂血；牺猳，古代为祭祀宰杀的公猪。

⑥至味：最好的美味。

⑦三群之虫：三群，三类；虫，动物。

⑧攫（jué）：扑取之意。指虎、豹、鹰、雕之类。

⑨臭（xiù）恶犹美：气味不好闻（如腥、臊、膻味），但仍能够做出美味。

⑩五味三材：五味，指酸、甜、苦、辣、咸。三材，指水、木、火。

⑪齐（jì）：调剂，把调料按一定比例搭配使用。

⑫哝：味厚而过之意。

⑬酎：酒味厚或香气郁烈之意。

⑭脄（hóu）：或作"脪"，腻。

⑮玃玃：指玃玃鸟。玃玃，古人认为应作"灌灌"，而非作为野兽的"玃玃"。

⑯隽燕之翠：隽燕，燕的一种。翠，鸟尾之肉。

⑰述荡：古代传说的一种双头兽。

⑱约：短尾。古人也有人认为"约"是指象鼻。

⑲有凤之丸：凤凰的卵。

⑳鳟（zhuān）：一种淡水鱼。也有人认为是江豚。

㉑鲕（ér）：一种海鱼。

㉒藿水：传说在西极的一条河。

㉓鳐（yáo）：鱼类的一科，身体扁平，胸鳍宽大，似翼而能飞。

㉔蘋（pín）：水藻。亦称"大蘋"。

㉕指姑、中容：传说中的山名、国名。

㉖赤木、玄木：传说中的仙树，人食其叶可以成仙。

㉗余瞀（mào）：南方的山名。

㉘阳华之芸：阳华，即华阳山；芸，一种香菜。

㉙云梦：古代湖名，在湖北。

㉚具区之菁：具区，即"太湖"；菁，蔓菁。

㉛浸渊：深渊。

㉜阳朴：地名，在四川。

㉝招摇：山名，在桂阳。

㉞越骆之菌：越骆，古国名；菌，香菌。

㉟鳣鲔（zhān wěi）之醢（hǎi）：鳣鲔，鳣鱼和鲔鱼；醢，肉酱。

㊱大夏：一说山名；一说泽名；一说古国名，在西北。

㊲宰揭：山名。

㊳长泽之卵：长泽，西方的大泽；卵，大鸟之蛋。

㊴玄山之禾：玄山，古山名。禾，木禾，谷类。

㊵不周之粟：不周，传说中的不周山，在西北方。粟，谷子，去皮后称"小米"。

㊶阳山之穄（jì）：阳山，昆仑山之南；穄，煮熟后不黏的黍类。

㊷南海之秬（jù）：南海，南方之海；秬，黑黍。

㊸三危：西极山名。

㊹沮江：古水名，位置不详。

㊺摇水：瑶池。

㊻曰山：古山名，前人考证为"白山"之误。

㊼冀州：古九州之一，约在山西、河北交界一带。

㊽沙棠之实：沙棠，树名，与棠梨相仿，其果实色红，味如李，无核。

㊾常山、投渊：都是古地名。

㊿箕山：山名，在颍川阳城之西。

(51)青鸟：一种神鸟，能为西王母传送信息。

(52)甘栌：即甜楂，果略酸。一说栌为橘类。

(53)柚：又名文旦，比橘子大，多汁，味酸甜。

(54)石耳：地衣类植物，类似地耳，生石上。

(55)青龙、遗风：皆千里马之名。

(56)道：仁义之道。

【赏读】

伊尹，是中国餐饮界“厨神”级的人物。伊尹生活在夏末商初，他原是弃儿，后被人收养，学会庖艺，到商汤府上当庖人，他亲手做的鹄鸟（即天鹅）之羹，让汤尝罢大悦，对他的煮羹调鼎技艺十分赞赏。经进一步了解，商汤发现这位烹饪高手还是一位安邦定国之才，遂委以宰相之职。伊尹主政后，国家大治，后“伐夏救民”，代夏而得天下。伊尹共辅佐过五位天子，“治大国若烹小鲜”，成为一代名厨兼贤相。

《本味篇》的本意是用“至味”给商汤讲故事，来阐明只有任用贤才、推行仁义之道才能得天下的道理，得天下则天下美味莫不为其所享用。伊尹在《本味篇》中历数天下美味食材，同时提出了“五味调和”“火候说”等烹饪理论，这也是世界上最早的烹饪理论。

《本味篇》里叙述的美味食材有现实中的，也有神话传说中的，语义高古，也需翻译为白话才好理解：

商汤得到伊尹后，在宗庙为他举行了除灾祛邪的仪式，点燃苇草以驱除不祥，杀牲涂血以消灾辟邪。第二天上朝君臣相见，伊尹对商汤说起了天下美味。商汤问：“按照你说的做，能行吗？”伊尹回答说:"您的国家太小,条件暂时不具备;等您当上天子,就具备了。世上有三类动物,生活在水里的气味腥,食肉的气味臊,吃草的气味膻。尽管气味不好闻,但都能做出美味佳肴。味道的根本,水为先决条件。酸、甜、苦、辣、咸这五味和水、木、火这三材都决定了味道,鼎中多次沸腾、多次变化,是依靠火来控制调节的。有时须用武火,有时得用文火,才可以减腥去臊除膻,关键要把握火候,不能违背其规律。调和味道,离不开甘、酸、苦、辛、咸,但放调料的先后次序和用量多寡,其搭配是很微妙的,都有各自的道理。鼎中的变化,精妙而细微,语言难以表达。就像射箭御马一样,也如同阴阳二气的变化和四季的运行一样微妙。所以才能把菜肴做得久而不败,熟而不烂,甜而不过头,酸而不强烈,咸而不苦涩,辣而不刺激,淡而不寡薄,肥而不腻口。

"肉类中的美味有:猩猩的嘴唇;獾獾鸟的脚掌;隽燕尾部的肉;述荡的肘子;牦牛的尾巴和大象的鼻子。流沙的西部,丹山的南部,出产凤凰的蛋,沃国人常以此为食。

"鱼中最好吃的是:洞庭湖的鲜鱼,东海的鲕鱼,醴水出产的一种鱼,名叫朱鳖,有六只脚,能吐出碧玉一样的珠子来。藿水出产的一种鱼叫鳐,形状像鲤鱼而有翅膀,常在夜间从西海飞到东海。

"菜中的美味有:昆仑山的蘋草;寿树的花瓣;指姑山东边的中容之国,有仙树赤木、玄木的叶子;余瞀山的南边,最南面的山崖上,有一种菜叫嘉树,颜色碧绿;阳华山的芸菜;云梦湖的芹菜;太湖的蔓菁;浸渊有一种草,名叫士英。

"调料当中的佳品有:四川阳朴产的生姜;桂阳招摇山产的桂皮;越骆国出产的香菌;鳝鱼、鲔鱼肉做的酱;大夏国出产的盐;宰揭山出产的颜色如玉的甘露;长泽出产的大鸟之卵。

"粮食中最好的有：玄山出的谷子，不周山产的小米，阳山出的穄子，南海产的黑黍。

"水中的佳品有：三危山的甘露；昆仑山上的井水；沮江地区的瑶池；曰山的泉水；高泉山上的涌泉；冀州一带的水。

"水果中的美味有：沙棠的果实；常山的北边，投渊的上面，生长着百果，是帝王们都爱吃的；箕山的东边，青鸟所栖息的地方，生长着甜美的栌果；江浦的橘子；云梦湖产的柚子；汉水上游出产的石耳。

"要把这些美味都罗致过来，就得有好马。马中的良品，是青龙、遗风这样的千里马。如果不能先成为天子，这些好东西都不可能得到。但天子不是强行当上的，必先行仁义之道。仁义之道，不在他人，而在自己身上。自己具备了仁义之道，实际上也就具备了当天子的条件。当上天子，天下美味自然也就都归你享用了。所以说，明悉了近的，才能知道远的；成就自己，才能够教化他人。圣人之道是最重要的，岂在于事必躬亲地去做许许多多琐事！"

瞧瞧，这一通理论很诱人吧？先决条件是必须施仁义之道，以仁义赢得天下，当上天子后才能享用各地美食。

这里面系统提出了"五味调和"理论。《礼记》中最早提出"五味，六和，十二食"之说。五味，指的是酸、苦、辛、咸、甘；六和，是指"春多酸，夏多苦，秋多辛，冬多咸，调以滑、甘"。而且，"凡脍，春用葱，秋用芥；豚，春用韭，秋用蓼；脂用葱，膏用薤，三牲用藙，和用醯，兽用梅"。烹饪不同的菜肴，要使用不同的调料；烹饪同一种菜肴，不同的季节也要变换不同的调料。这些理论跟伊尹的"五味调和"说都是相通的。

据王仁湘先生在《饮食与中国文化》中的研究,"五味调和"的作用主要有以下几种:一是矫除原材料异味,如腥味、臊味、膻味和苦味等;二是给无味者赋味,给食材提鲜、添香;三是确定菜肴口味,使不同的菜肴有各种味型;四是增加食品香味,激发人的食欲;五是赋予菜肴色泽,增加和改变菜肴色泽;六是可以杀菌消毒,如大蒜、葱、姜、盐、醋等,都有杀菌作用。

正是这精到的"五味调和"理论、高超的调味手段和丰富的烹饪经验,"五味之美,不可胜尝也",才使得中国菜更加有滋有味,微纤精妙,飘香四溢,在世界上享有盛名。

鸿门宴[①]（节选）　司马迁[②]

沛公旦日从百余骑来见项王，至鸿门，谢曰："臣与将军戮力而攻秦，将军战河北，臣战河南，然不自意能先入关破秦，得复见将军于此。今者有小人之言，令将军与臣有郤。"项王曰："此沛公左司马曹无伤言之；不然，籍何以至此。"项王即日因留沛公与饮。项王、项伯东向坐，亚父南向坐。亚父者，范增也。沛公北向坐，张良西向侍。范增数目项王，举所佩玉玦以示之者三，项王默然不应。范增起，出召项庄，谓曰："君王为人不忍。若入前为寿，寿毕，请以剑舞，因击沛公于坐，杀之。不者，若属皆且为所虏。"庄则入为寿。寿毕，曰："君王与沛公饮，军中无以为乐，请以剑舞。"项王曰："诺。"项庄拔剑起舞，项伯亦拔剑起舞，常以身翼蔽沛公，庄不得击。

于是张良至军门，见樊哙。樊哙曰："今日之事何如？"良曰："甚急！今者项庄拔剑舞，其意常在沛公也。"哙曰："此迫矣！臣请入，与之同命。"哙即带剑拥盾入军门。交戟之卫士欲止不内，樊哙侧其盾以撞，卫士仆地，哙遂入，披帷西向立，瞋目视项王，头发上指，目眦尽裂。项王按剑而跽[③]曰："客何为者？"张良曰："沛公之参乘樊哙者也。"项王曰："壮士，赐之卮酒。"则与斗卮酒。哙拜谢，起，立而饮之。项王曰："赐之彘肩。"则与一生彘肩。樊哙覆其盾于地，加彘肩上，拔剑切而啖之。项王曰:"壮士!能复饮乎?"樊哙曰:"臣死且不避,卮酒安足辞!夫秦王有虎狼之心,杀人如不能举,刑人如恐不胜,天下皆叛之。怀王与诸将约曰:'先破秦入咸阳者王之。'今沛公先破秦入咸阳,毫毛不敢有所近,封闭宫室,还军霸上④,以待大王来。故遣将守关者,备他盗出入与非常也。劳苦而功高如此,未有封侯之赏,而听细说,欲诛有功之人。此亡秦之续耳,窃为大王不取也!"项王未有以应,曰:"坐。"樊哙从良坐。

坐须臾,沛公起如厕,因招樊哙出。沛公已出,项王使都尉陈平召沛公。沛公曰:"今者出,未辞也,为之奈何?"樊哙曰:"大行不顾细谨,大礼不辞小让。如今人方为刀俎,我为鱼肉,何辞为?"于是遂去。

《史记》

【注释】

①鸿门:位于今陕西西安市临潼区东北鸿门堡村。峭原由于被骊山流下来的雨水冲刷,北端出口处状如门道,形似鸿沟,故名。

②司马迁(约前145或前135~?):字子长,夏阳(今陕西韩城)人,西汉史学家、文学家,汉武帝时任郎中、太史令、中书令。所著《史记》是中国第一部纪传体通史,对后世史学影响深远,被誉为"史家之绝唱,无韵之离骚"。

③跽(jì):长跪,挺直上身两膝着地。

④霸上:也作"灞上"。古地名,在今陕西省西安市东、灞水西高原上,故名。为古代咸阳、长安附近军事要地。刘邦灭秦时,经此地进取咸阳。

【赏读】

《鸿门宴》是历史上最惊心动魄的一次政治饭局，是一场以吃饭为名行政治谋杀之实的精心圈套。由是，后世把"鸿门宴"用作不怀好意、用心阴险、暗藏杀机、有去无回的政治饭局的代名词。

本来，"卧榻之旁岂容他人酣睡"，刘邦和项羽为了"先入咸阳为王"的约定，自然是要争个你死我活。刘邦先入咸阳后，为免成为众矢之的，未占宫阙，而是退居灞上，欲拒项羽于函谷关外。项羽于是率军四十万，前往围剿刘邦的十万大军。此时，项羽听从军师范增的建议，在鸿门设宴，邀请刘邦赴宴，欲在此了断刘邦。

饭局的现场很有戏剧性。刘邦进毂后，范增先是举佩玉示意项羽杀掉刘邦，而项羽默然不应；范增于是叫来项庄舞剑，意在借机除掉刘邦，而项伯则以身相蔽，使项庄终不得手。此时，刘邦的军师张良唤来参将樊哙，樊哙以斗酒相饮，且拔剑切生猪腿而食之，并慷慨陈词：沛公虽入咸阳，但封闭宫殿、还军灞上，以待大王；大王不说封赏，反而欲杀有功之人，如此一来，谁还会相信大王！说得项羽有些心慈手软。就在此时，刘邦脱身假装去厕所，趁机溜之乎也。

一场精心布置的政治饭局就此化解。范增愤而击碎玉斗，恨恨道："竖子不足与谋！"项羽的妇人之仁，最终使他痛失江山，中国的历史走向就此改写。

历史的发展是由很多偶然因素造成的。从当时项羽的心态上来说，樊哙的一番陈词对他还是有所触动的，此时除掉刘邦确有乘人之危之嫌，只会让天下人小瞧。项羽手下有四十万大军，他与刘邦相比是"敌弱我强"，在战场上兵戎相见会更加光明磊落。与军师范增相比，他的确不够"厚黑"。够"厚黑"者得天下，无数历史事实充分证明了这一点，项羽最后的悲壮结局令人唏嘘。

鱼中藏匕   司马迁

专诸者,吴堂邑①人也。伍子胥②之亡楚而如吴也,知专诸之能。伍子胥既见吴王僚③,说以伐楚之利。吴公子光④曰:"彼伍员父兄皆死于楚而员言伐楚,欲自为报私仇⑤也,非能为吴。"吴王乃止。伍子胥知公子光之欲杀吴王僚,乃曰:"彼光将有内志,未可说以外事。"乃进专诸于公子光。

光之父曰吴王诸樊⑥。诸樊弟三人:次曰馀祭,次曰夷眜,次曰季子札。诸樊知季子札贤而不立太子,以次传三弟,欲卒致国于季子札。诸樊既死,传馀祭。馀祭死,传夷眜。夷眜死,当传季子札;季子札逃不肯立,吴人乃立夷眜之子僚为王。公子光曰:"使以兄弟次邪,季子当立;必以子乎,则光真適嗣⑦,当立。"故尝阴养谋臣以求立。

光既得专诸,善客待之。九年而楚平王死。春,吴王僚欲因楚丧,使其二弟公子盖馀、属庸将兵围楚之灊⑧;使延陵季子⑨于晋,以观诸侯之变。楚发兵绝吴将盖馀、属庸路,吴兵不得还。于是公子光谓专诸曰:"此时不可失,不求何获!且光真王嗣,当立,季子虽来,不吾废也。"专诸曰:"王僚可杀也。母老子弱,而两弟将兵伐楚,楚绝其后。方今吴外困于楚,而内空无骨鲠之臣⑩,是无如我何。"公子光顿首曰:"光之身,子之身也。"

四月丙子,光伏甲士于窟室⑪中,而具酒请王僚。王僚使兵陈自宫至光之家，门户阶陛左右，皆王僚之亲戚也。夹立侍，皆持长铍⑫。酒既酣，公子光佯为足疾，入窟室中，使专诸置匕首鱼炙⑬之腹中而进之。既至王前，专诸擘⑭鱼，因以匕首刺王僚，王僚立死。左右亦杀专诸，王人扰乱。公子光出其伏甲以攻王僚之徒，尽灭之，遂自立为王，是为阖闾。阖闾乃封专诸之子以为上卿⑮。

《史记》

【注释】

①吴堂邑：堂邑，春秋楚地，后属吴国，今江苏南京市六合区西北。

②伍子胥（？～前484）：春秋末期吴国大夫，谋略家、军事家。名员，字子胥，楚国人。其父伍奢为楚平王子建太傅，因受费无忌谗害，和其长子伍尚一同被楚平王杀害。伍子胥逃到吴国，成为吴王阖闾的重臣。公元前504年，伍子胥带兵攻入楚都，掘楚平王墓，鞭尸三百，以报父兄之仇。吴国倚重伍子胥等人之谋，遂成为诸侯一霸。公元前483年，吴国国君、阖闾之子夫差派伍子胥出使齐国。太宰嚭乘机进谗，说伍子胥阴谋依托齐国反吴。夫差听信谗言，派人送一把宝剑给伍子胥，令其自杀。伍子胥自杀前对门客说：请将我的眼睛挖出置于东门之上，我要看着吴国灭亡。在伍子胥死后11年，吴国为越所灭。

③吴王僚（？～前515）：姬姓，吴氏，名僚，一名州于。吴王夷末之子。春秋时期吴国第23任君主，公元前526年至前515年在位。

④吴公子光：吴王僚的堂兄弟。

⑤私仇：私人的仇怨。

⑥吴王诸樊（？~前548）：又称吴顺王，《春秋左氏传》附带的《春秋》经文记载其名为遏，为寿梦之子。公元前561年，寿梦去世，他继承了王位。

⑦適嗣：即嫡嗣，指正妻所生的长子。《左传·文公七年》："舍適嗣不立而外求君，将焉置此？"陆德明释文："適，本又作嫡。"

⑧灊（qián）：古地名，灊县，秦置。在今安徽省霍山县。

⑨延陵季子：即吴王诸樊最小的弟弟季子札，公子光的叔叔。他为避王位"弃其室而耕"，居于常州武进焦溪的舜过山下，人称"延陵季子"。

⑩骨鲠之臣：指刚正忠直的大臣。骨鲠，比喻刚直。

⑪窟室：地下室，借指畅饮欢娱之所。

⑫长铍：古兵器之一。剑属，长形，两面有刃。

⑬鱼炙：烤鱼。

⑭擘（bò）：分开。

⑮上卿：官名。周制天子及诸侯皆有卿，分上中下三等，最尊贵者称为"上卿"。

【赏读】

春秋时期，是一个诸王争霸、烽火四起的时期，著名的"春秋五霸"即产生在此时。春秋二百四十二年间，有四十三名君主被臣下或敌国所杀，五十二个诸侯国被灭，大小战事四百八十多起，正是"乱世出枭雄"之时。

吴国是当时的霸主之一，内部争斗也不断。公子光利用专诸杀死吴王僚，纯属姬家（属地为吴）的内部争斗，跟政治正义无关，所以专诸顶多也就是个刺客，而非民族英雄。问题在于吴王僚是个"吃货"，他为了吃一条烤鱼丧失了生命，进而丢掉了江山，真是十分不值。这又是利用吃饭来改写历史的一个案例，教训深刻，而又屡演屡胜，值得总结。

这故事里面有一个关键人物——职业政客伍子胥，专诸就是他举荐来的。本来伍子胥是楚国人，因父兄为楚平王所害，他逃到吴国力图伺机复仇。他把刺客专诸介绍给吴王僚，想利用专诸之能而伐楚；后被公子光揭出伐楚是为报私仇，他反过来投靠公子光，又借公子光之手杀掉吴王僚，使公子光成为吴王阖闾。伍子胥利用吴王阖闾之兵伐楚，报了父兄被杀之辱，对楚平王掘墓鞭尸。谁知，阖闾之子吴王夫差听信谗言，最后伍子胥又死在吴王夫差之手！这真是一串防不胜防的连环计、套中套，让我们看到伍子胥确为一个谋略家，他为了复仇，可以利用一切可利用之人，而不顾自己的政治取向、职业操守，但他没想到的是，自己最后又落到跟他一样的权谋之人手中，终被谗言所害。

司马迁对伍子胥雪耻这一段如此评价："怨毒之于人甚矣哉！王者尚不能行之于臣下，况同列乎！向令伍子胥从奢俱死，何异蝼蚁。弃小义，雪大耻，名垂于后世，悲夫！方子胥窘于江上，道乞食，志岂尝须臾忘郢邪？故隐忍就功名，非烈丈夫孰能致此哉？"如果只说对雪耻的坚韧，伍子胥的确担得起司马迁的评价。

"吃货"吴王僚只是一个过客，他成为伍子胥复仇过程中的一个牺牲品，皆因好吃之故。如果他不去赴宴，如果宴会的地点由他选定，如果他对赴宴的各个环节都详加控制，或者仅仅是他坚持不吃烤鱼，历史的一切都会重新改写。但是，也许，没有也许。

要而言之，历史的经验证明，"吃"是一个很值得注意的关键环节，有时候确要三思而后"吃"。

杯酒释兵权　司马光①

太祖②既得天下,诛李筠、李重进③,召赵普④问曰:"天下自唐季以来,数十年间,帝王凡易十姓,兵革不息,苍生涂炭,其何故也?吾欲息天下之兵,为国家建长久之计,其道何如?"普曰:"陛下之言及此,天地人神之福也。唐季以来,战斗不息,国家不安者,其故非他,节镇太重,君弱臣强而已矣。今所以治之,无他奇巧也,惟稍夺其权,制其钱谷⑤,收其精兵,则天下自安矣。"语未毕,上曰:"卿勿复言,吾已谕矣。"

顷之,上因晚朝,与故人石守信、王审琦⑥等饮酒,酒酣,上屏左右谓曰:"我非尔曹之力不得至此,念尔之德无有穷已。然为天子亦大艰难,殊不若为节度使之乐,吾今终夕未尝敢安枕而卧也。"守信等皆曰:"何故?"上曰:"是不难知之,居此位者,谁不欲为之?"守信等皆惶恐起,顿首曰:"陛下何为出此言?今天命已定,谁敢复有异心?"上曰:"不然。汝曹虽无心,其如麾下之人欲富贵者何?一旦以黄袍加汝之身,汝虽欲不为,不可得也。"皆顿首涕泣曰:"臣等愚不及此,唯陛下哀怜,指示以可生之途。"上曰:"人生如白驹过隙,所谓好富贵者,不过欲多积金银,厚自娱乐,使子孙无贫乏耳。汝曹何不释去兵权,择好田宅市之,为子孙立永久之业?多置歌儿舞女,日饮酒相欢,以终其天年。君臣之间,两无猜嫌,上下相安,不亦善乎?"皆再拜谢曰:"陛下念臣及此,所谓生死而肉骨也。"明日,皆称疾,请解军权。上许之,皆以散官就第,所以慰抚赐赉⑦之甚厚,与结婚姻,更置易制者,使主亲军。

其后,又置转运使、通判,使主诸道钱谷,收选天下精兵以备宿卫,而诸功臣亦以善终,子孙富贵,迄今不绝。向⑧非赵韩王谋虑深长,太祖聪明果断,天下何以治平?至今班白⑨之老不干戈,圣贤之见何其远哉!普为人阴刻,当其用事时,以睚眦中伤人甚多,然其子孙至今享福禄,国初大臣鲜能及者,得非安天下之谋,其功大乎!

《涑水纪闻》

【注释】

①司马光(1019~1086):字君实,号迂叟,夏县(今山西夏县)涑水乡人,世称涑水先生,北宋政治家、文学家、史学家。宋仁宗末年任天章阁待制兼侍讲知谏院,英宗时进龙图阁直学士。王安石变法以后,司马光离开朝廷十五年,专心编纂《资治通鉴》。元丰八年(1085)宋哲宗即位,高太皇太后听政,召他入京主国政,次年任尚书左仆射兼门下侍郎,数月间尽废新法,罢黜新党。为相八个月病死,追封温国公。生平著作甚多,主要有史学巨著《资治通鉴》,以及《温国文正司马公文集》《稽古录》《涑水纪闻》《潜虚》等。

②太祖:宋朝开国皇帝赵匡胤,为宋太祖,960年至976年在位。

③李筠、李重进:原皆为五代时后周大将,入宋后归顺,后又相继起兵,被宋太祖派兵围剿,兵败而死。

④赵普(922~992):字则平,北宋政治家,宋太祖、太宗时两度入相,后封为韩王。智谋多,读书少,有"半部《论语》治天

下"之说。

⑤钱谷：钱粮，泛指整个财政、税赋。

⑥石守信、王审琦：皆为赵匡胤在后周时的"义社兄弟"，他们参与陈桥兵变，成为宋朝的开国功臣。

⑦赐赉：赏赐，封赏。

⑧向：从前，旧时。

⑨班白：同"斑白"，指头发花白。

【赏读】

唐朝末年，各藩镇节度使手握重兵，纷纷向中央集权发起挑战；唐亡后，短短五十年，历经后梁、后唐、后晋、后汉、后周五代，真是"城头变幻大王旗"，乱哄哄你方唱罢我登场。有感于历史的教训，宋太祖问计于丞相赵普：何以使天下安宁，国家长治久安？赵普回以"稍夺其权，制其钱谷，收其精兵"之计，说白了，就是历史上屡见不鲜的"削藩"。因为自西汉的"七国之乱"到西晋的"八王之乱"，莫不是因为藩镇强大、不听节制所致。

石守信、王审琦等都是与赵匡胤一起起事的大将，如今赵匡胤贵为皇帝，主动摆下宴席，找老哥儿几个喝酒，自然是让兄弟们受宠若惊的。在这场政治宴上，赵匡胤大倒苦水，说自己夜夜席不安枕，还不如当节度使时过得快活。众将均诧异，原来是太祖天天担心别人会效仿他"黄袍加身"之例，再来篡夺皇权。"即使你们不愿这样做，也架不住你们手下那些人欲求富贵，会挟持你们这样干啊！"一番推心置腹后，赵匡胤为几位大将出了主意：你们放弃兵权，我给你们良田巨宅，天天莺歌燕舞、舞女相伴，子孙永继基业，各位饮酒相欢、终其天年，岂不皆大欢喜？这几位大将恍然大悟，第二天就称病不再上朝，请求解除兵权。于是一场政治危机就此化解。

这又是一场政治宴。钱穆先生在评述这一段历史时曾说:"宋太祖在后周时,原是一个殿前都检点,恰似一个皇帝的侍卫长。他因缘际会,一夜之间就做了皇帝,而且像他这样黄袍加身做皇帝的,宋太祖也并不是第一个,到他已经是第四个了。几十年中间,军队要谁做皇帝,谁就得做。赵匡胤昨天还是一殿前都检点,今天是皇帝了,那是五代乱世最黑暗的表记。"(《中国历代政治得失》)正是由于知道兵权的厉害,为免于历史重演,赵匡胤当上皇帝后才急于剥夺手下大将的兵权。后世的置藩、削藩之争,曾多次重演,且多为兵戎相见,像赵匡胤这样"杯酒"即可轻松"释兵权"的,还不多见。

食物名号之别　欧阳修

京师食店卖酸㸾者,皆大出牌榜①于通衢,而俚俗昧于字法,转酸从食,㸾从召。有滑稽子谓人曰:"彼家所卖馂馅,不知为何物也。"饮食四方异宜,而名号亦随时俗言语不通,至或传者转失其本。汤饼②,唐人谓之"不托",今俗谓之馎饦矣。晋束皙③《饼赋》,有馒头、薄持、起溲、牢九④之号,惟馒头至今名存,而起溲、牢九皆莫晓为何物;薄持,荀氏又谓之薄夜,亦莫知何物也。

《归田录》

【注释】

①牌榜:书写文字的招贴。

②汤饼:水煮的面食。《释名·释饮食》:"蒸饼、汤饼、蝎饼、金饼、索饼之属,皆随形而名之也。"晋人束皙《饼赋》:"玄冬猛寒,清晨之会。涕冻鼻中,霜凝口外。充虚解战,汤饼为最。"

③束皙(约264~约303):字广微,阳平元城(今河北大名)人,西晋文学家。博学多闻,有《束广微集》传世。

④牢九:牢丸的讹称。束皙《饼赋》:"四时从用,无所不宜,唯牢丸乎!"陆游《与村邻聚饮》诗:"蟹供牢九美,鱼煮脍残香。"自注:"闻人懋德言,《饼赋》中所谓'牢九',今包子也。"清人俞正燮《癸巳存稿·牢丸》:"牢丸之为物,必是汤团。其言'丸'

去一点为'九',今市语'九'为'未丸',犹然。"

【赏读】

　　食物名称变化的因素非常多,或因地域相异,或因方言所囿,或因食物衍变,或因年代隔膜,从西晋到北宋的数百年间,如束皙《饼赋》记载的馂馅、薄持、起溲、牢丸,人们早就莫知何物了。

　　束皙《饼赋》云:"三春之初,阴阳交际,寒气既消,温不至热,于时享宴,则曼头宜设。吴回司方,纯阳布畼。服绨饮水,随阴而凉。此时为饼,莫若薄壮。商风既厉,大火西移。鸟兽氄毛,树木疏枝。肴馔尚温,则起溲可施。玄冬猛寒,清晨之会。涕冻鼻中,霜凝口外。充虚解战,汤饼为最。然皆用之有时,所适者便。苟错其次,则不能斯善。其可以通冬达夏,终岁常施。四时从用,无所不宜。唯牢丸乎?"馒头之名不仅至北宋时尚存,到今天仍有生命力。

　　宋代的饮食业相当发达,我们在《东京梦华录》的相关章节中可以看到很多令人垂涎的食物名称,如细料馉饳、水晶皂儿、抹脏、麻饮细粉、辣脚子、玉棋子、决明兜子、羊闹厅、脆筋巴子、鹅眉夹儿、乳糖槌、撺粉、对烧、绣吹羊、鸡夺真等等,若不详加考证,后人真不知道这些吃食到底都是什么玩意儿。

　　钱锺书先生尝引清人博明《西斋偶得》:"由古溯今,惟饮食、音乐二者,越数百年则全不可知。《周礼》、《齐民要术》、唐人食谱,全不知何味;《东京梦华录》所记汴城、杭城(按:《东京梦华录》未记杭城,记杭城者为《梦粱录》《武林旧事》。)食料,大半不识其名。又见明人刻书内,有蒙古、女真、畏吾儿、回回食物单,思之亦不能入口。"邓之诚先生在为《东京梦华录》做注时就感慨:"断句以伎艺、饮食为最难。"可见饮馔变迁,最难追溯,也难怪一千多年前的欧阳修就有此感慨了。

赐食之制 欧阳修

国朝之制：大宴，枢密使①、副不坐，侍立殿上，既而退就御厨赐食，与阁门、引进、四方馆使列坐庑下，亲王一人伴食。每春秋赐衣②门谢，则与内诸司使③、副班于垂拱殿外廷中，而中书④则别班谢于门上。故朝中为之语曰："厨中赐食，阶下谢衣。"盖枢密使唐制以内臣为之，故常与内诸司使、副为伍，自后唐庄宗用郭崇韬⑤，与宰相分秉朝政，文事出中书，武事出枢密，自此之后，其权渐盛。至今朝遂号为两府，事权进用，禄赐礼遇，与宰相均，惟日趋内朝、侍宴、赐衣等事，尚循唐旧。其任隆弼之崇，而杂用内诸司故事，使朝廷制度轻重失序，盖沿革异时，因循不能厘正也。

《归田录》

【注释】

①枢密使：枢密使一职始置于唐朝后期，由宦官担任；五代时枢密使改由朝士充任，后逐渐被武臣所掌握，地位迅速上升，"权侔于宰相"。到宋代，枢密使渐由文官担任，总揽财权、军权，与宰相并立而峙。

②赐衣：唐宋时，每年春秋两季，都有皇帝向官员赐衣的仪式。唐杜甫《端午日赐衣》："宫衣亦有名，端午被恩荣。"宋吴自牧《梦粱录》："仲夏一日，禁中赐宰执以下公服罗衫。……朔日朝，

廷赐宰执以下锦，名曰'授衣'。其赐锦花色，依品从给赐。百官入朝起居，衣锦袄三日。"

③内诸司使：是指由宦官担任的各种使职差遣，简称内使、中使，是与由朝臣担任的外使相对应而言的。

④中书：宋制，中书令、同平章事，即宰相，辅佐皇帝、总揽政务。

⑤郭崇韬（？~926）：字安时，五代时代州（今山西代县）人。最初为唐昭义节度使李克修亲信，为河东教练使，李克修死，改追随李克用，以廉洁干练著称。后唐李存勖称帝后，被任命为兵部尚书、枢密使。

【赏读】

宋代的赐食之制，不单单是一顿饭怎么吃，它实际上代表了一种政治待遇和制度变迁。

皇帝大宴，正副枢密使只能侍立殿上，然后退居厨房与各民族代表、各国使节一同进食，由一位亲王陪同。春秋两季的赐衣仪式，正副枢密使则与其他官员一起立于殿外的庭院中，唯有中书行谢仪于门外台阶上。所以有"厨中赐食，阶下谢衣"的说法。

这种做法的实质，钱穆先生归之为"君权上升、相权低落"。他说："即以朝仪言，唐代群臣朝见，宰相得有座位，并赐茶。古所谓'三公坐而论道'，唐制还是如此。迨至宋代，宰相上朝，也一同站着不坐。这一类的转变，说来甚可慨惜。"（《中国历代政治得失》）中国历代都讲究礼仪，吃饭并不是简简单单吃一顿饭，它传递的信息代表了这种制度对宰相、对群臣的尊重程度，以及君权、相权的轻重。

蔡絛《铁围山丛谈》曾记载："祖宗时，朝班燕会多袭用唐制，枢密使乃宦官为之也，其位叙甚卑。故遇大燕则亲王一人伴食于客省,又燕设则亲王、宗室率不坐,以用倡故也。国朝枢密使乃儒士为之,实股肱大臣。"在唐代,枢密使都是由太监兼任的,官职不高,起初不过是个对皇帝指令上传下达的角色。但至五代的后唐时,唐庄宗重用郭崇韬为枢密使,全权管理军事,地位日渐升高,而中书为宰相,只管文事,自此,枢密使与宰相分秉朝政。到宋代,宋初皇室为减少中书宰相的职权,又设置中书省和枢密院两府,两府并立而峙。本来官员任免应该在宰相职权之下,属于吏部管辖,但宋代另设一个考课院(后改名审官院),分东西两院,东院主文选,西院主武选,宰相从此又全无用人之权。

王安石变法推行新政时,为加强宰相的财政大权,主张把户部司、盐铁司、度支司统一在一个衙门里,由宰相兼领司职;而司马光则表示反对,他认为财政该由三司管理,三司失职可以换人,而不应由两府侵其事。这里,一种主张是制度性的,另一种主张是人事上的,而成两派。王安石变法最后失败,加强相权成为空谈,后世宰相多成趋炎附势、见风使舵的玩偶。所以,欧阳修感慨枢密院"其权渐盛"后,朝廷制度轻重失序,宰相权力空虚,颇感失落。

老饕①赋 苏 轼

庖丁②鼓刀，易牙烹熬。水欲新而釜欲洁，火恶陈而薪恶劳。九蒸暴而日燥，百上下而汤鏖③。尝项上之一脔④，嚼霜前之两螯⑤。烂樱珠⑥之煎蜜，滃杏酪之蒸羔。蛤半熟而含酒，蟹微生而带糟。盖聚物之夭美⑦，以养吾之老饕。

婉彼姬姜⑧，颜如李桃。弹湘妃⑨之玉瑟，鼓帝子之云璈⑩。命仙人之萼绿华⑪，舞古曲之郁轮袍⑫。引南海之玻璃，酌凉州之葡萄。愿先生之耆寿⑬，分余沥于两髦⑭。候红潮于玉颊，惊暖响于檀槽⑮。忽累珠之妙唱，抽独茧之长缲⑯。闵手倦而少休，疑吻燥而当膏。倒一缸之雪乳⑰，列百柂⑱之琼艘⑲。各眼滟于秋水，咸骨醉于春醪⑳。美人告去已而云散，先生方兀然而禅逃。响松风于蟹眼㉑，浮雪花于兔毫㉒。先生一笑而起，渺海阔而天高。

《苏轼文集》

【注释】

①老饕：《神异经》云："饕餮，兽名。身如羊，人面，目在腋下，食人。"《左氏传》："缙云氏有不才子，贪于饮食，冒于货贿。天下之民，以比三凶，谓之饕餮。"此处指好吃之人。

②庖丁：厨师。《庄子·养生主》塑造了个善于解剖牛的庖丁。

③鏖：熬煮之意。

④脔（luán）：切成小块的肉。

⑤两螯：螃蟹等动物的一双像钳子似的对脚。

⑥樱珠：小粒樱桃。

⑦夭美：鲜美。

⑧姬姜：美女的代称。孔颖达疏《诗经》："黄帝姓姬，炎帝姓姜，二姓之后，子孙昌盛，其家之女，美者尤多，遂以姬姜为妇人之美称。"

⑨湘妃：传说中的湘水女神，名曰娥皇、女英，本帝尧之二女，舜之二妃。

⑩云璈：上古乐器，用于敲打。

⑪萼绿华：传说中的道教女仙，美丽多情。唐白居易《霓裳羽衣歌》："上元点鬟招萼绿，王母挥袂别飞琼。"

⑫郁轮袍：古乐曲名，传为王维所作。

⑬耆寿：泛指长寿者。耆，古称六十为耆。

⑭髦：古指幼儿垂在额前的短发。

⑮檀槽：檀木做的琵琶等乐器上架弦的木格。唐李贺《感春》诗："胡琴今日恨，急语向檀槽。"

⑯长缲（sāo）：抽长丝。缲，同"缫"，把蚕茧浸在热水中抽出蚕丝。

⑰雪乳：白色的浆液，此处指酒。

⑱柂（duò）：通"舵"，船舵。

⑲琼艘：指装美酒的船只。

⑳春醪：乃美酒之意。醪，醇酒。

㉑蟹眼：指茶水初滚时冒起的小泡。宋庞元英《谈薮》载："俗以汤之未滚者为盲汤，初滚者曰蟹眼，渐大者曰预研，其未滚者无眼，所语盲也。"

㉒兔毫：兔毛，这里指水泡翻涌状。

【赏读】

"老饕",现已成为美食家的代名词。而"饕餮"的本意是一种怪兽,《神异经》云:"饕餮,兽名。身如羊,人面,目在腋下,食人。"杜预注:"贪财曰饕,贪食曰餮。"后来用"饕餮"比喻人贪吃。

苏东坡此文以四六骈俪之体写成,文辞华美,典故雅致,对仗工稳,音韵铿锵,但现代人读起来未免隔膜。我以打油诗格式稍作铺陈如下:

先请庖丁来操刀,再请易牙来烹调。大锅洗净灌清水,记得添柴有火苗。蒸罢翻动勤晾晒,汤汁滚动慢慢熬。先尝鲜美小肉块,再嚼秋天大蟹螯。蜜煎樱桃炖酥烂,大碗杏酪蒸羊羔。酒烹蛤蜊要半熟,螃蟹略生定带糟。天下美味为我用,人送绰号是老饕。

美女殷勤侍奉我,个个美艳如鲜桃。仿若湘妃弹玉瑟,相伴帝王击云璈。犹如仙女萼绿华,翩翩舞曲《郁轮袍》。手举南海玻璃杯,品鉴凉州酿葡萄。频祝先生享长寿,长发及腰愈窈窕。玉颊红晕愈柔嫩,琵琶声中更妖娆。美妙歌喉忽一曲,犹如茧丝声袅袅。歌完舞罢稍休憩,复涂新鲜润唇膏。一杯醇醪刚饮毕,百船琼浆又送到。此刻我已醉朦胧,双目惺忪不觉晓。美女悄然告退去,先生仍在梦陶陶。醒酒禅茶已煮沸,水花翻滚清香飘。饮罢顿觉精神爽,海阔天空适远眺。

赋中所描绘的情景是多么华贵和诱人,仿若人间天堂,人们饮着仙汁琼醪,有美女在翩翩起舞相伴,悦耳的歌声环绕左右,各式精美菜肴和点心任你取用,鲜肉、蟹螯、羊羔、蛤蜊、杏酪,都给了人称"老饕"的先生以极大享受。不过,写这篇赋时,苏东坡正在被贬谪流放海南儋州,生活经常饥寒交迫,"夜来饥肠如转雷,旅愁非酒不可开",是他生活的真实写照。那么,东坡为什么还会写下《老饕赋》呢？这不能不说是他的浪漫主义本性所致。

苏东坡的贬谪地海南儋州，那时是蛮荒之地，生活条件极其艰苦，被贬官员多是有去无回。孤悬海外，他的心情也很孤寂，曾写下"世事一场大梦，人生几度新凉？夜来风叶已鸣廊，看取眉头鬓上。酒贱常愁客少，月明多被云妨。中秋谁与共孤光，把盏凄然北望"的词句；每日的饮食起居，用他的话说就是"此间食无肉，病无药，居无室，出无友，冬无炭，夏无寒泉，然亦未易悉数，大率皆无尔"，哪里有什么美女、美酒、禁脔、蟹螯，跟"老饕"的生活简直相距十万八千里。但这并不妨碍苏东坡发挥浪漫主义的想象，写下诱人的《老饕赋》，美妙的想象多少抚慰了他干渴的心灵。

清人梁章钜在《浪迹续谈·老饕》中曾评价说："余谓'老饕'字见用于坡公，宋人诗中亦屡见。《瓮牖闲评》引谚云：'眉毫不如耳毫，耳毫不如老饕。'故苏东坡作《老饕赋》，盖眉毫、耳毫皆寿征，老而能健饮健啖，则亦寿征，故谚连类及之。余以悬车余年，就养子舍，养非一事可竟，而以饮啖为大端。《孟子》言曾子养曾晳，即以酒肉为养志之征，后世亦何尝有以老饕笑郧国公桥梓者哉！惟《左氏传》称缙云氏有不才子，贪于饮食，冒于货贿，天下之民谓之饕餮。杜注：'贪财曰饕，贪食曰餮。'盖分注饮食、货贿二义。《玉篇》亦同。今人于饕字似皆误用，而以贪食为饕，则绝无他文字可注。盖自坡公以后，皆不免沿讹至今耳。"

后世知味者莫不以"老饕"自许，远如高濂、张岱、袁枚、李渔，近如周作人、梁实秋、邓云乡、王世襄、逯耀东等。我以为，爱美食本是爱生活的集中体现，大自然赋予我们丰硕的食物，热爱它、分享它、赞美它，本身就是一种感恩。

食物习性 庄 绰

《笔谈》①载，陕右以蟹辟疟鬼。余在安定尝会客，曹黄中庸食虾驹不去壳，齿龈皆伤，遂掷去之。都监杨璋见琼枝②皆拨去，曰："不喜食此脆骨。"游师雄景叔，长安人，范丞相得新沙鱼皮，煮熟剪以为羹，一分可作一瓯。食既，范问游："味新觉胜平常否？"答曰："将谓是馎饦，已哈了。"盖西人食面几不嚼也。南人罕作面饵，有戏语云："孩儿先自睡不稳，更将擀面杖柱门。何如买个胡饼药杀著！"盖讥不北食也。建炎之后，江、浙、湖、闽、广，西北流寓之人遍满。绍兴初，麦一斛至万二千钱，农获其利，倍于种稻。而佃户输租，只有秋课。而种麦之利，独归客户。于是竞种春稼，极目不减淮北。

《鸡肋编》

【注释】

①《笔谈》：即《梦溪笔谈》，北宋沈括撰，是一部涉及自然科学、工艺技术及社会历史现象的综合性笔记体著作。

②琼枝：藻类生物。

【赏读】

这则笔记记述南北饮食习性差别之大。有人常居山地，不食河鲜和海鲜，吃虾才会不剥壳；有人见琼枝不知何物，才会说"不喜吃脆骨";新鲜的沙鱼皮,不识者会以为是已"变哈"的"傅饦"。

建炎后,宋室南迁,大批北人随之南行,在江、浙、湖、闽、广等地,到处都是西北流寓之人,因而把饮食习俗也带到了南方。本来南人不喜面食,还编出儿歌来讥讽食面者,但随着北人的大量涌入,麦子成为紧俏物品,种麦子的获利往往数倍于种稻,过去淮北不种麦子的习俗也被打破。

钱塘人吴自牧在杭州街头的从食店里看到,来自北方的各色面食点心应有尽有:"蒸作面行卖四色馒头、细馅大包子,卖米薄皮春茧、生馅馒头、馃子、笑靥儿、金银炙焦牡丹饼、杂色煎花馒头、枣䭔荷叶饼、芙蓉饼、菊花饼、月饼、梅花饼、开炉饼、寿带龟仙桃、子母春茧、子母龟、子母仙桃、圆欢喜、骆驼蹄、糖蜜果食、果食将军、肉果食、重阳糕、肉丝糕、水晶包儿、笋肉包儿、虾鱼包儿、江鱼包儿、蟹肉包儿、鹅鸭包儿、鹅眉夹儿、十色小从食、细馅夹儿、笋肉夹儿、油炸夹儿、金铤夹儿、江鱼夹儿、甘露饼、肉油饼、菊花饼、糖肉馒头、羊肉馒头、太学馒头、笋肉馒头、鱼肉馒头、蟹肉馒头、肉酸馅、千层儿、炊饼、鹅弹。更有专卖素点心从食店,如丰糖糕、乳糕、栗糕、镜面糕、重阳糕、枣糕、乳饼、麸笋丝、假肉馒头、笋丝馒头、裹蒸馒头、菠菜果子馒头、七宝酸馅、姜糖、辣馅糖馅馒头、活糖沙馅诸色春茧、仙桃龟儿、包子、点子、诸色油炸、素夹儿、油酥饼儿、笋丝麸儿、果子、韵果、七宝包儿等点心。更有馒头店兼卖江鱼兜子、杂合细粉、灌软烂大骨料头、七宝料头。"(见《梦粱录》)对比一下,面食的丰富程度丝毫不亚于《东京梦华录》里的东京街头。

吴自牧感慨道:"南渡几二百余年,则水土既惯,饮食混淆,无南北之分矣。"南北饮食习性的互动和影响,极大地促进了不同地域、不同民族的融合,就像我们现在随处都能吃到川菜、湘菜、粤菜一样,虽身在异乡,也恍然如在故乡了。

糖霜谱 洪 迈

糖霜之名，唐以前无所见，自古食蔗者始为蔗浆，宋玉《招魂》所谓"胹鳖炮羔[1]有柘浆[2]"是也。其后为蔗饧，孙亮使黄门就中藏吏取交州献甘蔗饧是也。后又为石蜜，《南中八郡志》云："笮[3]甘蔗汁，曝成饴，谓之石蜜。"《本草》亦云"炼糖和乳为石蜜"是也。后又为蔗酒，唐赤土国[4]用甘蔗作酒，杂以紫瓜根是也。唐太宗遣使至摩揭陀国[5]，取熬糖法，即诏扬州上诸蔗，榨沈[6]如其剂，色味愈于西域远甚，然只是今之沙糖。蔗之技尽于此，不言作霜，然则糖霜非古也。历世诗人模奇写异，亦无一章一句言之，唯东坡公过金山寺，作诗送遂宁僧圆宝云："涪江舆中泠，共此一味水。冰盘荐琥珀，何似糖霜美。"黄鲁直[7]在戎州，作颂答梓州雍熙长老寄糖霜云："远寄糖霜知有味，胜于崔子水晶盐。正宗扫地从谁说，我舌犹能及鼻尖。"则遂宁糖霜见于文字者，实始二公。甘蔗所在皆植，独福唐、四明、番禺、广汉、遂宁有糖冰，而遂宁为冠。四郡所产甚微，而颗碎色浅味薄，才比遂之最下者，亦皆起于近世。

唐大历中，有邹和尚[8]者，始来小溪之繖山，教民黄氏以造霜之法。繖山在县北二十里，山前后为蔗田者十之四，糖霜户十之三。蔗有四色，曰杜蔗，曰西蔗，曰芳蔗，《本草》所谓荻蔗也，曰红蔗，《本草》昆仑蔗也。红蔗止堪生啖，芳蔗可作沙糖，西蔗可作霜，色浅，土人不甚贵，杜蔗紫嫩，味甚厚，专用作霜。凡蔗最困地力，今年为蔗田者，明年改种五谷以息之。霜户器用，曰蔗削，曰蔗镰，曰蔗凳，曰蔗碾，曰榨斗，曰榨床，曰漆瓮，各有制度。凡霜，一瓮中品色亦自不同，堆垒如假山者为上，团枝次之，瓮鉴次之，小颗块次之，沙脚为下。宣和初，王黼⑨创应奉司，遂宁常贡外，岁别进数千斤。是时，所产益奇，墙壁或方寸，应奉司罢，乃不再见。当时因之大扰，败本业者居半，久而未复。遂宁王灼⑩作《糖霜谱》七篇，具载其说，予采取之以广见闻。

《容斋随笔》

【注释】

①胹（ér）鳖炮（páo）羔：炖甲鱼烤羊羔。胹，煮，煮烂。炮，用火烤。羔，小羊。

②柘浆：甘蔗汁。柘，通"蔗"。

③笮（zuó）：原意是用竹篾拧成的绳索，这里用作比喻拧、榨。

④赤土国：古国名，大多认为在今马来半岛，因气候炎热、土地呈赤色而得名。

⑤摩揭陀国：古代中印度王国，佛陀时代印度四大国之一，鼎盛于频毗婆罗王和阿阇世王时期，疆域包括恒河南岸（今比哈尔邦），国都在王舍城。唐贞观年间，高僧玄奘往印度取经，曾路经此地。

⑥沈：汁。《新唐书·崔仁师传》："食饮汤沈。"

⑦黄鲁直（1045～1105）：名庭坚，字鲁直，号山谷道人，晚号涪翁，又称黄豫章，为洪州分宁（今江西修水）人。举进士，调叶县尉。熙宁初，教授北京国子监。元祐初，召为校书郎，擢起居

舍人。北宋著名诗人,为"苏门四学士"之一,乃江西诗派祖师。

⑧邹和尚:唐朝中期大历年间遂宁僧人,生卒年不详。喜游历,足迹遍及全国。爱科学,尤重制糖技术。经过多次实验,首创窖制糖霜的技术,促进了遂宁制糖业的发展。所产糖霜光洁晶莹,味道甜美,列为朝廷贡品。

⑨王黼(fǔ)(1079~1126):字将明,原名甫,赐改为黼,北宋开封府祥符县(今河南开封)人。为人多智善佞,寡学术。徽宗崇宁二年(1103)进士。初因何执中推荐而任校书郎,迁左司谏。因助蔡京复相,从通议大夫到少宰(右宰相),连跳八级,乃宋开国以来第一人。他公然受贿赂,卖官鬻爵。钦宗即位,被贬为崇信军节度副使,后开封尹聂山遣武士杀之。

⑩王灼(1081~1162后):字晦叔,号颐堂,遂宁(今四川遂宁)人。宋代科学家、文学家、音乐家。其著作今存《颐堂先生文集》五卷、《颐堂词》一卷、《碧鸡漫志》五卷、《糖霜谱》一卷、佚文十余篇。其中《糖霜谱》是世界上第一部完备、实用的蔗糖生产和制造工艺的科技专著。

【赏读】

"甜"是一个美好的字眼儿,如"甜蜜的回忆""甜甜地睡眠""笑得很甜""甜姐儿"等等。甜食更是伴随着很多人的儿时记忆,"甘甜的乳汁"是人们来到世上的第一份早餐、第一个记忆。而这个制造甜味儿的"糖",细究起来,竟然是一部文化史。

本文记录了糖霜在中国流传的历史。翻检有关糖的史料,美国学者谢弗的汉学名著《撒马尔罕的金桃》(中译本名为《唐代的外来文明》)对唐代的很多植物、食物、药物、器物的对外交流史做了详细考证。谢弗说,唐代吃的甜食通常是用蜂蜜做的,而公元前2世纪中国人就用谷物造出了"麦芽糖",但它跟蔗糖相比便索然无味。7世纪，唐太宗曾把二十根甘蔗作为珍贵礼物赐给一位臣民。但当时甘蔗榨汁晒干后的晶体多为红褐色，而西域进贡的"石蜜"质地优良洁白，据说是用蔗汁与牛乳和煎而成，唐太宗还派使臣去摩揭陀国（印度）学习过这种奇技秘术。

季羡林先生晚年专门写下巨著《糖史》，从文化史的角度爬抉钩沉，从南北朝时期翻译的佛教典籍里找到了关于甘蔗、石蜜和糖的记载，得出中国的蔗糖制造是始于三国魏晋南北朝到唐代间的某一时期的结论。唐代的《新修本草》就有"沙糖"条目，并说是"笮甘蔗汁煎作。蜀地、西戎、江东并有，而江东者先劣后优"。这与《新唐书》中说去摩揭陀国学习前的蔗糖制造"色味愈西域远甚"的记载是一致的。

宋时遂宁王灼《糖霜谱》记载了这样一个传说："大历中，有邹和尚者，来小溪之缴山，结茅以后，跨白驴，须盐米薪菜之属，即书寸纸，系钱驴背，负之市。人知为邹也，取平直挂物于鞍，纵驴归。一日，驴犯山下黄氏蔗苗，黄诉于邹，邹曰：'汝未知以蔗糖为霜，利可十倍，吾语汝以塞责可乎？'试之果然，自是流传其法。邹末年走通泉县灵鹫山龛中，其徒追及之，但见一文殊石像，始知菩萨化身，而白驴乃狮子也。"

唐代孟诜《食疗本草》有"石蜜，蜀中、波斯者良"的说法，明代宋应星《天工开物》亦载："凡蔗，古来中国不知造糖。唐大历间，西僧邹和尚游蜀中遂宁，始传其法。今蜀中种盛，亦自西域渐来也。"季羡林先生做了一系列论证：川滇缅印波交通道路畅通，波斯方物传入中国种类繁多，波斯不晚于5世纪末已有高超的制糖水平，唐代波斯人来华频繁且常流寓蜀川等等，由是认为宋应星所说的"这一个'西僧'很可能就来自波斯"。

但这时的糖霜都有些颜色发红，口感不好，后逐渐有蛋清促使渣滓上浮、覆土法帮助增白等技术。元代时，一位制糖户无意间发现"黄泥水淋"脱色法，能使糖变得异常洁白。此种脱色法逐渐传开，使糖品质量大为提高。到了晚明时期，中国已成为白砂糖的制造和输出大国。而波斯人的精炼技术是在熬制时加入牛奶，成本远高于中国。于是，中国人所独创"黄泥水淋"脱色法又传回精炼蔗糖的祖先印度的孟加拉地区。据《东印度公司对华贸易编年史》记载，崇祯十年（1637），一个英国船队从中国购买白糖1000担；同年12月，又购买白糖12086担、冰糖500担。后来，英国人发现，苏门答腊和印度产的白砂糖比在广州购买的还要便宜。可见相互学习极大地促进了生产技术的提高和成本的降低。

据日裔美国人西敏司在《甜与权力——糖在近代历史上的地位》中的研究，17世纪前，糖在英国是社会地位的象征，成功商人和新封贵族在宴请客人时都以摆上精致的糖雕为荣，这是最能显示主人身份和气派的。蔗糖还有一定的药用价值，如能治疗咳嗽、喉炎、呼吸困难等疾病。从1650年起，英国殖民者在非洲及其他岛国广泛建立甘蔗种植园，以保证为他们提供数量巨大并且价格便宜的蔗糖，糖在英国等欧洲国家才从稀有品和奢侈品变成日用品和必需品，这正是在崇祯末年到清初时期。而对糖、茶、咖啡之类商品的征税，也为这些国家的财政作出了巨大贡献。

一顿食 吴 曾①

  食何以言"一顿"。《世说》:"罗友②尝伺③人祠④,欲乞食。主人迎神⑤出,曰:'何得在此?'答曰:'闻卿祠,欲乞一顿食耳。'"
  杜诗:"顿顿食黄鱼",顿顿字亦有所本。晋谢仆射、陶太常⑥同诣吴领军⑦,坐久,吴留客作食。日已中,使婢卖狗供客。客比⑧得一顿食,殆无复力气可语。

《能改斋漫录》

【注释】

①吴曾(生卒年不详):字虎臣,南宋初人,抚州崇仁(今江西崇仁)人。吴曾在秦桧当权期间,献所著《春秋左氏传发挥》等书得官,升任吏部郎中,后迁工部郎中。因其党附权奸,为后人所鄙夷。所著《能改斋漫录》成于宋高宗绍兴二十四年至二十七年间(1154~1157),载宋朝史事、诗文辩证、解析名物制度等,价值颇大。

②罗友(生卒年不详):东晋时人,字宅仁,襄阳人。出身寒门,年少行乞于荆州,后入征西大将军府为幕僚,有奇才,不拘小节。后得到桓温的重用,出任襄阳太守,累迁广州、益州刺史。

③伺:窥视,候望。

④祠:祠堂,供奉祖先、祭祀先人的场所。

⑤迎神：祭祀的仪式。

⑥谢仆射、陶太常：谢仆射，东晋将领谢石（327~388），曾任尚书仆射、尚书令；陶太常，东晋人，官太常，掌宗庙礼仪之官。

⑦吴领军：吴隐之（？~414），字处默，东晋濮阳鄄城人，生当东晋后期。曾任中书侍郎、左卫将军、广州刺史等职，官至度支尚书，著名廉吏。

⑧比：及，等到。

【赏读】

"食"何以"顿"论，这则笔记记载了它的词源来历。

前者记录了一位奇才不得志时在祠堂边"乞一顿食"的经历；后者记录了一位廉吏连一顿饭都请不起，最后不得不卖掉了自家的狗，才换得一顿食，而此时客人都饿得没力气说话了。

这里的"一顿"，作为量词，犹言"一次""一回"，但"一顿"更考究，也更有专属性。相近的例子还有，《宋书》："今日得一顿饱食，便欲残害我儿子。"《北史》："农为中军，宝为后军，相去各一顿。"这就是人们常说的"一顿饭的工夫"，可大致衡量时间。而《旧唐书》："臣幽居宫中十余年，每岁被敕杖数顿。"这里被杖打的次数也用"顿"来计量，堪与吃饭相类比了。

一个"顿"字，可以看出中文量词的精确和丰富的文化含量。比如同为描写动物的量词，英语一个"a"字就涵盖了种种可能，而中文根据不同的动物，就有一只（一只兔子）、一头（一头牛）、一条（一条狗）、一匹（一匹马）、一峰（一峰骆驼）等等不同的说法，可见中华文化的博大精深了。

点 心 吴曾

世俗例以早晨小食为"点心",自唐时已有此语。按,唐郑傪为江淮留后[1],家人备夫人晨馔,夫人顾其弟曰:"治妆未必,我未及餐,尔且可点心。"其弟举瓯已罄[2]。俄而女仆请饭库钥匙,备夫人点心。傪诟曰:"适[3]已给了,何得又请?"云云。

《能改斋漫录》

【注释】

①郑傪(càn):唐将领名。留后:官名,为留守代职之意,后改称承宣使。

②瓯(ōu):小盆,杯子。罄:完,尽。

③适:适才,刚才。

【赏读】

点心即小食,是正餐之外的零食。这里记载了唐代郑傪家以小食当早餐"点心"的例子。类似的例子还有:

唐孙颀《幻异志·板桥三娘子》:"有顷,鸡鸣,诸客欲发,三娘子先起点灯,置新作烧饼于食床上,与诸客点心。"

宋周辉《北辕录》:"洗漱冠栉毕,点心已至。"

宋周密《癸辛杂识》:"闻卿(赵温叔)健啖,朕欲作小点心相请,如何?"

宋庄绰《鸡肋编》："荆州有卖鱼人姓孙，颇前知人灾福，时呼孙卖鱼。宣和间，上皇闻之，召至京师，馆于宝箓宫道院，一日，怀蒸饼一枚，坐一小殿中，已而上皇遍诣诸殿烧香，末至小殿，时日高，拜跪既久，上觉微馁，孙见之，即出怀中蒸饼云：'可以点心。'"

《水浒传》第十四回："我们且押这厮去晁保正庄上讨些点心吃了，却解去县里取问。"

周作人先生很看重点心，他在1924年写的《北京的茶食》一文中说："我们于日用必需的东西以外，必须还有一点无用的游戏与享乐，生活才觉得有意思。我们看夕阳，看秋河，看花，听雨，闻香，喝不求解渴的酒，吃不求饱的点心，都是生活上必要的——虽然是无用的装点，而且是愈精炼愈好。可怜现在的中国生活，却是极端地干燥粗鄙，别的不说，我在北京彷徨了十年，终未曾吃到好的点心。"

在《点心与饭》中，他回忆小时候大人们说"点心不是当饭吃的"时，写道："我们乡下的点心大抵可以分作两类，一是干点心，在茶食店里所卖的是，二是湿点心，一切蒸制及有汤的东西。这第二类中有莲子茶，汤圆，烧麦，花饺，馄饨，包子，各式面，藕粥等，有的家制，有的有专店，半干湿的糕和麻糍一类也就附在这里。"

周作人先生对这个话题似乎意犹未尽，他在1950年和1956年又各写了一篇《南北的点心》，在第二篇中他写道："据我的考察，北方的点心历史古，南方的历史新，古者可能还有唐宋遗制，新的只是明朝中叶吧。点心铺招牌上有常用的两句话，我想借来用在这里，似乎也还适当，北方可以称为'官礼茶食'，南方则是'嘉湖细点'。"

1947年,他写过一首《茶食》诗:
> 东南谈茶食,自昔称嘉湖。
> 今日最讲究,乃复在姑苏。
> 粒粒松仁缠,圆润如明珠。
> 玉带与云片,细巧名非虚。
> 北地八大件,品质较粗疏。
> 更有土产品,薄脆出缸炉。
> 半饱可点心,或非茶时需。
> 吾意重糕饼,稍与常人殊。
> 蒸炼有羊羹,制出唐浮屠。
> 馒头澄沙馅,云是祖林脯。
> 亦喜大福饼,朵颐学儿雏。
> 杖头有百钱,一日足所需。
> 干糇可庋藏,且置室一隅。
> 会当风雨夕,慰情聊胜无。
> 煎饼庶其选,可以佐苦茶。
> 更喜甜纳豆,肥美诚可茹。
> 故里塔山下,小饼号香酥。
> 并配炒芽豆,为值良区区。
> 只今投百金,难得一握余。
> 俯仰三十年,感叹无乃愚。

老饕集序 张 岱

　　世有神农氏①，而天下鸟兽、虫鱼、草木之滋味始出。盖咸酸苦辣，着口即知，至若鸡味酸，羊味辣，牛酪与栗之味咸，非圣人不能辨也。中古之世，知味惟孔子。"食不厌精，脍不厌细"，精细二字，已得饮食之微。至熟食，则概之"失饪不食"；蔬食，则概之"不时不食"。四言者，食经也，亦即养生论也。

　　孔子之后，分门立户。何曾②有"单"，韦巨源③有《食经》，段文昌④有《食宪章》五十卷，虞悰⑤有《食方》十卷，谢讽⑥有《食史》十卷，孟蜀⑦有《食典》百卷。煎熬燔炙⑧，杂以膟膫膻芗⑨，食之本味尽失。于今之大官⑩法膳，纯用蔗霜，乱其正味，则彼矫强造作，罪其与生吞活剥者等矣。

　　后来解事，止有东坡。《老饕赋》与《猪肉颂》，清馋领略，口口流涎。但知有"熟"之一字，则思过半矣。嗣后宋末道学盛行，不欲以口腹累性命，此道置之不讲，民间遂有"东坡茶""撮泡肉"之诮。循至元人之茹毛饮血，则几不火食矣。我兴，至宣庙，始知有饮食器皿之事。语云："三代仕宦，着衣食饭。"世虽概论平民，要之帝王家法，亦不能外也。

　　余大父⑪与武林涵所包先生⑫、贞父黄先生⑬为饮食社，讲求正味，著《饕史》四卷，然多取《遵生八笺》，犹不失椒姜葱渫，用大官炮法。余多不喜，因为搜辑订正之。穷措大⑭亦何能有加先辈，第水辨渑淄⑮，鹅分苍白，食鸡而知其栖恒半露⑯，啖肉而识其炊有劳薪,一往情深,余何多让?遂取其书而铨次之,割归于正,味取其鲜,一切矫揉泡炙之制不存焉。虽无《食史》《食典》之博洽精胰,精骑三千,亦足以胜彼嬴师十万矣。鼎味一脔⑰,则在尝之者之舌下讨取消息也。

《琅嬛文集》

【注释】

①神农氏:汉族神话人物,被世人尊称为"药王""五谷王""五谷先帝""神农大帝"等。他亲尝百草,以辨别药物作用,教人种植五谷和豢养家畜,并撰写了人类最早的药学著作《神农本草》。

②何曾(199~279):字颖考。西晋时官拜太尉,直至太保兼司徒。《晋书》:"性豪奢,务在华侈。厨膳滋味,过于王者。每燕见,不食太官所设,帝辄命取其食。食日万钱,犹曰无下箸处。"

③韦巨源(631~710):唐代雍州万年(今陕西西安)人。武则天时,任文昌右丞同平章事。有"烧尾宴食单"。

④段文昌(772~835):字墨卿,一字景初,唐代邹平(今属山东滨州)人,曾任穆宗朝宰相。自编《食经》五十卷,时称"邹平公食宪章"。

⑤虞悰(435~499):字景豫,会稽余姚(今浙江余姚)人。南朝齐时高官。悰善为滋味,武帝尝求诸饮食方,悰秘不肯出,后帝醉,体不快,乃献"醒酒鲭鲊"一方。著有《食珍录》一卷。

⑥谢讽:隋代人,曾担任隋炀帝"尚食直长"。《说郛》中载有谢讽《食经》,"略抄五十三种"。

⑦孟蜀:即五代十国时期的后蜀。其尚食掌《食典》至百卷,是川菜的最早发源。

⑧煎熬燔炙:指各种烹饪手段。煎熬,油煎和水煮;燔炙,烧和烤。

⑨脺腺：动物体内的血与脂肪。膻芗（xiāng）：烧煮牛羊肉的香气。

⑩大官：即太官，秦以后掌管皇帝膳食和燕享之事。

⑪大父：祖父。《韩非子·五蠹》："今人有五子不为多，子又有五子，大父未死而有二十五孙。"

⑫武林涵所包先生：包应登，字涵所，武林（今浙江杭州）人。明万历十四年（1586）进士，官至福建提学副使，张岱祖父的朋友。

⑬贞父黄先生：黄汝亨，字贞父，钱塘（今浙江杭州）人，明万历二十六年（1598）进士，官至江西布政司参议，与张岱祖父过从甚密。

⑭穷措大：旧时对贫寒读人的轻慢称呼。措大，也作"醋大"。

⑮水辨渑淄：渑淄，渑水与淄水的并称。传说二水相合，齐桓公臣易牙能辨别其味。

⑯鹅分苍白、栖恒半露：北朝的美食家符朗"善识味，咸酢及肉皆别所由"。做客吃鸡，略尝几片，就发觉"此鸡栖恒半露；又食鹅炙，知白黑之处"。

⑰鼎味一脔：尝一脔肉而知一鼎味。脔，切成小块的肉。

【赏读】

张岱这篇《老饕集序》，堪称一部微型的饮食文化史。

从神农氏尝百草开始，中国人始有"滋味"的概念，所谓咸酸苦辣，指动植物的药性之味，也只有圣人能够尝得出。及至中古，唯有孔子能够知味，《论语》中的"食不厌精，脍不厌细"，拈出"精""细"二字，可算得饮食之要领；还有针对熟食的"失饪不食"，针对蔬菜的"不时不食"，虽都是简单的四个字，却担得起一部食经，也是一部养生论。

张岱对孔子关于饮食的论述评价极高，这可以说奠定了儒家的饮食思想观念。孔子之后，各立门户，有何曾《食疏》、韦巨源的"烧尾宴食单"、段文昌《食经》五十卷、虞悰《食方》十卷、谢讽《食史》十卷、孟蜀《食典》百卷，名厨佳方不一而足，烹饪手段花样频出，但总让人感觉矫揉造作、生吞活剥，失去了食物应有的正味。

应该说，张岱对饮食一道悬鹄甚高，后世能入他法眼的，唯有苏东坡一人而已。东坡的《老饕赋》和《猪肉颂》，真情流露，活泼率真，满纸流芳，读后让人口口流涎，那不仅是美食的吟咏，更是生命的赞歌。张岱对宋末道学横行，把口腹之欲视为小道颇看不上；对蒙元的饮食，他更是直斥其为"茹毛饮血"，一无所取。直到大明复兴，才重新对饮食之事重视起来。所谓"三代仕宦，着衣食饭"，饮食品位的培养，非一蹴而就，是需要几代人接续的。

张岱在《自为墓志铭》中说自己"好鲜衣，好美食，好骏马，好华灯，好烟火，好梨园……兼以茶淫橘虐，书蠹诗魔"，从祖父一代积累起，到自己这辈才有"极尽繁华"的资历。明亡后，"年至五十，国破家亡，避迹山居。所存者，破床碎几折鼎病琴，与残书数帙，缺砚一方而已。布衣蔬食，常至断炊"。回想当年，祖父与几位朋友结为饮食社，探讨饇饐之道，其所作《饕史》，虽多取自高濂的《遵生八笺》，张岱直言其"用大官炮法，余多不喜"，但还是为之披览一过，"搜辑订正"为一册《老饕集》。张岱虽无饮馔专门著作，然从《蟹会》《闵老子茶》《方物》《乳酪》诸篇中，还是能一窥其先祖遗风，读之让人口舌生津的。

图书在版编目（CIP）数据

有味是清欢：美食小品赏读/曹亚瑟注评. —— 郑州：中州古籍出版社，2016.1（2017.9重印）
（闲雅小品丛书）
ISBN 978-7-5348-5755-3

Ⅰ.①有… Ⅱ.①曹… Ⅲ.①小品文–作品集–中国–古代 Ⅳ.①I262

中国版本图书馆CIP数据核字（2015）第277609号

有味是清欢：美食小品赏读
注评　　曹亚瑟

丛书策划　梁瑞霞
责任编辑　梁瑞霞
责任校对　苏晓园
装帧设计　知耕书房

出　版　中州古籍出版社
　　　　　地址：河南省郑州市经五路66号
　　　　　邮编：450002
　　　　　电话：0371-65788693
经　销　新华书店
印　刷　河南大美印刷有限公司
版　次　2016年1月第1版
印　次　2017年9月第2次印刷
开　本　890毫米×1240毫米　A5
印　张　9印张
字　数　180千字
定　价　25.00元